MAGISTERIUM

Obras das autoras lançadas pela Galera Record:

Série Magisterium
O desafio de ferro
A luva de cobre
A chave de bronze
A máscara de prata
A torre de ouro

Holly Black
Série O Povo do Ar
O príncipe cruel
O rei perverso
A rainha do nada

O canto mais escuro da floresta
Como o Rei de Elfhame aprendeu a odiar histórias

Zumbis x Unicórnios

Cassandra Clare
Série Os Instrumentos Mortais
Cidade dos ossos
Cidade das cinzas
Cidade de vidro
Cidade dos anjos caídos
Cidade das almas perdidas
Cidade do fogo celestial

Série As Peças Infernais
Anjo mecânico
Príncipe mecânico
Princesa mecânica

Série Os Artifícios das Trevas
Dama da meia-noite
Senhor das sombras
Rainha do ar e da escuridão

Série As Últimas Horas
Corrente de ouro

Série As Maldições Ancestrais
Os pergaminhos vermelhos da magia
O livro branco perdido

O Códex dos caçadores de sombras
As Crônicas de Bane
Uma história de notáveis Caçadores de Sombras e Seres do Submundo:
Contos da Academia dos Caçadores de Sombras
Fantasmas do Mercado das Sombras

HOLLY BLACK   CASSANDRA CLARE

A LUVA de COBRE

MAGISTERIUM

LIVRO 2

Tradução
Rita Sussekind

10ª edição

GALERA
junior
RIO DE JANEIRO
2024

CIP-BRASIL. CATALOGAÇÃO NA PUBLICAÇÃO
SINDICATO NACIONAL DOS EDITORES DE LIVROS, RJ

C541L 10. ed.	Clare, Cassandra, 1973- A luva de cobre / Cassandra Clare, Holly Black ; tradução Rita Sussekind. – 10. ed. – Rio de Janeiro : Galera Record, 2024. (Magisterium; 2) Tradução de: The copper gauntler ISBN 978-65-5981-027-7 1. Ficção. 2. Literatura infantojuvenil americana. I. Black, Holly. II. Sussekind, Rita. III. Título. IV. Série.

21-71898

CDD: 808.899282
CDU: 82-93(73)

Camila Donis Hartmann - Bibliotecária - CRB-7/6472

Título original:
Magisterium book two: The Copper Gauntlet

Copyright © 2015 by Holly Black and Cassandra Claire LLC

Publicado mediante acordo com as autoras e Baror International, INC., Armonk, New York, USA.

Editoração eletrônica: Abreu's System

Todos os direitos reservados.
Proibida a reprodução, no todo ou em parte, através de quaisquer meios.
Os direitos morais das autoras foram assegurados.

Texto revisado segundo o novo Acordo Ortográfico da Língua Portuguesa.

Direitos exclusivos de publicação em língua portuguesa somente para o Brasil
adquiridos pela
EDITORA RECORD LTDA.
Rua Argentina, 171 – Rio de Janeiro, RJ – 20921-380 – Tel.: (21) 2585-2000,
que se reserva a propriedade literária desta tradução.

Impresso no Brasil

ISBN 978-65-5981-027-7

Seja um leitor preferencial Record.
Cadastre-se e receba informações sobre nossos
lançamentos e nossas promoções.

Atendimento e venda direta ao leitor:
sac@record.com.br

Para Ursula Annabel Link Grant,
metade garotinha de 5 anos, metade fogo

CAPÍTULO UM

Call tirou um pequeno círculo de pepperoni gorduroso da fatia de pizza e deslizou a mão para baixo da mesa. Imediatamente, seus dedos ganharam um banho de língua quando Devastação, o lobo Dominado pelo Caos, provou a comida.

— Não alimente essa coisa — disse o pai, ríspido. — Vai acabar arrancando sua mão um dia desses.

Call afagou a cabeça de Devastação, ignorando o pai. Ultimamente, Alastair não andava feliz com Call. Não queria ouvir sobre os meses que passou no Magisterium. Detestava o fato de Call ter sido escolhido como aprendiz por Rufus, seu antigo mestre. E vivia pronto para arrancar os cabelos desde que Call voltou para casa com um lobo Dominado pelo Caos.

Durante toda a vida de Call, sempre foram apenas ele, o pai e as histórias de Alastair sobre como sua antiga escola era horrível; a mesma escola que Call agora frequentava, apesar dos esforços árduos do menino para não ser aceito. Call esperava que o pai estivesse irritado quando voltou de seu primeiro ano no Magisterium, mas não tinha imaginado como se *sentiria* ao ter de conviver com o pai tão irritado. Eles costumavam se dar bem sem esforço. Agora tudo parecia... tenso.

Call torcia para que fosse apenas por causa do Magisterium. Porque a outra opção seria Alastair saber que Call era secretamente mau.

Toda a questão de ser-secretamente-mau também perturbava Call. Muito. Ele tinha começado a fazer uma lista mental — qualquer evidência o indicando como um Suserano do Mal ia para uma coluna, e qualquer evidência do contrário, para outra. Tinha se habituado a consultar a lista antes de tomar qualquer decisão. Um Suserano do Mal tomaria a última xícara de café do bule? Que livro um Suserano do Mal pegaria na biblioteca? Vestir-se totalmente de preto era uma atitude típica de um Suserano do Mal, ou uma escolha legítima que facilitava a vida no dia de lavar roupa? A pior parte é que ele tinha certeza de que o pai estava jogando o mesmo jogo, somando e conferindo seus pontos de Suserano do Mal cada vez que olhava em sua direção.

Mas Alastair podia apenas desconfiar. Não tinha como ter certeza. Havia coisas que só Call sabia.

Call não conseguia parar de pensar no que Mestre Joseph havia lhe dito: que ele, Callum Hunt, tinha a alma do Inimigo da Morte. Que ele *era* o Inimigo da Morte, alguém destinado ao mal. Mesmo na cozinha aconchegante pintada de amarelo onde ele e o pai haviam feito milhares de refeições juntos, as palavras ecoavam em seus ouvidos.

A alma de Callum Hunt está morta. Arrancada de seu corpo, essa alma murchou e morreu. A alma de Constantine Madden se enraizou e cresceu, renascida e intacta. Desde então, seus seguidores fazem de tudo para que pareça que ele não sumiu do mundo, para que você continue seguro.

— Call? — chamou o pai, encarando-o de forma estranha.

Não olhe para mim, Call queria dizer. E, ao mesmo tempo, queria perguntar: *o que vê quando me olha?*

Ele e Alastair dividiam a pizza favorita de Call, pepperoni com abacaxi, e, em uma noite normal, conversariam sobre a última vez que Call voltou à cidade, ou sobre qualquer que fosse o projeto da vez do pai na garagem, mas Alastair estava calado e Call não conseguia pensar em nada para dizer. Sentia saudades dos melhores amigos, Aaron e Tamara, mas não podia falar sobre eles na frente do pai, pois faziam parte do mundo de magia que Alastair odiava.

Call deslizou da cadeira.

— Posso ir ao quintal com Devastação?

Alastair fez uma careta para o lobo, um bicho que outrora fora um filhote adorável, mas que tinha crescido e se tornado um monstro adolescente de patas altas, que ocupava boa parte do espaço embaixo da mesa. O lobo olhou para o pai de Call com seus olhos de Dominado pelo Caos, a língua pendurada na boca. Ganiu suavemente.

— Muito bem. — Alastair soltou um suspiro longo e sofrido. — Mas não demore. E fique longe das pessoas. A maneira mais segura de impedir que os vizinhos façam escândalo é controlar as circunstâncias sob as quais Devastação é visto.

Devastação levantou-se de um pulo, as unhas estalando sobre o linóleo enquanto corria para a porta. Call sorriu. Ele sabia que ter a devoção de uma fera Dominada pelo Caos contabilizava muitos pontos na escala de Suserano do Mal, mas não conseguia se arrepender de ter ficado com ele.

Lógico, este provavelmente era o problema de ser um Suserano do Mal. Você não se arrepende das coisas certas.

Call tentou não pensar naquilo enquanto saía. Era uma tarde quente de verão. O quintal estava tomado pela grama por cortar. Alastair não era muito meticuloso nos cuidados com o gramado; estava sempre mais preocupado em manter os vizinhos longe do que em trocar dicas de jardinagem. Call se distraiu jogando um graveto para Devastação, fazendo o lobo buscá-lo, com o rabo abanando, os olhos iluminados. Ele correria com Devastação se pudesse, mas a perna prejudicada o impedia de se locomover com velocidade. Devastação parecia entender isso e raramente corria para muito longe.

Depois que Devastação brincou um pouco, os dois atravessaram a rua juntos até o parque e Devastação correu em direção a alguns arbustos. Call checou os bolsos para ver se tinha sacos plásticos. Suseranos do Mal definitivamente não limpavam a sujeira de seus cachorros, então, cada passeio contava um ponto na coluna do bem.

— Call?

Call se virou, surpreso. Ficou ainda mais espantado ao ver quem falava com ele. Os cabelos louros de Kylie Myles estavam presos com duas presilhas em formato de unicórnio, e ela segurava uma coleira rosa. Na outra ponta da mesma via-se o que parecia ser uma peruca branca, mas que talvez fosse um cachorro.

— Você... huh — gaguejou Call. — Você sabe meu nome?

— Tenho a sensação de que não o tenho visto por aqui ultimamente — respondeu Kylie, aparentemente decidindo ignorar sua confusão. Ela abaixou a voz. — Você foi transferido? Para a escola de balé?

Call hesitou. Kylie esteve com ele no Desafio de Ferro, a prova de admissão para o Magisterium, mas ele passou e ela não. Kylie foi levada pelos magos até outra sala, e ele não a via desde então. Ela evidentemente se lembrava de Call, considerando que olhava para ele com uma expressão confusa, mas não sabia ao certo o que ela achava que havia lhe acontecido. A menina certamente teve as lembranças adulteradas antes de ser mandada de volta ao mundo das pessoas comuns.

Em um momento de insanidade, ele se imaginou contando tudo para ela. Contando sobre como tentaram entrar em uma escola de *magia*, e não de *balé*, sobre como Mestre Rufus o havia escolhido, apesar de ele ter tido uma pontuação muito menor que a dela. Será que ela acreditaria se ele contasse sobre como era a escola e sobre como era poder fazer fogo com as mãos e voar pelo ar? Pensou em contar a ela que Aaron era seu melhor amigo e também um Makar, o que era *muito relevante*, porque significava que era um dos poucos magos vivos que conseguiam fazer magia com o elemento caos.

— A escola vai bem — resmungou ele, dando de ombros, sem saber ao certo o que mais poderia dizer.

— Fiquei surpresa por você ter passado. — Kylie olhou para a perna dele e em seguida caiu em um silêncio desconfortável.

Ele sentiu uma onda familiar de raiva e se lembrou exatamente da sensação de frequentar sua antiga escola e ninguém acreditar em sua capacidade de fazer qualquer atividade física. Desde que Call se lembrava, a perna esquerda sempre foi mais curta e mais fraca que a outra. Andar lhe causava dor, e nenhuma das incontáveis cirurgias a que foi submetido deram resultado. Seu pai sempre dissera que ele tinha nascido assim, mas Mestre Joseph contou algo diferente.

— A questão é a força na parte superior do corpo — declarou Call com arrogância, sem saber ao certo o que aquilo significava.

Ela fez que sim com a cabeça, embora houvesse arregalado os olhos.

— Como é? A escola de balé?

— Difícil — respondeu ele. — Todo mundo dança até sofrer um colapso. Nós nos alimentamos apenas de shakes de ovos crus e proteína de trigo. Toda sexta-feira fazemos um concurso de dança, e o vencedor ganha uma barra de chocolate. E também temos de assistir a filmes de dança constantemente.

Ela estava prestes a retrucar alguma coisa, mas foi interrompida por Devastação, que saía dos arbustos. Ele trazia o graveto nos dentes, e os olhos esbugalhados brilhavam em tons de laranja, amarelo e vermelho fogo. Enquanto Kylie o encarava, os olhos dela se arregalavam cada vez mais. Call percebeu o quanto Devastação deveria parecer enorme para ela, considerando que ele não era um cachorro nem qualquer bicho de estimação normal.

Kylie gritou. Antes que Call pudesse dizer qualquer outra palavra, ela correu para a rua. Seu cachorro branco, que parecia um esfregão, mal conseguiu acompanhá-la.

E lá se ia qualquer possibilidade de manter uma boa imagem com os vizinhos.

Quando Call chegou em casa, tinha decidido que entre a mentira para Kylie e o susto que lhe deu, precisava subtrair todos os pontos que se deu por limpar o cocô de Devastação.

A coluna de Suserano do Mal ganhava naquele dia.

— Tudo bem? — perguntou o pai, analisando a expressão de Call quando ele fechou a porta.

— Tudo — respondeu Call, desanimado.

— Ótimo. — Alastair limpou a garganta. — Pensei em sairmos hoje. Para o cinema.

Call ficou chocado. Não tinham feito quase nada desde que ele voltara da escola para as férias de verão. Alastair, dia após dia, parecendo imerso nas sombras, ia da sala de TV para a garagem, onde consertava carros antigos, deixando-os novos em folha para em seguida vendê-los para colecionadores. Às vezes, Call pegava seu skate e andava a esmo pela cidade, mas nada parecia muito divertido em comparação ao Magisterium.

Ele já tinha até começado a sentir falta do líquen.

— A que filme você quer assistir? — perguntou Call, considerando que Suseranos do Mal não levam em conta as escolhas cinematográficas dos outros. Aquilo tinha de contar para alguma coisa.

— Tem um novo. Com espaçonaves — respondeu o pai, surpreendendo Call com a escolha. — E talvez você possa deixar esse seu monstro no canil. Pode trocar por um poodle. Ou até mesmo um pit-bull. Qualquer bicho que não esteja contaminado com raiva.

Devastação olhou malignamente para Alastair, os olhos misteriosos girando com as pupilas coloridas. Call pensou no cachorro-peruca de Kylie.

— Ele não tem raiva. — Call afagou a nuca de Devastação. O lobo se abaixou e rolou sobre as costas, com a língua para fora, para que Call o acariciasse na barriga. — Ele pode ir? Poderia nos esperar no carro, com os vidros abertos.

Franzindo a testa, Alastair fez que não com a cabeça.

— De jeito nenhum. Deixe essa coisa amarrada na garagem.

— Ele não é uma *coisa*. E aposto que ia gostar de pipoca. E bala.

Alastair olhou o relógio, em seguida apontou para a garagem.

— Bem, então de repente você pode trazer um pouco para essa coisa.

— *Ele*! — Com um suspiro, Call conduziu Devastação até a oficina de Alastair na garagem. Era um espaço grande, maior que o maior quarto da casa, e tinha cheiro de óleo, gasolina e madeira antiga. O chassi de um Citroën se apoiava em alguns blocos de madeira, sem os pneus e sem os assentos. Pilhas de manuais de conserto amarelados encontravam-se sobre bancos antigos, enquanto faróis foram pendurados em caibros. Um rolo de corda quase ocultava uma montanha de chaves de fenda. Call usou a corda para amarrar um nó frouxo na coleira do lobo.

Ele se ajoelhou diante de Devastação.

— Estaremos na escola em breve — sussurrou. — Com Tamara e Aaron. E logo tudo vai voltar ao normal.

O cachorro ganiu como se houvesse entendido. Como se sentisse tanta falta do Magisterium quanto Call.

↑≈△○◎

14

Call teve dificuldades para se concentrar no filme, apesar das espaçonaves, dos alienígenas e das explosões. Ficou pensando na maneira como assistiam a filmes no Magisterium, com um mago do ar projetando as imagens em uma das paredes da caverna. Como os filmes eram controlados pelos magos, tudo podia acontecer. Ele já tinha visto *Guerra nas Estrelas* com seis finais diferentes, e filmes em que os alunos do Magisterium eram projetados na tela, combatendo monstros, carros voadores e se transformando em super-heróis.

Em comparação, aquele filme parecia um pouco insípido. Call se concentrou nas partes em que teria feito diferente enquanto tomava três raspadinhas de maçã azeda e comia dois baldes de pipoca com manteiga. Alastair olhava fixamente para a tela, com uma expressão de singelo horror, sem sequer virar quando Call ofereceu amendoim coberto com chocolate. Por ter tido de comer todos os lanches sozinho, Call estava numa onda de açúcar quando voltaram para o carro de Alastair.

— Gostou? — perguntou o pai.

— Foi bem legal — disse Call, sem querer que Alastair pensasse que ele não apreciava o fato de o pai ter se obrigado a assistir a um filme que jamais veria por conta própria. — A parte em que a estação espacial explode foi demais.

Fez-se um silêncio, não o bastante para ser desconfortável, até Alastair falar de novo.

— Sabe, não tem motivo para você voltar ao Magisterium. Já aprendeu o básico. Pode praticar aqui, comigo.

Call sentiu um aperto profundo no peito. Já tinham tido aquela conversa, ou variações sobre o mesmo tema, umas cem vezes, e nunca acabava bem.

— Acho melhor eu voltar — insistiu Call, da forma mais neutra possível. — Já passei pelo Primeiro Portal, então é melhor terminar o que comecei.

A expressão de Alastair se tornou sombria.

— Não é bom para crianças ficarem confinadas no subterrâneo. Mantidas como vermes sinistros. Com a pele ficando pálida e cinza. Com os níveis de Vitamina D caindo. A vitalidade sendo sugada do corpo...

— E por acaso estou *cinza*? — Call raramente prestava atenção à própria aparência além do básico: certificar-se de que as calças não estavam do avesso e o cabelo não estava em pé; estar *cinza* parecia péssimo. Olhou subitamente para as próprias mãos, mas ainda pareciam ter o tom rosado de sempre.

Alastair estava agarrando o volante, frustrado, quando viraram na própria rua.

— O que tem naquela escola para você gostar tanto?

— Do que *você* gostava? Você estudou lá, e sei que não odiou tudo. Conheceu a mamãe...

— Sim — concordou Alastair. — E também tinha amigos. Era disso que eu gostava. — Era a primeira vez que Call se lembrava de ouvir o pai dizendo que gostou de alguma coisa na escola.

— Também tenho amigos por lá — disse Call. — Não tenho aqui, mas tenho lá.

— Todos os amigos que estudaram comigo estão mortos agora, Call — retrucou Alastair, e Call sentiu os pelos da nuca se arrepiarem. Pensou em Aaron, Tamara e Celia, mas logo teve de parar. Era horrível demais.

Não só a ideia de todos morrendo.

Mas a ideia de morrerem por sua culpa.

Por causa de seu segredo.

Do mal dentro dele.

Pare, disse a si mesmo. Já estavam em casa. Alguma coisa parecia errada para Call. Estranha. Ficou olhando ao redor por um instante antes de perceber o que era. Tinha deixado a porta da garagem fechada, com Devastação preso lá dentro, mas agora ela estava aberta, formando um grande quadrado preto.

— Devastação! — Call segurou a maçaneta e quase caiu no chão, a perna fraca falhando. Ouviu o pai chamar seu nome, mas não se importou.

Ele correu, mancando, para a garagem. A corda continuava ali, mas uma extremidade estava cheia de franjas, como se tivesse sido cortada por uma faca — ou um dente afiado de lobo. Call tentou imaginar Devastação sozinho na garagem, no escuro. Latindo e esperando que Call respondesse. O menino começou a sentir um frio no peito. Devastação não tinha ficado preso muitas vezes na casa de Alastair, e isso provavelmente o assustou. Talvez tivesse roído a corda e se jogado contra a porta até abri-la.

— Devastação! — chamou Call de novo, mais alto. — Devastação, estamos em casa! Pode voltar agora!

Ele se virou, mas o lobo não saiu dos arbustos, não surgiu das sombras que estavam começando a se formar entre as árvores.

Estava ficando tarde.

O pai de Call chegou atrás dele. Ele olhou para a corda roída e a porta aberta, e suspirou, passando a mão pelos cabelos grisalhos.

— Call — começou ele gentilmente. — Call, ele se foi. Seu lobo se foi.

— Você não tem como saber disso! — gritou Call, virando-se para encarar Alastair.

— Call...

— Você sempre odiou Devastação! — Call se irritou. — Você provavelmente está feliz por ele ter sumido.

A expressão de Alastair enrijeceu.

— Não estou feliz por você estar triste, Call. Mas, sim, aquele lobo nunca foi um bicho de estimação. Podia ter matado ou machucado alguém. Um de seus amigos ou, Deus me livre, você. Só espero que corra para a floresta e não saia por aí comendo os vizinhos.

— Cale a boca! — ordenou Call, apesar de haver algo de confortante naquela ideia. Caso Devastação comesse alguém, Call poderia encontrá-lo por conta da provável comoção. Call afastou esse pensamento, colocando-o na coluna do Suserano do Mal.

Ideias como aquela não ajudavam em nada. Call tinha de encontrar Devastação *antes* que essas coisas horríveis acontecessem.

— Devastação nunca machucou ninguém! — Foi o que Call disse.

— Sinto muito, filho. — Para surpresa de Call, Alastair pareceu sincero. — Sei que há muito tempo você queria um animal de estimação. Talvez se eu tivesse permitido que ficasse com aquela toupeira... — Ele suspirou novamente. Call ficou imaginando se o pai o tinha impedido de ficar com a toupeira porque Suseranos do Mal não devem ter bichos de estimação. Porque Suseranos do Mal não amam nada, principalmente criaturas inocentes, como animais. Como Devastação.

MAGISTERIUM – A LUVA DE COBRE

Call ficou imaginando o quão assustado Devastação estaria. Ele não ficava sozinho desde que o menino o encontrou, quando era apenas um filhote.

— Por favor — implorou Call. — Por favor, me ajude a encontrar Devastação.

Alastair fez que sim com a cabeça uma vez, um movimento ríspido com a mandíbula.

— Entre no carro. Podemos chamá-lo enquanto dirijo devagar pelo quarteirão. Pode ser que não esteja longe.

— Certo — concordou Call. Ele olhou para a garagem, com a sensação de que estava deixando alguma coisa escapar, como se fosse enxergar o lobo se olhasse bastante.

Mas independentemente de quantas voltas deram, e de quanto chamaram, Devastação não apareceu. Foi ficando cada vez mais escuro, e eles voltaram para casa. Alastair preparou espaguete para o jantar, mas Call não conseguiu comer nada. Fez Alastair prometer que ajudaria a espalhar cartazes de CÃO PERDIDO no dia seguinte, apesar de Alastair achar que uma foto de Devastação faria mais mal que bem.

— Animais Dominados pelo Caos não devem ser bichos de estimação, Callum — insistiu Alastair após limpar o prato intocado de Call. — Eles não ligam para as pessoas. Não *são capazes* disso.

Call não respondeu, mas foi deitar com um nó na garganta e uma sensação de pavor.

↑≈△○◎

Um ruído estridente e um ganido despertaram Call de um sono inquieto. Ele se levantou na cama, procurando Miri, a faca que sempre mantinha na cabeceira. Arrastou as pernas para fora da cama e fez uma careta quando seus pés tocaram o chão frio.

— Devastação? — murmurou.

Pensou ter ouvido outro ganido distante. Espiou pela janela, mas tudo que conseguia enxergar eram árvores sombrias e escuridão.

Foi para o corredor. A porta do quarto do pai estava fechada, e a linha entre a base da porta e o chão, escura. Apesar de que ele poderia ainda estar acordado, Call sabia. Às vezes Alastair passava a noite acordado, consertando coisas na oficina.

— Devastação? — sussurrou Call novamente.

Não houve ruído em resposta, mas arrepios dominaram os braços de Call. Ele conseguia *sentir* que seu lobo estava perto, que Devastação estava ansioso, assustado. Call seguiu na direção da sensação, apesar de não conseguir explicá-la. Ela o conduzia pelo corredor, para a escada do porão. Call engoliu em seco, agarrou Miri e começou a descer.

Ele sempre se sentiu desconfortável em relação ao porão, que era cheio de peças velhas de carros, móveis quebrados, casas de boneca, bonecas que precisavam de conserto e antigos brinquedos de lata que às vezes apresentavam algum sopro de vida.

Uma barra de luz amarela emergiu de baixo da porta da adega, transformada em outro dos depósitos de Alastair, repleta de mais quinquilharias que ele ainda não havia consertado. Call se encheu de coragem e mancou pelo salão, abrindo a porta.

Não se mexeu. O pai tinha trancado.

O coração de Call acelerou.

Não havia razão para o pai trancar um monte de velharia semiconsertadas. Absolutamente nenhuma.

— Pai? — chamou Call através da porta, imaginando se Alastair estaria ali por algum motivo.

Mas ele ouviu algo muito diferente se mexer do outro lado. A fúria inflou dentro dele, terrível e sufocante. Call pegou sua pequena faca e tentou pressioná-la contra o espaço da porta, tentando afastar a tranca.

Após um instante tenso, a ponta de Miri tocou o ponto certo e a tranca soltou. A porta se abriu.

A adega não era mais como Call lembrava. O lixo havia sido removido, deixando espaço para o que parecia ser um escritório de um mago. Havia uma mesa em um canto, com pilhas de livros antigos ao redor, e uma pequena cama no outro. E, bem no centro do cômodo, preso com algemas horrorosas e uma focinheira horrível de couro, estava Devastação.

O lobo pulou em direção a Call, ganindo, e foi puxado de volta pelas correntes. Call se ajoelhou, tocando os pelos de Devastação com os dedos enquanto tateava em busca da abertura da coleira. Estava tão feliz em ver Devastação e tão furioso com o pai pelo que havia feito que por um instante não reparou no detalhe mais importante.

Porém, ao examinar o recinto em busca das chaves que soltariam o lobo, finalmente viu o que devia ter notado em primeiro lugar.

A cama do outro lado também tinha algemas.

Algemas do tamanho exato para um menino prestes a completar 13 anos de idade.

CAPÍTULO DOIS

Call não conseguia desviar o olhar das algemas. O coração parecia pequeno demais em seu peito, batendo desesperadamente, sem fazer o sangue circular pelas veias. As algemas feitas de ferro, com símbolos alquímicos gravados — evidentemente o trabalho de um mago —, estavam cravadas na parede atrás deles. Uma vez que prendessem alguém, seriam impossíveis de abrir...

Atrás de Call, Devastação emitiu um ruído choroso. Call se forçou a desviar o olhar e se concentrou em libertar o lobo. A focinheira saiu com facilidade, mas, assim que o menino a retirou, Devastação começou a latir descontroladamente, como se estivesse tentando contar a Call como acabou acorrentado no porão.

— Shhhh — pediu Call em pânico, agarrando o focinho de Devastação, tentando mantê-lo quieto. — *Não acorde papai.*

Devastação ganiu enquanto Call tentava se recompor. O piso do depósito era de concreto, e Call esticou o braço para extrair um pouco da magia da terra a fim de romper as correntes do lobo. A magia, quando veio, pareceu fraca: a concentração de Call estava dispersa, e ele sabia disso. Simplesmente não conseguia acreditar que o pai encenou a tristeza pelo sumiço de Devastação, que o levou para dar voltas pela rua e deixou que chamasse pelo lobo, embora soubesse o tempo todo onde ele estava, depois de tê-lo acorrentado no porão.

Exceto que seu pai não podia ter acorrentado Devastação pessoalmente. Alastair esteve com o filho o tempo todo. Então devia ter sido outra pessoa. Um amigo do pai? A mente de Call disparou. Alastair não tinha amigos.

Seu coração também se acelerou ao pensar nisso, e a intensa combinação de medo e magia arrebentou a corrente de Devastação. O lobo estava livre. Call correu para o outro lado da adega até a mesa de Alastair e pegou os papéis espalhados sobre o tampo. Estavam todos preenchidos pela caligrafia do pai: páginas de anotações e desenhos. Havia um esboço dos portões do Magisterium, de um prédio de pilares, que Call não conhecia, e do hangar onde foi realizado o Desafio de Ferro. Mas a maioria dos desenhos era de uma estranha coisa mecânica, que parecia a luva de uma antiga armadura de metal, coberta por símbolos estranhos. Teria sido legal se alguma coisa naquilo não tivesse causado arrepios na espinha de Call.

Os desenhos estavam ao lado de um livro que explicava um ritual bizarro e perturbador. O tomo era coberto por couro preto rachado, e seu conteúdo, horripilante. Explicava como a magia do caos podia ser colhida e utilizada por alguém que não fosse Makar — através da remoção do coração ainda pulsante de uma criatura Dominada pelo Caos. Uma vez que a pessoa estivesse em posse da manopla e do coração, a magia do caos podia ser arrancada de um Makar, destruindo-o completamente.

Porém, se essa pessoa não fosse um mago do caos, se não fosse um Makar, ela sobreviveria.

Olhando para as algemas na cama, Call deduziu quem serviria de cobaia para o experimento. Alastair se valeria do caos para executar uma forma obscura de cirurgia mágica em Call, uma que poderia matá-lo se ele realmente fosse o Inimigo da Morte e possuísse as habilidades do Makar do Inimigo.

Call achava que Alastair desconfiava da verdade sobre ele, mas, ao que parecia, ele já estava além da desconfiança. Mesmo que Call sobrevivesse à cirurgia mágica, sabia que aquele se tratava de um teste no qual fracassaria. Ele possuía a alma de Constantine Madden, e o próprio pai o queria morto por isso.

Ao lado do livro, havia um bilhete na letra de Alastair: *Tem de funcionar com ele. Precisa funcionar.* "Precisa" estava sublinhado várias vezes e, ao seu lado, uma data de setembro.

Era a data em que Call voltaria ao Magisterium. As pessoas da cidade sabiam que ele passaria o verão em casa, e provavelmente imaginariam que ele retornaria para a escola de balé, exatamente como as outras crianças voltavam para a escola pública. Se Call simplesmente desaparecesse em setembro, ninguém acharia nada de estranho nisso.

Call olhou para as algemas novamente. Sentiu-se nauseado. Só faltavam duas semanas para setembro.

— Call.

Call se virou. O pai estava na porta, ainda vestido com as mesmas roupas, como se jamais houvesse planejado dormir. Os óculos estavam apoiados no nariz. Ele parecia totalmente normal e um pouco triste. Call o encarou, incrédulo, enquanto o pai esticava a mão para ele.

— Call, não é o que você pensa...

— Diga que não mandou trancarem Devastação aqui — sussurrou Call. — Diga que nenhuma dessas coisas é sua.

— Não fui eu quem o acorrentou. — Foi a primeira vez que Alastair não se referiu a Devastação como *coisa*. — Mas meu plano é necessário, Call. É por você, para seu próprio bem. Existem pessoas terríveis no mundo, e elas farão coisas com você. Elas irão usá-lo. Não posso permitir.

— E para evitar isso você fará uma coisa terrível antes?

— É para seu próprio bem!

— Isso é mentira! — gritou Call. Ele soltou Devastação, que rosnou. As orelhas estavam grudadas na cabeça, e o lobo olhava fixamente para Alastair com as pupilas multicoloridas. — Tudo que você já me disse na vida é mentira. Mentiu sobre o Magisterium...

— Não menti sobre o Magisterium! — Alastair se irritou. — Era o pior lugar para você. *É* o pior lugar para você!

— Porque você acha que sou Constantine Madden! — berrou Call. — Você acha que sou o Inimigo da Morte!

Foi como se ele tivesse contido um tornado: fez-se um silêncio súbito e carregado, horrível. Nem Devastação emitiu qualquer som enquanto a expressão de Alastair ruía e seu corpo caía contra a porta. Quando respondeu, falou de forma muito suave. Foi pior, de certa forma, que a raiva.

— Você *é* Constantine Madden. Não é?

— Não sei! — Call se sentiu perdido, desolado. — Não me lembro de ser ninguém que não eu mesmo. Mas, se realmente sou ele, então você deveria me ajudar a saber o que fazer com isso. Em vez disso, está amarrando meu cachorro e...

Call olhou para as algemas de seu tamanho e engoliu o resto das palavras.

— Quando vi o lobo, foi então que eu *soube*. — Alastair manteve o mesmo tom baixo de voz. — Antes eu suspeitava, mas conseguia me convencer de que *você* não podia ser como *ele*. Mas Constantine tinha um lobo exatamente como Devastação quando tínhamos sua idade. O lobo o acompanhava a todos os cantos. Exatamente como Devastação faz com você.

Call sentiu um tremor lhe atravessar a pele.

— Você disse que era amigo de Constantine.

— Éramos parte do mesmo grupo de aprendizes. Tutelados pelo Mestre Rufus — Aquilo era mais do que Alastair jamais havia compartilhado sobre seu tempo no Magisterium. — Rufus escolheu cinco alunos em meu Desafio de Ferro. Sua mãe. O irmão dela, Declan. Constantine Madden. O irmão de Constantine, Jericho. E eu. — Era dolorido para Alastair contar aquelas coisas para o filho, Call conseguia perceber. — Ao final de nosso Ano de Prata, só quatro de nós estavam vivos, e Constantine já começara a usar a máscara. Cinco anos depois, todos tinham morrido, exceto eu e ele. Depois do Massacre Gelado, ele raramente voltou a ser visto.

Foi no Massacre Gelado que a mãe de Call morreu. E sua perna acabou destruída. Quando Constantine removeu a alma do menino chamado Callum Hunt e inseriu a própria no corpo da criança. Mas essa nem era a pior parte do que Call sabia. A pior coisa foi o que o Mestre Joseph contou sobre sua mãe.

— Sei o que ela escreveu na neve — revelou Call. — Ela escreveu "*Mate a criança*". Estava falando de mim.

O pai não negou.

— Por que não me matou?

— Call, eu jamais machucaria você...

— Sério? — Call pegou um dos desenhos da luva. — O que é isso? Para que ia usar isso? Jardinagem?

A expressão de Alastair se tornou sombria.

— Call, me dê isso aqui.

— Você ia me acorrentar para eu não fazer nada enquanto você arrancasse o coração do Devastação? — Call apontou para as algemas. — Ou para eu não resistir quando fizesse o mesmo comigo?

— Não seja ridículo!

Alastair deu um passo à frente, e foi então que Devastação avançou, rosnando. Call gritou, e Devastação tentou se conter no meio de um pulo, girando desesperadamente. Bateu na lateral de Alastair, jogando-o para trás. O pai de Call caiu sobre uma pequena mesa, que quebrou. Lobo e homem rolaram no chão.

— Devastação! — repetiu Call aos berros. O lobo rolou de cima de Alastair e voltou para seu lugar ao lado de Call, ainda rosnando. Alastair se pôs de joelhos e se levantou devagar, sem muito equilíbrio.

Call foi automaticamente na direção do pai. Alastair olhou para ele, e havia algo no rosto do pai que o garoto jamais esperou ver:

Medo.

Aquilo deixou Call furioso.

— Vou embora — disparou. — Eu e Devastação vamos embora e nunca mais vamos voltar. Você perdeu a chance de nos matar.

— Call! — Alastair levantou uma das mãos em alerta. — Não posso permitir que faça isso.

Call ficou imaginando se Alastair sempre sentiu alguma coisa estranha quando olhava para ele, alguma sensação horrível de que havia algo errado. Sempre pensou em Alastair como seu pai, mesmo depois do que o Mestre Joseph contou, mas era possível que Alastair não pensasse mais em Call como seu filho.

Call olhou para a faca que tinha nas mãos. Lembrou-se do dia do Desafio e ficou imaginando se Alastair teria jogado a faca *para* ele, ou *nele*. *Mate a criança*. Lembrou-se de Alastair escrevendo a Mestre Rufus para pedir que interditasse a magia de Call. De repente, as ações de Alastair começaram a fazer um sentido horrível.

— Pode ir — disse Call a Devastação, apontando com a cabeça para a porta que levava à bagunça que era o resto do porão. — Vamos sair daqui.

Devastação se virou e foi embora. Call começou a seguir cuidadosamente o lobo.

— Não! Você não pode ir! — Alastair pulou para cima de Call, agarrando-o pelo braço. O pai não era um homem grande, mas era esguio, alto e rijo. Call escorregou e caiu feio no concreto, aterrissando de mal jeito sobre as pernas. Sentiu a dor subir pelo corpo, fazendo com que a visão se tornasse turva. Acima dos latidos de Devastação, Call ouviu o pai dizendo: — Você não pode voltar ao Magisterium. Tenho de resolver isso. Prometo que *vou* resolver isso...

Você está dizendo que vai me matar, pensou Call. *Está dizendo que meu problema se resolverá quando eu morrer*.

Call foi dominado pela fúria, por todas as mentiras que Alastair contou e continuava contando até aquele momento, pelo nó de pavor que carregava dentro de si desde que o Mestre Joseph revelou quem ele realmente era, pela ideia de que todos de quem gostava poderiam odiá-lo se soubessem.

A raiva transbordou do menino. A parede atrás de Alastair de repente estalou, uma rachadura se espalhou pela lateral, e tudo no recinto começou a se mover. A mesa de Alastair voou contra uma parede. A cama explodiu junto ao teto. Alastair olhou em volta, espantado, exatamente quando Call lançou magia na direção do pai. Alastair voou pelo ar e bateu contra a parede rachada, a cabeça fez um barulho horrível antes do corpo inteiro cair, flácido, no chão.

Call se levantou, trêmulo. Alastair estava inconsciente, imóvel, os olhos fechados. O garoto aproximou-se um pouco mais e encarou o corpo. O peito do pai ainda subia e descia. Continuava respirando.

Permitir que a raiva escapasse tanto ao controle a ponto de derrubar o próprio pai com magia definitivamente entrava na coluna ruim da lista de Suserano do Mal.

Call sabia que precisava sair da casa antes que Alastair acordasse. Cambaleou para fora da sala, empurrando a porta a fim de fechá-la atrás de si; Devastação o seguia de perto.

No porão havia um baú de madeira, cheio de quebra-cabeças e velhos jogos de tabuleiro com peças faltando, ao lado de uma estranha composição de cadeiras quebradas. Call empurrou tudo aquilo para a porta da adega. Pelo menos atrasaria Alastair, pensou, ao subir as escadas.

Correu para o quarto e vestiu um casaco sobre o pijama, colocando os pés em um par de tênis. Devastação o rodeou, latindo suavemente, enquanto o menino enchia uma bolsa de pano com algumas roupas escolhidas a esmo. Em seguida, foi para a cozinha e pegou várias batatinhas e biscoitos. Esvaziou a lata em cima da geladeira, onde Alastair guardava o dinheiro das compras — mais ou menos quarenta dólares em notas amassadas de cinco e de um. Enfiou tudo na bolsa, guardou Miri na bainha e colocou a faca sobre seus outros pertences antes de fechar o zíper.

Colocou a bolsa sobre um dos ombros. A perna doía, e ele estava meio trêmulo por conta da queda e do recuo da magia que ainda ecoava por seu corpo. A luz do luar entrava pelas janelas e iluminava todo o recinto com um brilho branco. Call olhou em volta, imaginando se algum dia voltaria a ver a cozinha, a casa ou o pai.

Devastação ganiu, as orelhas abaixadas. Call não conseguia ouvir nada, mas isso não significava que Alastair não estava acordando. Afastou os pensamentos desobedientes, agarrou os pelos do pescoço de Devastação e saiu da casa sem fazer barulho.

↑≋△○◎

As ruas da cidade estavam vazias sob a escuridão das primeiras horas do dia, mas Call se manteve nas sombras mesmo assim, caso Alastair resolvesse sair de carro procurando por ele. O sol nasceria em breve.

MAGISTERIUM – A LUVA DE COBRE

Mais ou menos vinte minutos após a fuga, seu telefone tocou. Quase saltou para fora do próprio corpo antes de conseguir silenciá-lo.

A tela informava que a ligação vinha de casa. Alastair definitivamente estava acordado e tinha saído do porão. O alívio sentido por Call logo se transformou em puro medo. Alastair ligou outra vez. E mais uma.

Call desligou o celular e o jogou fora, caso o pai pudesse rastrear sua localização como os detetives da TV.

Precisava decidir para onde ir — e rápido. As aulas no Magisterium só começariam em duas semanas, mas sempre havia alguém por perto. Tinha certeza de que Mestre Rufus o deixaria ficar em seu velho quarto até Tamara e Aaron aparecerem; e o protegeria contra o pai se fosse necessário.

Então Call se imaginou apenas com as companhias de Devastação e de Mestre Rufus, andando pelas cavernas ecoantes da escola. Pareceu-lhe deprimente. Para completar, ele não sabia como poderia chegar sozinho a um sistema de cavernas remotas na Virgínia. Foi uma estrada longa e empoeirada até a Carolina do Norte no velho Rolls Royce de Alastair no início do verão, uma viagem que ele não tinha ideia de como refazer.

Tinha trocado mensagens com os amigos, mas não sabia onde Aaron ficava quando não estava na escola; Aaron era meio misterioso quanto à própria localização. A família de Tamara vivia nos arredores de Washington. De qualquer forma, Call tinha certeza de que havia mais ônibus para Washington que para qualquer local próximo ao Magisterium.

Já estava com saudades do telefone.

Tamara tinha mandado um presente adiantado pelo seu aniversário — uma coleira de couro e uma guia para Devastação —, e o pacote veio com o endereço do remetente. Ele se lembrava do endereço porque a casa tinha um nome, *As Arestas*, e Alastair riu porque disse que era isso que pessoas ricas faziam, davam nomes às próprias casas.

Call poderia ir até lá.

Com mais propósito do que vinha sentindo em semanas, Call seguiu para a rodoviária. Era uma pequena construção com dois bancos do lado de fora e uma saleta climatizada, na qual uma senhora se sentava e entregava bilhetes por trás do vidro. Um senhor já estava sentado em um dos bancos, o chapéu inclinado sobre a cabeça, como se estivesse tirando um cochilo.

Mosquitos zumbiam pelo ar enquanto Call se aproximava da senhora.

— Humm — começou Call. — Preciso de uma passagem de ida para Arlington.

Ela o olhou fixamente, contraindo os lábios cobertos por uma camada de batom.

— Quantos anos você tem? — perguntou a senhora.

— Dezoito. — Ele torceu para que houvesse soado confiante. Parecia muito possível que ela não fosse acreditar nele, mas às vezes as pessoas mais velhas não eram muito boas em avaliar a idade dos outros. Ele tentou se espichar de um jeito que o deixasse mais alto.

— Humm — declarou ela, afinal. — Quarenta dólares para uma passagem sem reembolso, preço adulto. Está com sorte, seu ônibus sai em meia hora. Mas não permitimos cães, a não ser que seja um cão-guia.

MAGISTERIUM – À LUVA DE COBRE

— Ah, sim. — Call olhou rapidamente para Devastação. — Ele é um cão de serviço. Inclusive, realmente *prestou serviço*, serviu à Marinha, para falar a verdade.

As sobrancelhas da mulher se ergueram.

— Ele salvou um homem. — Call arriscou a história enquanto contava o dinheiro e o entregava para a mulher. — De um afogamento. E tubarões. Bem, só um tubarão, na verdade, mas era bem grande. Ele recebeu uma medalha e tudo.

Ela o encarou longamente, em seguida olhou para a postura de Call.

— Então você precisa de um cachorro para ajudar com sua perna, certo? Bastava ter dito. — Ela deslizou o bilhete para ele.

Envergonhado, Call pegou o papel e se virou sem responder. A compra custou quase todo o seu dinheiro, deixando-o apenas com um dólar e algumas moedas. Com isso, ele comprou dois chocolates na máquina e sentou para esperar o ônibus. Devastação deitou ao seu lado.

Assim que chegasse à casa de Tamara, prometeu a si mesmo, as coisas iriam melhorar. Ficaria tudo bem.

CAPÍTULO TRÊS

No ônibus, Call cochilou algumas vezes com o rosto contra a janela. Devastação havia se encolhido aos seus pés, e também impediu que qualquer pessoa sentasse ao seu lado.

Sonhos inquietos invadiram a mente de Call enquanto dormia. Sonhou com neve e gelo, e magos mortos, espalhados pelo chão. Sonhou que estava olhando para o próprio reflexo no espelho, mas não era mais seu rosto, e sim o de Constantine Madden. Sonhou que estava preso por algemas a uma parede, com Alastair prestes a cortar seu coração.

Acordou com um grito, apenas para se descobrir piscando para o motorista do ônibus, que estava inclinado sobre ele, o rosto enrugado traduzindo preocupação.

— Estamos em Arlington, garoto — informou o homem. — Todo mundo já desceu. Alguém vem buscar você?

Call murmurou algo como "claro" e saltou, cambaleando. Devastação o seguiu.

Havia um orelhão na esquina. Call o encarou. Tinha a vaga ideia de que podia utilizá-lo para contatar o serviço de informações e conseguir o número das pessoas, mas não fazia ideia de como. Sempre usava a internet para esse tipo de coisa. Estava prestes a ir até o telefone quando um taxi preto e vermelho parou na esquina e vários alunos de alguma fraternidade saltaram. O motorista saiu, tirando as bagagens do porta-malas.

Call correu até ele, ignorando os puxões na perna. Inclinou-se na janela.

— Sabe onde fica a Arestas?

O taxista ergueu uma das sobrancelhas.

— Sei. É um lugar bem chique. Uma casa antiga.

Call sentiu o coração acelerar.

— Pode me levar até lá? E meu cachorro?

O motorista franziu o rosto para Devastação. O lobo estava cheirando as rodas do carro.

— Chama essa coisa de cachorro?

Call ficou imaginando se deveria usar a desculpa do cão-guia outra vez. Mas em vez disso falou:

— Devastação é de uma raça rara.

O homem resmungou.

— Nisso eu acredito. Sim, podem entrar. Contanto que nenhum de vocês dois sofra de enjoo no carro, serão melhores passageiros que os garotos que acabaram de saltar.

Poucos instantes depois, Call sentava no banco traseiro. Devastação pulou ao seu lado. As almofadas estavam rasgadas, exibindo o enchimento, e Call tinha quase certeza de que uma mola espetava suas costas. O taxi não parecia ter cintos ou amortecedores. Eles foram balançando e se batendo pelas ruas, com Call sendo jogado de um lado para o outro, como uma bola de pinball. Apesar das promessas de Call, Devastação parecia um pouco nauseado.

Finalmente, chegaram ao topo de uma colina. Diante deles havia uma cerca de ferro e um enorme portão ornado, aberto. Um gramado cuidadosamente aparado se estendia até o outro lado, como um mar verde. Ele pôde ver pessoas uniformizadas se apressando e carregando bandejas. Franziu os olhos, tentando descobrir o que acontecia. Talvez os pais de Tamara estivessem dando uma festa?

Então viu a casa ao fim de uma estradinha curva. Era grandiosa o suficiente para que Call pensasse nos programas que Alastair gostava de assistir na BBC. Era o tipo de lugar onde duques e duquesas viviam. Call sabia que Tamara era *rica*, mas imaginava que ela tivesse dinheiro como algumas pessoas da sua antiga escola — pessoas que tinham telefones novos ou tênis legais que todo mundo queria. Só naquele momento ele percebeu que não fazia ideia do tipo de riqueza que Tamara possuía.

— São trinta pratas — disse o motorista.

— Hum, pode me levar até a casa? — pediu Call, decidido a achar Tamara. Ela definitivamente tinha condições de lhe emprestar aquele dinheiro.

— Você só pode estar brincando. — O motorista seguiu pelo caminho. — Vou deixar o taxímetro ligado.

Alguns outros carros estavam entrando atrás do taxi, BMWs, Mercedes e Aston Martins reluzentes, pretos e prateados. Defini-

MAGISTERIUM – A LUVA DE COBRE

tivamente havia alguma festa — pessoas se aglomeravam no jardim ao lado da casa, separadas da grama por baixas cercas vivas. Call podia ver luzes piscando e ouvir uma música ao longe.

Saltou do carro. Um homem branco e de ombros largos, com a cabeça raspada, de terno preto e sapatos brilhantes, consultava uma lista de nomes e autorizava a entrada de pessoas na casa. O sujeito não se parecia em nada com o pai de Tamara, e, por um instante, Call entrou em pânico, pensando estar no lugar errado.

Então Call percebeu que o cara só podia ser um mordomo — ou coisa parecida. Um mordomo que olhou para Call com tanta hostilidade, como se quisesse lembrá-lo de que ele estava de pijama sob o casaco, que os cabelos provavelmente ainda estavam arrepiados do ônibus e que ele trazia consigo um lobo grande e inadequado para festas.

— Posso ajudar? — ofereceu o mordomo. Usava um crachá que dizia STEBBINS em letras elegantes.

— A Tamara está? — perguntou Call. — Preciso falar com ela. Sou um amigo da escola e...

— Sinto muito — respondeu Stebbins em um tom que deixava perceptível que não sentia coisa alguma. — Há um evento sendo realizado. Posso verificar se seu nome está na lista, mas, caso contrário, temo que terá de voltar outra hora.

— *Não posso* voltar outra hora — insistiu Call. — Por favor, apenas diga a Tamara que preciso da ajuda dela.

— Tamara Rajavi é uma moça muito ocupada — retrucou Stebbins. — E esse animal precisa usar uma coleira, ou terá de removê-lo do perímetro.

— Com licença. — Uma mulher alta e bem-vestida, com cabelos completamente prateados, saltou de um Mercedes e subiu os degraus atrás de Call. Ela mostrou um convite cor de creme na mão enluvada de preto, e de repente Stebbins virou todo sorrisos.

— Seja bem-vinda, senhora Tarquin. — Ele abriu a porta. — O senhor e a senhora Rajavi ficarão muito felizes em vê-la...

Call foi com tudo, desviando de Stebbins. Ouviu o homem gritar atrás dele e de Devastação, mas eles estavam ocupados correndo pelo imenso corredor de mármore, coberto com belos tapetes, em direção às portas de vidro que se abriam para o pátio onde a festa acontecia.

Pessoas chiques ocupavam um quadrado de grama emoldurado por altas cercas vivas. Havia piscinas retangulares e grandes urnas de pedra repletas de rosas. As cercas eram podadas em formato de símbolos alquímicos. Mulheres usavam longos vestidos floridos e chapéus cheios de laços, enquanto os homens trajavam ternos em tons neutros. Call não conseguiu identificar ninguém, mas passou por uma cerca em forma de um grande símbolo do fogo e tentou se afastar da casa, para onde os aglomerados de pessoas eram mais densos.

Um dos criados, um rapaz de cabelos cor de areia que equilibrava uma bandeja com taças cheias do que parecia ser champanhe, correu para interceptar Call.

— Com licença, senhor, mas acho que tem alguém procurando por você. — O garçom fez um sinal com a cabeça em direção à entrada, onde Stebbins se encontrava apontando diretamente para Call e falando furiosamente com outro empregado.

— Eu conheço a Tamara. — Call olhou freneticamente ao redor. — Se ao menos eu pudesse falar com ela...

— Temo que seja uma festa apenas para convidados — disse o garçom, parecendo lamentar um pouco por Call. — Se puder me acompanhar...

Finalmente, Call avistou alguém que conhecia.

Um menino asiático alto estava em um pequeno grupo com outros jovens mais ou menos da idade de Call. Usava um tenho creme de linho, os cabelos escuros perfeitamente alinhados. Jasper deWinter.

— Jasper! — gritou Call, acenando a mão freneticamente. — Oi, Jasper!

Jasper olhou para ele, e seus olhos arregalaram. Ele foi em direção a Call. Estava com um copo de suco no qual pedaços de fruta verdadeira boiavam. Call nunca sentiu tanto alívio em ver alguém. Começou a reconsiderar todas as coisas ruins que já tinha pensado sobre Jasper. Jasper era um herói.

— Senhor deWinter — disse o garçom. — Conhece este menino?

Jasper tomou um gole do suco, os olhos castanhos percorrendo Call da cabeça aos pés, dos cabelos emaranhados aos tênis sujos.

— Nunca o vi na vida.

Os pensamentos positivos de Call sobre Jasper evaporaram em um sopro.

— Jasper, seu mentiroso...

— Provavelmente é um dos garotos locais tentando entrar aqui por causa de alguma aposta. — Jasper cerrou os olhos para

Call. — Sabe como os vizinhos ficam curiosos em relação ao que se passa na Arestas.

— De fato — murmurou o garçom. Seu olhar solidário desapareceu, e ele encarava Call como se este fosse um inseto boiando em um coquetel.

— Jasper — disse Call, entre os dentes —, quando voltarmos à escola, vou te matar por isso.

— Ameaças de morte — retrucou Jasper. — A que ponto nós chegamos.

O garçom tentou segurar uma risada. Jasper sorriu para Call, nitidamente se divertindo.

— Ele parece um pouco maltrapilho — prosseguiu Jasper. — Talvez devesse dar a ele camarões e suco antes de mandá-lo embora.

— Seria muita gentileza sua, senhor deWinter — disse o garçom, e Call estava prestes a fazer alguma coisa, possivelmente explodir, quando de repente ouviu uma voz chamar seu nome.

— Call, Call, *Call*! — Era Tamara, destacando-se entre a multidão. Trajava um vestido florido de seda, mas, se usara algum chapéu cheio de laços, tinha caído. O cabelo estava sem as tranças habituais, derramando-se em cachos sobre as costas. Ela se jogou em Call e o abraçou com força.

Ela cheirava bem. Como sabonete de mel.

— Tamara! — Call tentou dizer, mas ela o apertava com tanta força que tudo que ele conseguiu pronunciar foi um grunhido. Ele a afagou nas costas, desconfortável. Devastação, em êxtase por ver Tamara, corria ao redor da garota.

Quando Tamara soltou Call, o garçom estava olhando para eles com a boca aberta. Jasper parecia congelado no lugar, a expressão fria.

— Jasper, você é um idiota. — E essas foram as únicas palavras que a garota lhe dirigiu. — Bates, Call é um de meus melhores amigos. Ele está *absolutamente* convidado para a festa.

Jasper virou-se e desapareceu. Call estava prestes a gritar algum insulto para ele quando Devastação começou a latir. Ele saltou, rápido demais para que Call o agarrasse. O menino ouviu os outros convidados engasgarem ao fugirem do lobo. Então escutou alguém gritar "Devastação!", e a multidão se afastou o suficiente para que Call pudesse ver o lobo empinado, as patas no peito de Aaron. O garoto sorria e afagava o pelo de Devastação.

O frisson entre os convidados aumentou. Algumas pessoas pareciam alarmadas, outras praticamente gritavam.

— Ah, não. — Tamara mordeu o lábio.

— O que foi? — Call já havia começado a caminhar, ansioso para chegar até Aaron. Tamara o pegou pelo pulso.

— Devastação é um lobo Dominado pelo Caos, Call, e está subindo no Makar deles. Vamos!

Tamara o puxou para a frente, e, de fato, foi muito mais fácil para Call passar pela multidão com Tamara o guiando como um reboque. Convidados gritavam e corriam na direção oposta. Tamara e Call alcançaram Aaron justamente quando dois adultos muito elegantes, parecendo preocupados, também o alcançaram — um homem bonito, com um terno branco, e uma bela mulher de aparência severa, com longos cabelos escuros, decorados com flores. Seus sapatos nitidamente tinham sido feitos por um mago do metal: pareciam de prata e tiniam como sinos quando ela andava. Call não conseguia nem imaginar quanto tinham custado.

— *Saia!* — O homem se irritou, empurrando Devastação, o que foi uma atitude mais ou menos corajosa, Call pensou, apesar de o único perigo que Aaron corria era o de ser lambido até a morte.

— Pai, mãe. — Tamara conseguiu falar, sem fôlego. — Lembram... Falei a vocês sobre Devastação. Ele é tranquilo. É seguro. É como... nosso mascote.

O pai a encarou como se ela não houvesse explicado nada daquilo, mas sua interrupção deu a Aaron tempo de abaixar e pegar Devastação pelo cangote. Ele enterrou os dedos no pelo do lobo, esfregando as orelhas do animal. Devastação botou a língua para fora, feliz.

— É incrível como ele responde a você, Aaron. Ele com toda a certeza parece domado. — A mãe de Tamara sorriu para Aaron. O resto da festa começou a soltar gritinhos e a aplaudir, como se Aaron tivesse executado um milagre, como se o comportamento normal de Devastação fosse um indício de que o Makar deles iria triunfar sobre as forças do caos.

Call, atrás de Tamara, se sentiu invisível e incomodado com aquilo. Ninguém se importava com o fato de que Devastação era *seu* cachorro e tinha passado o verão perfeitamente domado por *ele*. Ninguém se importava com o fato de que ele e Devastação tinham ido ao parque todas as sextas nos últimos dois meses e jogado frisbee até Devastação acidentalmente quebrar o disco em dois, ou que, uma vez, Devastação lambeu suavemente o sorvete de uma garotinha, em vez de ter mordido a mão dela de uma vez, como teria acontecido se Call não houvesse lhe dito para não fa-

MAGISTERIUM – A LUVA DE COBRE

zer essas coisas, o que definitivamente lhe deu pontos, porque um Suserano do Mal jamais teria feito uma coisa dessas.

Ninguém se importava a não ser que Aaron estivesse envolvido. Aaron estava perfeito, com um terno ainda mais chique que o de Jasper e um novo corte de cabelo idiota, que fazia com que seus cabelos lhe caíssem sobre os olhos. Call notou, satisfeito, que havia manchas de pata perto de um dos bolsos do paletó metido à besta.

Call sabia que não devia se sentir assim. Aaron era seu amigo. Aaron não tinha família, nem mesmo um pai que tentasse matá-lo. Era bom que as pessoas gostassem dele. Significava que Devastação poderia ficar na festa e que alguém provavelmente emprestaria trinta dólares a Call sem grandes reclamações.

Quando Aaron sorriu para Call, todo o rosto brilhando, Call se forçou a retribuir.

— Por que não encontra algumas roupas de festa para seu amigo? — sugeriu a mãe de Tamara, com um aceno entretido para Call. — E, Stebbins, pague o taxi que o trouxe, pois está parado nos portões há horas. — Ela sorriu para Call. Ele não sabia ao certo o que concluir sobre aquela mulher. Parecia amigável e receptiva, mas Call achou que havia algo não muito sincero em sua simpatia. — Mas volte logo. Os feitiços já vão começar.

Aaron chamou Devastação para dentro da casa.

— Call pode pegar algumas de minhas roupas — disse ele.

— É, venha nos contar o que aconteceu. — Tamara conduziu o grupo. — Não que não estejamos felizes em vê-lo, mas o que você está fazendo aqui? Por que não ligou para avisar que vinha?

— É por causa de seu pai? — perguntou Aaron, lançando um olhar solidário a Call.

— É — respondeu ele lentamente. Atravessaram as imensas portas de vidro e entraram em uma sala enorme com piso de mármore, cheia de tapetes caros em cores que lembravam pedras preciosas. Enquanto subiam uma escadaria ridiculamente linda forjada em ferro, Call contou uma história sobre como Alastair o proibira de voltar ao Magisterium. Essa parte foi suficientemente verdadeira; Tamara e Aaron sabiam que Alastair sempre odiara a ideia de Call frequentar a escola de magos. Era possível elaborar a história até a parte em que tiveram uma briga horrível, e ainda a razão pela qual Call temeu que o pai fosse trancá-lo no porão e deixa-lo lá. Para conseguir mais solidariedade, acrescentou que Alastair detestava Devastação e o tratava mal.

Quando terminou, Call já tinha quase se convencido de que tudo aquilo era verdade. Aquela história parecia muito mais crível que a realidade.

Tamara e Aaron emitiram todos os ruídos corretos de solidariedade e fizeram dezenas de perguntas, de modo que ele quase se sentiu aliviado quando Tamara se retirou para que Call pudesse se trocar. Ela levou Devastação consigo. Call seguiu Aaron até o quarto que o garoto ocupava, e sentou na cama king size posicionada no centro do cômodo. As paredes eram cobertas por objetos antigos, com aparência de caros, que, Call desconfiava, deixariam Alastair tentado: grandes placas talhadas de metal, azulejos pintados com estampas angulares e lascas brilhantes de seda e metal emolduradas. Havia grandes janelas com vista para o gramado abaixo. Sobre a cama, pendia um lustre com cristais azuis em forma de sinos.

— Que lugar incrível, não? — Aaron nitidamente ainda estava um pouco impressionado. Foi até o imponente armário de madeira no canto e o abriu. Pegou uma calça branca, um paletó e uma camisa, e os trouxe para Call.

— O que foi? — disse um pouco constrangido quando Call não se mexeu para pegar.

Call percebeu que encarava Aaron.

— Você não falou que se hospedaria na casa de Tamara — disse.

Aaron deu de ombros.

— É estranho.

— Não significa que precisa ser segredo!

— Não era segredo — respondeu Aaron calorosamente. — Só não tive a chance de contar.

— Você nem parece você. — Call pegou as roupas.

— Como assim? — Aaron soou surpreso, mas Call não entendia como ele poderia estar. Call nunca o viu com roupas tão chiques quanto as que ele usava naquele momento, nem mesmo quando foi declarado Makar diante de todo o Magisterium e da Assembleia. Seus novos sapatos provavelmente custaram centenas de dólares. Ele estava bronzeado e saudável. Tinha cheiro de loção pós-barba, apesar de não precisar se barbear. Provavelmente passou todo o verão correndo no jardim com Tamara, fazendo refeições balanceadas. Nada de pizza no jantar para o Makar. — Está falando das roupas? — Aaron as puxou, um pouco envergonhado. — Os pais de Tamara insistiram que eu as aceitasse. E me senti muito estranho andando de um lado para o outro de calça jeans e camiseta quando todo mundo parece tão...

— Rico? — perguntou Call. — Bem, pelo menos você não apareceu por aqui de pijama.

Aaron sorriu.

— Você sempre sabe causar impacto na entrada — argumentou ele. Call concluiu que Aaron se referia a quando se conheceram no Desafio de Ferro e Call fez com que a carga de uma caneta explodisse em si próprio.

Call pegou as roupas novas e foi para o banheiro se trocar. Ficaram, como ele desconfiou que ficariam, grandes demais. Aaron tinha muito mais músculos que ele. Conformou-se em puxar as mangas do paletó praticamente até os cotovelos e em passar os dedos molhados pelo cabelo até não estarem mais arrepiados.

Quando voltou, Aaron estava perto da janela, olhando para a grama. Havia um grande chafariz no centro, e algumas crianças se reuniam ao redor, lançando punhados de alguma espécie de substância que fazia a água brilhar em diferentes cores.

— Então, gosta daqui? — perguntou Call, fazendo o melhor possível para não soar rancoroso. Aaron não tinha culpa de ser o Makar. Aaron não tinha culpa de nada.

Aaron afastou um pouco do cabelo louro do rosto. A pedra preta na pulseira em seu pulso, a que significava que ele podia praticar a magia do caos, brilhava.

— Sei que não estaria aqui se não fosse o Makar — declarou ele, quase como se soubesse o que Call estava pensando. — Os pais de Tamara são legais. Muito. Mas sei que não seria assim se eu fosse só Aaron Stewart de um orfanato qualquer. É bom para eles, politicamente, serem próximos do Makar. Mesmo que ele só tenha 13 anos. Disseram que eu podia ficar o quanto quisesse.

Call sentiu o rancor começar a falhar. Ficou imaginando quanto tempo Aaron teria esperado para ouvir aquilo, que pode-

MAGISTERIUM – A LUVA DE COBRE

ria ficar em algum lugar pelo tempo que quisesse. Imaginou que provavelmente fazia muito tempo.

— Tamara é sua amiga — disse ele. — E não por razões políticas ou por você ser quem é. Ela era sua amiga antes de qualquer pessoa saber que você era o Makar.

Aaron sorriu.

— E você também.

— Achei você legal — confessou Call, e Aaron sorriu novamente.

— Só que, na escola, ser o Makar era uma coisa — continuou Aaron. — Mas, neste verão, tem sido uma questão de fazer truques e frequentar festas como esta. Ser apresentado a várias pessoas, e todas elas ficam muito impressionadas por me conhecerem e me tratam como se eu fosse especial. É... divertido. — Ele engoliu em seco. — Sei que eu não queria ser o Makar quando descobri, mas não consigo deixar de pensar que minha vida poderia ser bem legal. Quero dizer, se não fosse pelo Inimigo. É ruim que eu me sinta assim? — Os olhos dele investigaram o rosto de Call. — Não posso perguntar a ninguém além de você. Ninguém mais me daria uma resposta direta.

E foi então que o ressentimento de Call simplesmente se dissolveu. Lembrou-se de Aaron sentado no sofá do quarto deles na escola, ainda pálido e chocado por ter sido arrastado para a frente de todo o Magisterium, a fim de que os Mestres pudessem anunciá-lo como a grande esperança que os guiaria contra o Inimigo.

Havia um inimigo, Call sabia agora. Só que não era quem eles pensavam que fosse. E *havia* pessoas que queriam Aaron morto. Essas não parariam. A não ser que o Inimigo ordenasse que parassem...

47

Se Call era o Inimigo, bem, então Aaron estava seguro, certo? Se Mestre Joseph precisava de Call para montar um ataque, então azar do Mestre. Call jamais faria nada para ferir um de seus amigos. Porque ele *tinha* amigos. E isso era algo que os Suseranos do Mal definitivamente não tinham, certo?

Subitamente, pensou no pai caído inconsciente no chão. Jamais imaginaria que um dia fosse machucar o pai.

— Não é ruim achar legal ser o Makar — falou Call afinal. — Você deve se divertir. Contanto que não se esqueça de que o "se não fosse pelo Inimigo" é um "se" e tanto.

— Eu sei — respondeu Aaron suavemente.

— E contanto que não fique esnobe. Mas não precisa se preocupar com isso, porque tem a mim e a Tamara para lembrá-lo de que continua sendo o mesmo perdedor de antes.

Aaron abriu um sorriso torto.

— Obrigado.

Call não sabia ao certo se Aaron estava sendo sarcástico ou sincero. Ia abrir a boca para explicar a questão quando Tamara apareceu na porta e os encarou.

— Prontos? Sinceramente, Call, quanto tempo você demora para se vestir?

— Estamos prontos — disse Aaron, afastando-se da janela.

Lá fora, Call podia ver magia faiscando sobre o gramado.

CAPÍTULO QUATRO

Call entendeu por que os vizinhos quereriam entrar de penetras na festa. Quando voltou com Aaron, Tamara e um recém-escovado Devastação de coleira nova, o menino se deu conta da magnitude do evento e ficou impressionado.

Mesas cobertas com toalhas estavam cheias de travessas de comida — pequenas linguiças de frango envoltas em massa folhada, frutas cortadas em formato de luas, estrelas e sóis, saladas de ervas e tomates picados, blocos de queijo e biscoitos, camarão em espetinhos, escalopes defumados, atum grelhado, formas de gelatina com pedaços de carne e latinhas frias, contendo pequenas contas pretas em potes de gelo, que Call concluiu ser caviar.

Esculturas de gelo do tamanho de leões retratavam manticoras, suas asas cristalinas enviando uma brisa fria pelo ar; sapos de gelo saltavam de mesa em mesa, e navios piratas voavam pelo céu antes de aterrissarem no chão sobre pedras de gelo. Na mesa central, um chafariz de gelo jorrava coquetel de frutas em vez de água. Quatro pavões de gelo estavam empoleirados nas bordas da escultura, utilizando garras brilhantes para servir bebidas aos convidados em copos também feitos de gelo.

Ao lado do banquete havia uma fila de topiários esculpidos em formas elaboradas — flores, símbolos, estampas e letras. Flores resplandecentes cobriam cada arca, mas a visão mais brilhante de todas era um imenso castelo, repleto de detalhes, do qual vertia uma cachoeira de fogo líquido. Flamejava e piscava na grama onde meninas descalças, com vestidos de festa, corriam de um lado para o outro, colocando as mãos nas faíscas, que corriam por suas peles sem parecer queimá-las. Como que para deixar bem clara a questão, uma placa que flutuava no ar acima da cachoeira informava: CRIANÇAS, POR FAVOR, BRINQUEM COM FOGO.

Call meio que queria correr ali também, mas não sabia ao certo se podia, ou se aquela era uma diversão destinada apenas a crianças pequenas. Devastação farejava a grama em busca de pedaços de comida. Tamara havia colocado um laço cor-de-rosa em volta do pescoço do lobo. Call ficou imaginando se Devastação estaria se sentindo humilhado. Não parecia.

— Tem frequentado festas assim o verão inteiro? — perguntou Call a Aaron.

Aaron parecia um pouco desconfortável.

— Basicamente.

— Frequento festas assim desde que nasci. — Tamara os arrastou para longe dali. — São apenas festas. Logo ficam chatas. Agora vamos, os feitiços na verdade são legais. Não vão querer perder.

MAGISTERIUM – A LUVA DE COBRE

Passaram pelos topiários e pela cachoeira de fogo, pelas mesas e pelo aglomerado de pessoas, até um pedaço de grama, onde um pequeno grupo havia se reunido. Call percebeu que eram magos não só pelas pulseiras que brilhavam em seus pulsos, mas também pela atmosfera de confiança e poder.

— O que vai acontecer? — perguntou Call.

Tamara sorriu.

— Os magos vão se exibir.

Como se tivesse ouvido, um dos magos, um homem compacto de pele marrom-clara, levantou a mão. A área ao redor dos magos começou a ficar lotada quando o senhor e a senhora Rajavi chamaram o resto dos convidados.

— Esse é Mestre Cameron — sussurrou Tamara, olhando para o mago, cuja mão havia começado a brilhar. — Ele é professor lá da escola e faz truques com...

De repente, uma onda se elevou da mão do mago. Foi como se a grama se tornasse um oceano à beira de um maremoto. Foi crescendo e crescendo até se elevar sobre eles, sombreando a festa, grande o suficiente para derrubar a casa e inundar o terreno. Call respirou fundo.

O ar cheirava a maresia. Dentro da onda, ele viu coisas se movendo. Enguias e tubarões abrindo a boca. Um esguicho salgado atingiu o rosto de Call enquanto a coisa toda caía... e logo em seguida desapareceu.

Todos aplaudiram. Call teria aplaudido também se não estivesse segurando a coleira de Devastação em uma das mãos. Devastação gania e farejava o próprio pelo. Detestava ficar molhado.

51

— Água — concluiu Tamara com uma risada. — Uma vez, quando estava muito calor, ele veio e fez um chuveiro enorme perto da piscina. Todos nós corremos pela água até Kimiya.

— Como assim, até Kimiya? — Uma voz provocadora se fez ouvir. — Gosto de água tanto quanto qualquer pessoa! — A irmã mais velha de Tamara, com um vestido e sandálias prateados, tinha chegado por trás deles. Segurando sua mão, estava Alex Strike, prestes a ingressar no quarto ano do Magisterium e um assistente costumaz de Mestre Rufus. Estava vestido de forma casual, com jeans e camiseta, e ainda ostentava uma pulseira de bronze no pulso, considerando que ainda não tinha recebido uma de prata. Ele sorriu para Call.

— Oi, esguicho — cumprimentou ele.

Call sorriu um pouco desconfortável. Alex sempre fora gentil com ele, mas Call não sabia que Alex estava namorando a irmã mais velha de Tamara. Kimiya era muito bonita e popular, e Call sempre tinha a sensação de que ia cair ou atear fogo em si mesmo quando estava perto dela. Fazia sentido que duas pessoas populares ficassem juntas, mas também o deixava mais consciente sobre várias coisas — sua perna manca, os cabelos desalinhados, o fato de que estava ali com as roupas que pegou emprestadas de Aaron.

Mestre Cameron encerrou sua apresentação com um floreio — gotículas brilhantes que gritavam para os convidados. Todos suspiraram, antecipando que se molhariam, mas a água evaporou a poucos centímetros da multidão, transformando-se em linhas de vapor colorido. O senhor e a senhora Rajavi puxavam os aplausos quando outra bruxa entrou em cena, uma mulher alta, com um cabelo prateado magnífico. Call reconheceu a mulher que tinha passado por ele imperiosamente na entrada.

— Anastasia Tarquin — explicou Tamara com um sussurro. — Ela é madrasta de Alex.

— Isso mesmo — confirmou Alex. Sua expressão ao olhar para a mulher era neutra. Call ficou imaginando se o amigo gostava dela. Quando Call era mais novo, queria que o pai se casasse de novo para que tivesse uma madrasta; parecia melhor que não ter mãe alguma. Só depois de crescido foi que imaginou como teria sido se o pai houvesse casado com uma pessoa de quem ele não gostasse.

Anastasia Tarquin ergueu as duas mãos, imponente, varinhas finas de metal em cada uma. Quando as soltou, elas se alinharam no ar na frente dela. Ela estalou os dedos, e uma delas vibrou, emitindo uma única nota musical perfeita. Call pulou, surpreso.

Alex olhou para ele.

— Maneiro, né? Quando você domina o metal, consegue fazê-lo vibrar na frequência que quiser.

As outras varinhas também começaram a tremer, como diferentes cordas de violão sendo tocada, emitindo uma torrente musical. Call gostava de música tanto quanto qualquer pessoa, mas jamais *pensara* naquela possibilidade antes, sobre como a magia alquímica podia ser usada não apenas para fortalecer e defender o mago, ou para atacar e guerrear, mas para fazer arte. A música era como chuva rompendo o ar úmido; fez Call pensar em cachoeiras, neve e gelo flutuando no oceano.

Quando a última nota acabou de soar, as varinhas de metal despencaram, derretendo, como água de chuva afundando na lama. A senhora Tarquin fez uma reverência e se retirou em meio a uma salva de palmas. Enquanto saía, deu uma piscadela na direção de Alex. Talvez se dessem bem, afinal.

— E agora — disse o senhor Rajavi —, talvez nosso Makar, Aaron Stewart, pudesse nos agraciar com um pouco de magia do caos?

Call sentiu Aaron enrijecer ao seu lado enquanto todos aplaudiam, entusiasmados. Tamara se virou e afagou um dos ombros de Aaron. Ele a olhou por um segundo, mordendo o lábio, antes de se ajeitar e ir para o centro do círculo do mago.

Ele parecia muito pequeno ali.

Fazendo truques e indo a festas, foi o que Aaron disse a Call, mas Call não pensou que se referisse a *truques* de fato. Call não tinha ideia do que um mago do caos podia fazer de bonito ou artístico. Ele se lembrou da escuridão devoradora e em espiral na qual os outros lobos Dominados pelo Caos desapareceram; lembrou-se do elemental do caos com bocas largas e molhadas; e estremeceu com uma sensação que era parte pavor e parte ansiedade.

Aaron ergueu as mãos, os dedos bem separados. Ele conjurou a Escuridão.

Um silêncio se espalhou sobre a festa enquanto mais gente se juntava ao grupo, olhando para o Makar e as sombras crescentes ao seu redor. A magia do caos vinha do vazio, vinha do nada. Era criação e destruição ao mesmo tempo, e Aaron a comandava.

Por um instante, até Call teve um pouco de medo dele.

As sombras congelaram nas formas gêmeas de dois elementais do caos. Eram criaturas finas e esguias, que lembravam cachorros feitos inteiramente de escuridão, menores que o do covil de Mestre Joseph. Mesmo assim, os olhos brilhavam com a loucura do vazio.

Engasgos dominaram a festa. Tamara agarrou o braço de Call.

Call, por sua vez, ficou boquiaberto. Aquilo não parecia ser um truque. Aquelas coisas pareciam perigosas. Olhavam para a multidão como se estivessem loucos para devorar a todos e, em seguida, palitar os dentes com os ossos das pessoas enquanto escolhiam sua próxima refeição.

As figuras começaram a deslizar sinuosamente pela grama.

Tudo bem, Aaron, pensou Call. *Pode dispensá-los. Faça-os sumir. Faça alguma coisa.*

Aaron levantou as mãos. Fios de escuridão começaram a subir dos dedos dele em espiral. O menino tinha o cenho franzido de concentração. Ele esticou... Devastação começou a latir descontroladamente, espantando tanto Call quanto Aaron. Call percebeu o momento em que a concentração de Aaron lhe escapou e as sombras sumiram de seus dedos.

O que quer que ele pretendesse fazer, não aconteceu. Em vez disso, um dos elementais do caos pulou para o ar, na direção da mãe de Tamara. Ela arregalou os olhos, a boca se abrindo em um terror assombrado. Uma das mãos da mulher se ergueu, e uma chama surgiu no meio da palma.

Aaron caiu de joelhos, sacudindo as duas mãos. A escuridão se expandiu, cercando o elemental. A criatura desapareceu, junto de sua gêmea. Os elementais do caos se foram, sumindo nas sombras que evaporaram e na luz do sol que voltou. Call percebeu que era um dia de verão novamente, um dia de verão em uma festa chique no jardim. Não sabia ao certo se houvera de fato algum perigo real.

Todos começaram a rir e a aplaudir. Até a senhora Rajavi parecia entretida.

Aaron arfava. Seu rosto estava pálido, com um rubor agitado nas bochechas, como se estivesse doente. Ele não parecia alguém que acabara de realizar um truque. Parecia mais alguém que tinha acabado de fazer a mãe de sua amiga ser devorada.

Call se virou para Tamara.

— O que foi aquilo?

Os olhos dela brilharam.

— Como assim? Ele foi sensacional!

— Ele podia ter morrido! — sibilou Call para ela, contendo-se antes de acrescentar que a mãe dela provavelmente também podia ter sido devorada. Aaron se pôs de pé e começou a abrir caminho pela multidão em direção a eles. Não estava avançando muito rápido, considerando que todo mundo queria se aproximar dele para cumprimentá-lo e afagá-lo nas costas.

Tamara zombou.

— Foi só um truque de festa, Call. Todos os outros magos estavam perto. Teriam interferido se algo tivesse dado errado.

Call sentiu o gosto amargo da raiva no fundo da garganta. Ele sabia, e Tamara também, que magos não eram infalíveis. Nem sempre interfeririam para conter as coisas a tempo. Ninguém interferiu para conter Constantine Madden quando ele exagerou tanto na magia do caos a ponto de matar o irmão e quase destruir o Magisterium. Ele ficou tão ferido e marcado pelo que aconteceu que passou a usar sempre uma máscara de prata para cobrir o rosto depois disso.

Devia detestar a própria aparência.

Call levantou a mão para tocar a pele intacta do próprio rosto exatamente quando Aaron se aproximou deles, enrubescido e com o olhar desgovernado.

— Podemos sentar em algum lugar? — pediu ele, baixo o suficiente para que as palavras não alcançassem a multidão. — Preciso recuperar o fôlego.

— Claro. — Call se posicionou um pouco à frente de Aaron ao se inclinar para Devastação. — Me puxe até o chafariz — sussurrou ele para o lobo, e Devastação o rebocou. A multidão mais que depressa abriu caminho para permitir que Devastação passasse, e Call, Tamara e Aaron o seguiram. Call tinha consciência de que Alex os olhava com solidariedade, apesar de Kimiya já ter voltado sua atenção para o próximo truque de magia.

Faíscas coloridas se ergueram no ar atrás deles enquanto circulavam a cerca viva em forma de escudo e dirigiam-se a um chafariz redondo, feito de pedra amarela e com uma aparência envelhecida, que fez Call imaginar se havia sido trazido de algum outro lugar. Aaron sentou na borda, esfregando as mãos nos cacheados cabelos louros.

— Detesto meu corte de cabelo — comentou ele.

— Está legal — garantiu Call.

— Você não acha isso de verdade — refutou Aaron.

— Na verdade, não. — Call ofereceu a Aaron o que imaginava ser um sorriso solidário. Talvez não tenha sido muito bem-sucedido. — Tudo bem?

Aaron respirou fundo.

— Eu só...

— Você soube? — Uma voz adulta flutuou pelo ar, através das folhas. Era profunda e grave. Call já a ouvira antes. — Alguém invadiu o Magisterium na semana passada. Tentaram roubar o Alkahest.

Call e Aaron trocaram um olhar e depois se voltaram para Tamara, que estava completamente imóvel. Ela colocou um dos dedos sobre os lábios, um sinal para que os dois ficassem quietos.

— Alguém? — repetiu uma voz leve e feminina. — Você quer dizer os capangas do Inimigo. Quem mais? Ele quer começar uma nova guerra.

— Nenhum Alkahest vai salvá-lo uma vez que nosso Makar esteja treinado e pronto. — Foi a resposta do homem.

— Mas, se ele conseguir consertá-lo, a tragédia de Verity Torres pode se repetir — observou uma terceira voz, cautelosa. Era uma voz de homem, aguda e nervosa. — Nosso Makar é jovem, como ela era. Precisamos de tempo. O Alkahest é poderoso demais para algum de nós tentar roubá-lo inconsequentemente.

— Vão levar o Alkahest para algum lugar mais seguro — disse a voz feminina outra vez. — Foram tolos de o deixarem exposto.

— Até termos certeza de que está em algum lugar protegido, a segurança do nosso Makar tem que ser nossa prioridade máxima — retrucou a primeira pessoa.

Aaron estava congelado no lugar, a água borbulhante do chafariz soava alto nos ouvidos de Call.

— Achei que ter um Makar por perto fosse *nos* deixar mais seguros — argumentou a voz nervosa. — Se estivermos ocupados cuidando dele, quem cuidará de nós?

Call se levantou, atingido pelo pensamento de que estavam a segundos de ouvir um dos magos falando alguma coisa negativa sobre Aaron. Alguma coisa pior que uma mera especulação sobre os planos do Inimigo de matá-lo.

Call desejou poder dizer a Aaron que tinha certeza de que o Inimigo da Morte não tinha tentado roubar o Alkahest — o que quer que fosse aquilo — e, no momento, também não estava planejando nada mais grave que uma vingança contra Jasper.

Evidentemente, ele não fazia ideia do que Mestre Joseph estava aprontando. Então talvez os capangas do Inimigo da Morte *estivessem* por trás da tentativa de roubo, o que era menos tranquilizante. Mestre Joseph tinha muito poder por si só. Há 13 anos ele já se virava muito bem sem a ajuda de Constantine Madden, por mais que dissesse que precisava de Call.

— Vamos — disse Tamara em voz alta, pegando o braço de Aaron e o afastando dali. Ela devia estar pensando a mesma coisa que Call. — Estou morrendo de fome. Vamos procurar alguma coisa para comer.

— Certo — disse Aaron, apesar de Call ter percebido que ele não estava com o menor ânimo para pensar em comida. Mesmo assim, seguiu Call e Tamara até a mesa do bufê e assistiu enquanto Call enchia três pratos com torres de camarões, escalopes, linguiças e queijo.

As pessoas não paravam de cumprimentar Aaron, parabenizando-o por seu controle sobre os elementais do caos, querendo convidá-lo para coisas, ou contar alguma história sobre seu envolvimento na última guerra. Aaron foi educado, acenando com a cabeça até para as histórias mais chatas.

Call preparou um prato de queijo para Tamara, essencialmente porque tinha certeza de que os Suseranos do Mal não faziam pratos para os outros. Suseranos do Mal não se importavam se seus amigos tinham fome.

Tamara pegou o prato de queijo, deu de ombros e comeu um damasco seco que estava em uma bandeja ali perto.

— Isso aqui está um porre — sussurrou ela. — Não dá para acreditar que Aaron não morreu de tédio.

— Temos de fazer alguma coisa. — Call jogou um camarão empanado no ar e o pegou com a boca. — Pessoas como Aaron são supersimpáticas até de repente explodirem e banirem algum velho irritante para o vazio.

— Isso não é verdade. — Tamara revirou os olhos. — Você poderia fazer isso, mas Aaron não.

— Ah, não? — Call ergueu as sobrancelhas. — Dê uma boa olhada na cara dele e repita isso.

Tamara examinou Aaron por um longo momento. Ele estava imerso em uma conversa com um velho mago magricela, que vestia um terno cor-de-rosa, e seus olhos pareciam vítreos.

— Tudo bem. Sei aonde podemos ir. — Ela dispensou o prato preparado por Call e pegou Aaron por uma das mangas. Ele se virou para a amiga, surpreso. Em seguida, desamparado deu de ombros, sinalizando para o adulto com quem conversava, enquanto ela o arrastava para dentro da casa.

Call abandonou a comida pela metade em um corrimão de pedra e correu atrás de ambos. Tamara lhe lançou um sorriso brilhante e louco enquanto puxava Aaron para dentro, Devastação trotando atrás deles.

— Para onde vamos? — perguntou Aaron.

— Por aqui. — Tamara os conduziu pela casa até chegarem a uma biblioteca alinhada com livros elegantes. Vitrais protegidos por grades faziam com que raios brilhantes de luz entrassem no salão, e o chão era coberto por tapetes vermelhos. Tamara atravessou a sala em direção a uma enorme lareira, flanqueada por urnas de pedra, esculpidas em ágata colorida. Cada uma tinha uma palavra marcada.

Tamara pegou a primeira e a rodou de modo que a palavra ficasse de frente para eles. *Prima*. Ela mexeu a segunda, girando-a até a segunda palavra também ficar diante deles. *Materia*.

Prima materia, Call sabia, era um termo alquímico. Significava a primeira substância do mundo, a substância da qual tudo que não era caos — terra, ar, fogo, água, metal e almas — originava-se.

Eles ouviram um clique agudo, e uma parte da parede se abriu para um corredor de pedra iluminado.

— Uau! — exclamou Call.

Ele não sabia exatamente para onde esperava que Tamara fosse levá-los — talvez para seu quarto, ou para um canto tranquilo da casa. Não tinha imaginado uma porta secreta.

— Quando ia me contar sobre isso? — Aaron correu até Tamara. — Estou morando aqui há um mês!

Tamara parecia radiante por ter sido capaz de esconder um segredo dele.

— Não posso mostrar para ninguém. Tem sorte por estar vendo agora, *Makar*.

Aaron mostrou a língua para ela.

Holly Black & Cassandra Clare

Tamara riu e entrou no corredor, esticando o braço para pegar uma tocha da parede. A chama emitia um brilho dourado-esverdeado e um leve odor sulfúrico. Ela seguiu pelo corredor, parando ao perceber que os meninos não a seguiram prontamente. Ela estalou os dedos, os cachos balançando.

— Vamos — ordenou ela. — Vamos logo, seus lerdinhos.

Eles se entreolharam, deram de ombros e foram atrás da amiga.

Enquanto caminhavam, com Devastação farejando tudo atrás deles, Call percebeu por que os corredores eram tão estreitos: atravessavam toda a casa, como veias ao lado dos ossos, para que qualquer um nos recintos públicos pudesse ser espionado. E, em intervalos regulares, havia portinholas que se abriam para o que pareciam ser dutos de ar, cobertos por elaborados registros de ferro.

Call abriu uma delas e espiou a cozinha, onde os funcionários preparavam jarras frescas de limonada com água de rosas e colocavam quadradinhos de atum em folhas individuais, pousadas sobre travessas de vidro. Ele abriu mais uma e viu Alex e a irmã de Tamara abraçados em um sofá, ao lado de duas estátuas metálicas de cachorros. Enquanto assistia, Alex se inclinou e beijou Kimiya.

— O que você está fazendo? — perguntou Tamara, baixinho.

— Nada! — Call fechou a portinhola. Caminhou mais um pouco sem cair em tentação, mas fez uma pausa ao escutar os pais de Tamara. Quando parou, ouviu a senhora Rajavi comentar alguma coisa sobre os convidados da festa. Call sabia que devia seguir Tamara, mas estava se coçando para saber mais.

Aaron parou e se virou para o amigo. Call o chamou com um gesto, e Aaron e Tamara se juntaram a ele na portinha. Aaron a abriu silenciosamente com seus dedos ágeis, e todos espiaram.

— Provavelmente não deveríamos... — Tamara começou a falar, mas a curiosidade pareceu se sobrepor às objeções no meio da frase. Call ficou imaginando com que frequência ela fazia isso sozinha, e quais segredos teria descoberto assim.

A mãe e o pai de Tamara estavam no escritório, com uma mesa de madeira entre eles. Sobre esta havia um tabuleiro de xadrez, mas Call não viu os cavalos, as torres e os peões habituais; em vez disso, as peças tinham formas que ele não reconhecia.

— ...Anastasia, evidentemente — concluiu o senhor Rajavi. Tinham chegado no meio da frase dele.

A senhora Rajavi fez que sim com a cabeça.

— Claro. — Ela pegou uma taça vazia que repousava em uma badeja de prata, e, enquanto assistiam, a taça se encheu com um líquido claro. — Só queria que tivesse algum jeito de não convidar os deWinter para essas coisas. Aquela família acredita que, se fingir o bastante, ainda serão os tempos de glória do empreendimento da magia, talvez ninguém note como as roupas e a conversa deles desbotaram. Graças aos céus, Tamara deu um gelo no filho deles quando as aulas começaram.

O senhor Rajavi bufou.

— Os deWinter ainda têm amigos na Assembleia. Não seria prudente descartá-los por completo.

Aaron pareceu decepcionado por flagrar apenas fofocas, mas Call estava em êxtase. Os pais de Tamara eram incríveis, concluiu ele. Qualquer um que quisesse excluir Jasper de uma festa era gente boa para ele.

A senhora Rajavi fez uma careta.

— Evidentemente estão tentando jogar o filho mais novo para o caminho do Makar. Provavelmente torcendo para que se eles se tornarem amigos, parte da glória vai transbordar para ele também e, por extensão, para a família.

— Pelo que Tamara contou, Jasper fracassou em encantar Aaron — comentou o senhor Rajavi secamente. — Acho que não tem nada com que se preocupar, querida. É Tamara quem está no grupo de aprendizes de Aaron, e não Jasper.

— E Callum Hunt, obviamente. — A mãe de Tamara tomou um gole da taça. — O que você acha dele?

— Ele lembra o pai. — O senhor Rajavi franziu o rosto. — Uma infelicidade o caso de Alastair Hunt. Ele era um mago do metal bastante promissor quando estudava com Mestre Rufus.

Call congelou. Aaron e Tamara olhavam para ele, apreensivos, enquanto o senhor Rajavi prosseguia.

— Foi levado à loucura pela morte da esposa no Massacre Gelado, pelo que dizem. Resmunga sobre não utilizar magia, desperdiçando a própria vida. Mesmo assim, não há motivo para não darmos as boas-vindas ao filho dele. Mestre Rufus deve ter visto alguma coisa nesse garoto para escolhê-lo como aprendiz.

Call sentiu a mão de Tamara em seu braço, afastando-o da portinhola. Aaron fechou-a atrás deles enquanto prosseguiam pelo corredor. Call afundou os dedos na pelugem de Devastação para se sentir seguro. Seu estômago parecia oco, e ele ficou alivia-

MAGISTERIUM – A LUVA DE COBRE

do quando chegaram a uma porta estreita, que levava ao que parecia um outro escritório.

A luz verde-dourada da tocha mostrava grandes sofás confortáveis no meio do recinto, uma mesa de centro e uma escrivaninha. Em uma parede havia uma prateleira de livros, mas os tomos ali não eram os mesmos volumes vistosos e elegantes que Call viu na biblioteca. Aqueles pareciam mais antigos, mais empoeirados e gastos. Algumas lombadas estavam rasgadas. Alguns eram apenas manuscritos, amarrados com cordas.

— Para que serve esse lugar? — perguntou Call, enquanto Devastação pulava em um dos sofás, circundando-o algumas vezes antes de se jogar em uma posição propícia para um cochilo.

— Reuniões secretas — explicou Tamara, com os olhos brilhando. — Meus pais acham que eu não sei, mas eu sei. Existem livros sobre técnicas perigosas de magia aqui, e todo tipo de registro, datados de muitos anos. Houve um tempo em que os magos podiam lucrar com a magia, quando tinham negócios enormes. Então aprovaram as Leis de Empreendimento. Não é mais permitido usar magia para ganhar dinheiro no mundo normal. Algumas famílias perderam tudo.

Call ficou imaginando se tinha sido isso o que acontecera com a família de Jasper. Ficou imaginando se a família Hunt também havia ganhado dinheiro daquela forma — ou se a família de sua mãe também se enveredara por aqueles caminhos. Percebeu que não sabia quase nada sobre eles.

— Então *como* os magos ganham dinheiro? — Aaron olhou em volta, com certeza pensando na casa imensa onde estavam e na festa de que tinham acabado de participar.

65

— Podem trabalhar para a Assembleia ou arrumar um emprego normal — explicou Tamara. — Mas, se já tiverem dinheiro, podem investir.

Call ficou imaginando como Constantine Madden tinha ganhado dinheiro, mas então se deu conta de que ele provavelmente não achava que estava sujeito às Leis de Empreendimento, considerando que declarou guerra aos outros magos. O que trouxe Call à razão pela qual tinha vindo até a casa de Tamara.

— Acha que alguma das pessoas da festa vai para o Magisterium? De repente eu posso pegar carona com alguém.

— Uma carona? Para o Magisterium? Mas não tem ninguém lá — disse Aaron.

— Alguém tem de estar — insistiu Call. — E preciso ficar em algum lugar. Não posso voltar para casa.

— Não seja ridículo — retrucou Tamara. — Pode ficar aqui até as aulas começarem. Podemos nadar na piscina e treinar magia. Já falei com meus pais. Arrumamos um quarto de hóspedes para você e tudo.

Call esticou o braço para afagar a cabeça de Devastação. O lobo nem abriu os olhos.

— Acha que seus pais não se importam?

Todos ouviram os pais dela falando sobre ele, afinal.

Tamara balançou a cabeça.

— Estão felizes em recebê-lo. — O tom de voz de Tamara deixava nítido que eles recebiam Call por alguns bons motivos e por outros motivos não tão bons assim.

Mas era um lugar para ficar. E não tinham falado nada de mal sobre ele, não realmente. Disseram que Mestre Rufus devia tê-lo escolhido por um bom motivo.

— Você pode ligar para Alastair — sugeriu Aaron. — Para ele não se preocupar. Quero dizer, mesmo que ele não queira que você volte ao Magisterium, ele precisa saber que você está seguro.

— É. — Call lembrou do pai jogado contra a parede da adega, imaginando o quanto Alastair se dedicaria a ir atrás dele para matá-lo. — Talvez amanhã. Depois que descobrirmos mais segredos sobre Jasper. E comermos toda a comida do bufê. E nadarmos na piscina.

— E podemos treinar um pouco de magia. — Aaron abriu um sorriso. — Mestre Rufus vai ser pego de surpresa. Vamos atravessar o Segundo Portal antes de todo mundo.

— Contanto que seja antes de Jasper... — completou Call.

Tamara soltou uma gargalhada. Devastação rolou sobre as costas, roncando levemente.

CAPÍTULO CINCO

O tempo em Arestas deu a Call um novo senso de apreciação sobre como é ser rico.

Um sino o acordava para o café da manhã, que era servido em um grande salão ensolarado, com vista para o jardim. Apesar de o café da manhã dos pais de Tamara ser uma refeição simples, composta apenas por pão e iogurte, eles serviam mesas impressionantes para os convidados. Havia suco fresco e pratos quentes, como ovos e torradas, em vez de cereal seco e leite. Havia manteiga em pequenos recipientes, em vez de um tablete cheio de migalhas que era utilizado em todas as refeições. Devastação tinha suas próprias vasilhas, com carne cortada, apesar de não ter permissão para dormir dentro da casa. Ele passava a noite nos estábulos, sobre uma montanha de palha fresca, e deixava os cavalos nervosos.

Call não conseguia acreditar que estava em um lugar onde havia um estábulo com cavalos.

MAGISTERIUM – A LUVA DE COBRE

Havia roupas também — compradas numa loja de departamentos, no tamanho de Call, e passadas antes de serem penduradas no armário do quarto que ele ocupava. Camisas brancas. Jeans. Calções de banho.

Tamara provavelmente cresceu vivendo daquela forma. Ela tratava o mordomo e a empregada com uma familiaridade confortável. Pedia chá gelado na piscina e deixava toalhas no chão, certa de que alguém as cataria.

Os pais de Tamara até se dispuseram a dizer a Alastair que Call estava viajando com eles, e que o levariam direto ao Magisterium quando voltassem. A senhora Rajavi relatou que Alastair pareceu perfeitamente agradável ao telefone e queria que Call se divertisse. Call não achava de fato que Alastair tinha ficado feliz em receber aquela ligação, mas os Rajavi eram poderosos o suficiente para fazer com que o garoto acreditasse que o pai não viria atrás dele desde que estivesse sob seus cuidados. E uma vez que chegasse ao Magisterium, definitivamente estaria seguro.

Ele não sabia ao certo o que faria ao fim do ano escolar, mas ainda faltava tempo o bastante para que ele não precisasse se preocupar com aquilo.

Apesar do desconforto em relação ao próprio pai, Call permitiu que os dias se passassem em horas de sol, piscina, gramado e sorvete. Ficou um pouco sem graça na primeira vez que usou calções na piscina em forma de concha, percebendo que Aaron e Tamara jamais viram suas pernas. A esquerda era mais fina que a direita, e cheia de cicatrizes que, com o tempo, desbotaram de um vermelho furioso para um rosa-claro. Não era assim tão ruim, pensou ele, ansioso, ao sentar e olhar a própria perna no quarto. Mesmo assim, não era nada que gostasse de mostrar às pessoas.

Mas nenhum dos dois pareceu notar. Apenas riram e jogaram água nele, e logo Call estava sentado na grama com os dois, junto com Alex e Kimiya, tomando sol e entornando goles de chá gelado com menta e açúcar. Na verdade, ele estava até ficando um pouco bronzeado, coisa que quase nunca acontecia. Não que aquilo fosse algo inesperado, considerando que estudava em uma escola subterrânea.

Às vezes, Aaron jogava tênis com Alex, sempre que Alex se desgrudava do rosto de Kimiya. Tênis mágico se parecia muito com tênis normal na opinião de Call, exceto que toda vez que a bola ia longe, Alex a trazia de volta com um estalar de dedos.

Apesar de terem prometido treinar magia, não praticaram muita coisa. Uma ou duas vezes saíram da casa e invocaram fogo, conjurando bolas em chamas que podiam ser facilmente manipuladas; ou utilizaram a magia da terra para extrair filamentos de ferro do solo. Uma vez, praticaram levitação de pedras pesadas, mas, quando uma voou perigosamente perto da cabeça de Aaron, a senhora Rajavi apareceu e os repreendeu por terem colocado o Makar em perigo. Tamara simplesmente revirou os olhos.

Certa tarde, quando o ar estava cheio de abelhas, Call estava saindo da sala de café da manhã em direção à escadaria quando ouviu o senhor Rajavi em uma das outras salas. Sua voz estava baixa, mas, na medida em que Call avançou, escutou-o sendo interrompido por uma exclamação de Alex. O garoto não estava gritando, mas a fúria transparecia em sua voz.

— O que está tentando dizer, exatamente, senhor?

Call se aproximou, sem saber ao certo que tipo de conversa estava xeretando. Ele disse a si mesmo que fazia aquilo para o caso de estarem falando sobre Aaron, mas, na verdade, estava mais preocupado em descobrir se conversavam sobre *ele*.

Será que Alastair poderia ter dito mais alguma coisa para a senhora Rajavi ao telefone, algo que ela não houvesse contado a Call? Os magos já achavam que Alastair era louco, mas qualquer coisa que ele dissesse sobre Call tinha a vantagem de ser verdade.

— Gostamos muito de tê-lo como nosso convidado — dizia a senhora Rajavi. — Mas Kimiya ainda é jovem, e achamos que vocês estão andando rápido demais.

— Só estamos pedindo que deem um tempo durante o ano letivo — completou o senhor Rajavi.

Call respirou aliviado. Não estavam falando sobre Aaron, ou Call, ou nada importante. Apenas sobre namoro.

— E isso não tem nada a ver com o fato de que minha madrasta se opôs à sua última proposta na Assembleia, certo? — Alex parecia furioso. Call concluiu que talvez fosse importante, afinal.

— Muito cuidado — alertou o senhor Rajavi. — Lembra daquela conversa que já tivemos a respeito?

— Que tal respeitar a vontade de sua filha? — pediu Alex, elevando a voz. — Kimiya? Diga a ele!

— Não posso acreditar que isso esteja acontecendo — disse Kimiya. — Só quero que todas as pessoas parem de gritar umas com as outras. — Após tantos anos discutindo com o pai, que culminaram na mais terrível briga na qual não conseguia pensar sem ficar nauseado, Call sabia que aquilo não ia acabar bem. Respirando fundo, abriu a porta da sala e olhou para os quatro com a expressão mais confusa que conseguiu exibir.

— Ah, oi — disse Call. — Desculpe. Essa casa é tão grande que fico dando voltas.

— Callum. — A senhora Rajavi forçou um sorriso.

Kimiya parecia pronta para chorar. Alex parecia pronto para bater em alguém; Call reconheceu a expressão.

— Ah, oi, Alex. — Call tentou pensar em um bom motivo para arrastá-lo de lá antes que ele fizesse alguma coisa de que se arrependeria. — Pode vir comigo um segundo? Aaron queria, hum, perguntar uma coisa.

Alex voltou àquela expressão furiosa para Call, e, por um instante, o garoto não sabia se tinha tomado a decisão certa. Mas então Alex fez que sim com a cabeça e respondeu:

— Claro.

— Fico feliz que tenhamos tido essa conversa — disse o senhor Rajavi a ele.

— Eu também — rebateu Alex, entre dentes. Então ele saiu, forçando Call a se apressar para alcançá-lo.

Alex saiu para o gramado, em direção ao chafariz. Quando chegou ali, chutou com força e gritou uma coisa que Alastair tinha proibido Call de falar por toda a vida.

— Desculpe — disse Call. Ao longe, pôde ver Aaron e Tamara jogando gravetos para Devastação em um dos gramados. Felizmente estavam fora do alcance auditivo.

— Aaron não quer me ver, quer? — perguntou Alex.

— Não — respondeu Call. — Desculpe outra vez.

— Então por que me tirou de lá? — Alex não parecia irritado, apenas curioso.

— Nada de bom ia acontecer — declarou Call com firmeza. — Esse é o tipo de briga que ninguém ganha.

— Talvez — falou Alex lentamente. — Eles... me deixam tão irritado. Só se importam com as aparências. Como se eles fossem perfeitos e todas as outras pessoas fossem ruins.

Call franziu a testa.

— O que quer dizer?

Alex deu uma olhada para Aaron e diminuiu a voz ainda mais.

— Nada. Não quero dizer nada.

Alex com certeza achou que Call não conseguiria entender. Seria inútil explicar que podia parecer que os pais de Tamara gostavam dele, mas que não gostariam se soubessem a verdade. Talvez nem gostassem de Aaron se ele não fosse o Makar. Mas Alex jamais acreditaria que uma criança como Call pudesse ter segredos suficientes para que alguém se importasse, mesmo que ele tivesse.

↑≋△◯◉

Apenas alguns dias depois, Call teve de arrumar as roupas novas e se preparar para o retorno à escola. Ele se entupiu de linguiças e ovos no café da manhã, sabendo que levaria um tempo até ver comida que não era preparada à base de líquen novamente. Aaron e Tamara já estavam com os uniformes verdes do segundo ano do Magisterium, enquanto Alex e Kimiya usavam o branco do quarto ano e olhavam um para o outro.

Call estava ali sentado com jeans e camiseta, sentindo-se deslocado.

Alex lançou um olhar de viés para Call, como se quisesse dizer *você também nunca vai ser bom o suficiente para eles*.

Holly Black & Cassandra Clare

O senhor Rajavi olhou para o relógio.

— Hora de irmos. Call?

— Oi? — Call se virou para o pai de Tamara.

— Cuide-se. — Havia alguma coisa na voz do senhor Rajavi que o deixou incerto sobre a real gentileza por trás daquelas palavras, mas talvez ele só estivesse se deixando atingir por Alex.

Todos foram para o vestíbulo, onde Stebbins, com sua careca brilhante, ajeitava as malas. Aaron e Call exibiam bolsas novas, enquanto Tamara e Kimiya traziam malas de couro de cobra combinando. Alex tinha uma mala com suas iniciais, ATS. Ele a pegou e foi para a porta.

Uma vez lá fora, Alex começou a andar pelo caminho da entrada. Call percebeu com um susto que havia um Mercedes branco esperando na entrada, o motor ligado. A madrasta de Alex viera.

Kimiya pigarrou. Stebbins parecia ansioso.

— Belo carro — elogiou Call.

— Cale a boca — murmurou Tamara. — Só porque você é obcecado por *carros*. — Ela lançou a Stebbins um estranho olhar de aviso, que Call não teve a chance de analisar. Havia muitas coisas acontecendo ao mesmo tempo.

Kimiya estava correndo atrás de Alex, ignorando o fato de que todo mundo passara a olhar para os dois.

— O que houve? — perguntou ela ao alcançá-lo. — Achei que fosse de ônibus com a gente.

Ele parou no meio do caminho e se virou para ela.

— Estou *mantendo a distância*, exatamente como seu pai queria. Anastasia vai me levar ao Magisterium. Acabou o verão. Acabou a gente.

MAGISTERIUM – A LUVA DE COBRE

— Alex, não faça isso — disse ela, parecendo espantada com a raiva dele. — Podemos conversar sobre isso...

— Já conversamos o suficiente. — Ele soava como se estivesse engasgando de dor. — Você devia ter me defendido. Devia ter *nos* defendido. — Alex colocou a mochila nos ombros. — Mas não defendeu. — Ele se virou e seguiu até o carro.

— Alex! — gritou Kimiya. Mas ele não respondeu. Chegou ao Mercedes e entrou. O carro acelerou, levantando poeira.

— Kimiya! — Tamara começou a correr para a irmã, mas a mãe a pegou pelo pulso.

— Dê um momento a ela. Provavelmente Kimiya quer ficar sozinha.

O olhar da senhora Rajavi era luminoso e severo. Call decidiu que jamais se sentira tão desconfortável na vida. Ficou se lembrando de Alex dizendo "Kimiya, diga a eles", e Kimiya não dizendo o que ele obviamente queria que ela dissesse. Ela só podia ter medo dos pais. Call não sabia se podia culpá-la por isso.

Após alguns minutos, um ônibus escolar amarelo passou pelos portões da Arestas. Kimiya voltou para a casa, esfregando os olhos na manga e fungando, desconsolada. Pegou as malas sem olhar para ninguém.

Quando a mãe esticou o braço para colocar a mão em seu ombro, Kimiya afastou-a.

Call se ajoelhou para abrir o zíper da bolsa e se certificar de que tinha tudo de que precisava. Fechou novamente, mas não antes de a senhora Rajavi ver sua faca, brilhando sobre as roupas.

— É a Semíramis? — perguntou ela.

Call assentiu, fechando a bolsa apressadamente.

Holly Black & Cassandra Clare

— Era de minha mãe.

— Eu sei. Lembro quando ela a fez. Ela era uma maga do metal muito talentosa. — A mãe de Tamara inclinou a cabeça para o lado. — Semíramis é o nome de uma rainha assíria que se transformou em uma pomba quando morreu. Callum também quer dizer *pomba*. Pombas representam paz, o que sua mãe mais queria na vida.

— Suponho que sim. — Call se sentiu ainda mais desconfortável por ter atraído a atenção da senhora Rajavi e também um pouco triste por aquela mulher saber mais sobre sua mãe que ele próprio.

A senhora Rajavi sorriu para ele, tirando uma mecha dos cabelos pretos dos olhos.

— Ela devia amá-lo muito. E você deve sentir muita saudade.

Call mordeu a parte interna da bochecha, lembrando-se das palavras que a mãe marcou no gelo da caverna onde morreu.

Ela devia ter levado um tempão escolhendo seu nome. Provavelmente fez uma lista, discutiu alguns favoritos várias vezes com Alastair antes de se decidir por Callum. Callum, que significava pombas, paz e o fim da guerra. E então Constantine Madden matou o filho dela e roubou aquele pequeno corpo para si. Call era o oposto de tudo que ela gostaria que fosse.

Call percebeu que se mordia com tanta intensidade que o interior da boca estava sangrando.

— Obrigado, senhora Rajavi. — Ele se forçou a dizer. Então, mal vendo para onde ia, embarcou no ônibus. Devastação o seguiu, deitando no corredor, de modo que todo mundo teve de passar por cima dele.

MAGISTERIUM – A LUVA DE COBRE

Havia alguns garotos já sentados. Aaron estava perto da frente. Ele chegou para o lado, abrindo espaço para Call se sentar ao seu lado e observar enquanto o senhor e a senhora Rajavi se despediam de Tamara.

Call pensou nas histórias de Tamara sobre os pais e a terceira irmã que se tornou uma das Devoradas. Ele se lembrou do quanto pareceram frios no Desafio. Será que estavam fingindo ser uma família perfeita por causa de Aaron, tentando agir como os pais imaginários que ele nunca teve?

Qualquer que fosse a impressão que pretendiam causar, Call não sabia dizer se haviam sido bem-sucedidos. Kimiya estava sentada no fundo do ônibus e chorou o caminho inteiro até o Magisterium.

↑≈△○◎

Call se lembrou da primeira vez em que chegou ao Magisterium e como as cavernas pareceram estranhas e diferentes, brilhando com lodo luminescente, os rios subterrâneos que serpenteavam em margens cobertas de limo, e as estalactites brilhantes penduradas como presas no teto.

Agora se sentia em casa. Um grupo risonho e tagarela de alunos transbordava pelos portões. As pessoas corriam de um lado para o outro se abraçando. Jasper atravessou a sala para cumprimentar Tamara, apesar de, pensou Call, irritado, mal fazer duas semanas desde que ele a vira pela última vez. Todo mundo se reuniu em torno de Aaron, até alunos do quarto e quinto anos, com suas pulseiras de prata e ouro, dando tapinha nas costas e afagando seu cabelo.

Call sentiu uma mão em seu ombro. Era Alex, que tinha chegado ao Magisterium antes do ônibus lerdo em que vieram.

— Lembre-se. — Ele olhou para Aaron. — Independentemente do frisson que façam por causa dele, você continua sendo o melhor amigo.

— Certo. — Call ficou imaginando se Alex estava triste com o fim do namoro, mas sem transparecer.

Alguém estava correndo para Call em meio à multidão.

— Call! Call! — Era Celia, os selvagens cabelos louros domados em um rabo de cavalo. Ela parecia muito feliz em vê-lo, o rosto todo brilhando. Alex se afastou com um sorriso entretido.

— Seu verão foi bom? — perguntou Celia. — Soube que foi para a casa de Tamara. Foi mesmo incrível? Você foi à festa? Soube que foi uma festa e tanto. Viu os truques dos magos? Realmente tinham manticoras congeladas?

— Eram manticoras feitas de gelo... não manticoras de verdade congeladas. — Call ficou tonto tentando acompanhar a linha de pensamento de Celia. — Quero dizer, eu acho. Manticoras existem?

— Parece sensacional. Jasper me contou tudo.

— Jasper é um... — Call olhou para o rosto sorridente de Celia e resolveu não explorar o assunto Jasper. Celia gostava de todo mundo; parecia ser da natureza dela. — É. Então, por que você não foi?

— Ah. — Celia enrubesceu e desviou o olhar. — Não é nada. Meus pais não se dão muito bem com os da Tamara. Mas eu gosto dela — acrescentou a menina mais que depressa.

— Não teria problema se não gostasse — garantiu ele.

MAGISTERIUM – A LUVA DE COBRE

Ela pareceu confusa, e Call queria bater em si mesmo. O que ele sabia sobre o que seria problema ou não? Ele era a pessoa que mantinha uma lista mental sobre comportamentos potencialmente ruins. Tudo bem se ela não gostasse de Tamara? Tamara não era sua melhor amiga, assim como Aaron? Devastação de repente latiu e colocou as patas na camisa de Celia, interrompendo o assunto. Ela riu.

— Callum Hunt! — Mestre Rufus abria caminho pela multidão até eles. — Mantenha seu lobo Dominado pelo Caos em silêncio, por favor. — O mago lançou um olhar para Devastação, que deslizou pelo o chão, parecendo receber uma punição. — Tamara, Aaron, Call, me acompanhem até seus aposentos.

Aaron sorriu para Call enquanto levantavam as respectivas bolsas para os respectivos ombros e seguiam Mestre Rufus pelos túneis. Sabiam o caminho, e Call descobriu que não se sentia mais nervoso com as estalactites gotejantes e o frio silencioso das cavernas.

Tamara observou uma piscina onde peixes claros nadavam para frente e para trás. Call teve a impressão de ter visto uma forma cristalina correndo na parede atrás dele. Seria Warren? Ou outro elemento? Ele franziu o rosto, lembrando-se do pequeno lagarto.

Finalmente, estavam diante de seus velhos quartos. Mestre Rufus saiu da frente para permitir que Tamara acenasse sua nova pulseira de cobre na frente da porta, que se destrancou instantaneamente, permitindo que entrassem nos aposentos.

Os quartos estavam exatamente como quando chegaram para o Ano de Ferro. O mesmo lustre esculpido com desenhos de chama, o mesmo semicírculo de escrivaninhas, o mesmo par de sofás peludos, um diante do outro, e a mesma enorme lareira. Símbolos marcados em mica e quartzo brilhavam quando a luz os atingia, e três portas adornadas com seus nomes levavam aos quartos.

Call soltou um longo suspiro e se jogou em um dos sofás.

— O jantar será servido no Refeitório em meia hora. Depois vocês devem guardar suas coisas e deitar cedo. Os alunos do primeiro ano chegaram ontem. Amanhã as aulas começam — informou Mestre Rufus, lançando um olhar demorado a cada um deles. — Alguns dizem que o Ano de Cobre do aprendizado é o mais fatigante. Sabem por quê?

Os três se entreolharam. Call não fazia ideia de qual seria a resposta desejada por Mestre Rufus.

O professor meneou a cabeça para o silêncio deles, nitidamente satisfeito.

— Porque agora que já sabem o básico, vamos sair em missões. As aulas aqui serão dedicadas a deixarem todos em dia com matemática e ciência, assim como alguns novos truques, mas o verdadeiro aprendizado vai ser no campo. Começaremos essa semana com algumas experiências.

Call não fazia ideia do que concluir sobre o novo currículo, mas o fato de que Mestre Rufus estava feliz com isso só podia ser um mau sinal. Sair das salas claustrofóbicas e úmidas do Magisterium parecia legal, mas Call já se enganara outras vezes. Durante um de seus "exercícios externos", ele quase se afogou sob uma pilha de troncos, e justo Jasper teve de puxá-lo para a superfície.

— Arrumem as coisas — ordenou Mestre Rufus com o habitual aceno régio de cabeça e saindo da sala.

Tamara arrastou a mala para o quarto dela.

— Call, é melhor vestir o uniforme antes do jantar. Devem ter deixado algum para você no seu quarto, como no ano passado. Ninguém pode ir ao Refeitório de jeans e uma camiseta que diz O DOUTOR MACACO SABE O QUE VOCÊ FEZ.

— O que isso quer dizer, aliás? — Aaron quis saber.

Call deu de ombros.

— Não sei. Comprei num bazar de caridade. — Ele se espreguiçou. — Talvez eu tire um cochilo.

— Não estou cansado. Vou para a biblioteca. — Aaron abandonou a bolsa na sala e seguiu em direção à porta.

— Você quer descobrir sobre o Alkahest — supôs Call. Evidentemente era alguma espécie de arma, mas nenhum deles tinha conseguido concluir exatamente o que era ou o que fazia. Ninguém parecia querer responder nenhuma pergunta a respeito, apenas usavam os termos mais vagos possíveis. E a biblioteca da casa dos Rajavi também não ajudou muito.

Call detestava admitir, mas ficou aliviado. Quanto mais falavam sobre o Alkahest, o Inimigo e seus possíveis planos, mais Call tinha a impressão de que ia ser pego.

— Preciso proteger as pessoas — explicou Aaron. — E não posso fazer isso sem conhecer qual é a ameaça.

Call suspirou.

— Podemos procurar alguma pista depois de desfazermos a mala?

— Você não precisa ir — disse Aaron. — Não vou correr nenhum perigo na biblioteca.

— Não seja idiota — retrucou Tamara. — É lógico que nós vamos. Call só precisa vestir o uniforme.

— É — concordou Call, com entusiasmo obviamente forçado, dirigindo-se ao quarto e jogando a bolsa na cama.

Teve um pouco de dificuldade para calçar as grandes botas que usavam no Magisterium a fim de se proteger contra as pedras e a água — e, ocasionalmente, lava —, mas concluiu que logo se acostumaria a elas de novo. Quando voltou para a sala compartilhada, Aaron e Tamara estavam empoleirados no encosto do sofá, compartilhando um saco de Ruffles. Tamara ofereceu uma batata a ele.

Call pegou o saco, enfiou um punhado de batatas na boca e foi para a porta. Aaron e Tamara o seguiram, e Devastação correu atrás deles, latindo. Quando saíram para o corredor, Devastação estava na frente.

— Biblioteca! — informou Call ao lobo. — Biblioteca, Devastação!

No caminho, Call jurou que seria útil. Afinal, o que fazia dos Suseranos do Mal pessoas ruins era a forma como agiam, não seus pensamentos secretos. E não havia nenhum Suserano do Mal que ajudasse os outros.

Era um alívio enorme poder caminhar pelos corredores do Magisterium abertamente com Devastação, em vez de precisar escondê-lo no quarto. Os outros alunos olhavam com uma mistura de respeito, medo e admiração quando viam o lobo Dominado pelo Caos à frente deles.

Obviamente também se impressionavam com Aaron e a pedra preta em sua pulseira. Mas Devastação pertencia a Call.

Não que alguém achasse isso. *O lobo de Aaron*, ouviu os alunos sussurrando uns para os outros enquanto passavam. *Olha o tamanho! Aaron deve ser muito poderoso para conseguir controlá-lo.*

MAGISTERIUM – A LUVA DE COBRE

— Você se esqueceu de sua pulseira. — Aaron abriu um sorriso de lado, colocando a nova pulseira de cobre em um dos pulsos de Call. — De novo. Não me faça ter de lembrá-lo sempre.

Call revirou os olhos, fechando a pulseira. A sensação era confortável. Familiar.

Chegaram à biblioteca, que tinha a forma do interior de uma concha: uma sala em espiral que se estreitava na medida em que seguia até o nível mais baixo, onde havia longas mesas. Como as aulas ainda não tinham começado, o local estava vazio.

— Por onde começamos? — pensou Call em voz alta, olhando para a quantidade de livros que se espalhava por todos os lados.

— Bem, não sou nenhuma especialista em bibliotecas, mas *A de Alkahest* me parece uma boa aposta. — Tamara, avançou na frente deles. Ela obviamente estava animada por ter voltado à escola.

A biblioteca se dividia em seções e subseções. Eventualmente encontraram um livro chamado *Alkahests e outros índices da magia* em uma prateleira alta, o que exigiu que Aaron subisse em uma cadeira para alcançá-la.

Trouxeram o livro para uma das mesas grandes, e Aaron o abriu com cuidado. A lombada estava empoeirada.

Call tentou ler sobre o ombro de Aaron, captando algumas palavras. Um Alkahest, o livro dizia, era um solvente universal, uma substância que dissolvia todas as coisas, desde ouro e diamantes até a magia do caos. Enquanto Call franzia a testa, sem saber ao certo o que aquilo tinha a ver com o que escutaram, Aaron virou a página e eles viram um desenho do Alkahest, que não era uma substância, mas uma luva enorme — uma manopla — feita de cobre.

83

Composta por uma combinação de forças elementares, a manopla era uma arma criada para um propósito — extrair do Makar a habilidade de controlar o caos. Em vez de controlar o vazio, o Makar seria destruído pelo mesmo. A manopla podia ser feita por qualquer mago, mas precisava do coração vivo de uma criatura dominada pelo caos para lhe dar poder.

Call respirou fundo. Tinha visto a mesma manopla no desenho na horripilante sala de ritual montada na adega do pai. O Alkahest era a razão pela qual Alastair queria cortar o coração de Devastação.

Alastair devia ter tentado roubar a manopla da escola.

A cabeça de Call voou. Ele agarrou a ponta da mesa para se manter de pé. Aaron virou a página.

Havia uma foto em preto e branco da manopla em uma caixa de vidro, provavelmente em seu esconderijo na escola. Uma breve história era descrita em uma barra lateral ao lado da foto. O artefato havia sido criado por um grupo de pesquisadores que se autointitulavam a Ordem da Desordem. Mestre Joseph e Constantine Madden já tinham feito parte da equipe, na esperança de alcançar a profundidade da magia do caos e encontrar uma forma de permitir que mais magos acessassem o vazio. Quando Constantine Madden se dissociou e se tornou o Inimigo da Morte, a Ordem teve a esperança de que o Alkahest pudesse contê-lo.

Aparentemente, o Alkahest caiu nas mãos do Inimigo perto do fim da guerra, permitindo que seus capangas matassem Verity Torres no campo de batalha enquanto Constantine Madden conduzia mais de suas forças para a montanha, em La Rinconada, para o Massacre Gelado.

O livro dizia que a Ordem da Desordem ainda existia, pesquisando animais Dominados pelo Caos, apesar de ninguém saber ao certo quem passara a ser o líder da organização.

— Os magos vão descobrir quem tentou pegar o Alkahest — concluiu Tamara. — E agora ele está em um local mais seguro.

— Se alguém do pessoal de Constantine puser as mãos nisso, a próxima vez que eu vir a luva será quando estiver apontada para mim — bufou Aaron, preocupado. — Vamos ver se esse livro diz alguma coisa sobre como destruir o Alkahest.

Call queria dizer alguma coisa, tranquilizar Aaron, falar que não eram os capangas do Inimigo que estavam atrás da manopla; era só Alastair. Mas antes que ele pudesse decidir, Mestre Rufus apareceu, descendo as escadas da biblioteca. Seus três aprendizes se viraram, olhando, culpados, para ele, apesar de não haver nenhum motivo para tanto. Estavam em uma *biblioteca, pesquisando*. Rufus ficaria feliz da vida com isso.

Ele não parecia feliz, mas, sim, preocupado. Espiando sobre o ombro de Tamara, ele franziu o rosto e disse:

— Aaron, o Alkahest está trancado. A Assembleia o levou para um cofre fabricado por magos do metal durante a última guerra. Está no subterrâneo, embaixo de um lugar que você já visitou, e está completamente seguro.

— Eu só queria saber mais sobre o assunto — explicou Aaron.

— Entendo. — Mestre Rufus cruzou os braços sobre o peito. — Bem, não estou aqui para interromper os estudos de vocês. Estou aqui para falar com Callum.

— Comigo? — perguntou Call.

— Com você. — Mestre Rufus se afastou alguns passos dos outros, e Call o seguiu, relutante.

— Devastação, fique aí — murmurou Call. Ele não sabia ao certo o que o mago ia lhe dizer, mas dava para perceber que não era coisa boa.

— Seu pai está aqui para vê-lo — anunciou o Mestre.

— O quê? — Call não devia parecer chocado, mas era exatamente assim que se sentia. — Achei que pais não pudessem vir ao Magisterium.

— Não podem. — Mestre Rufus olhou para Call, como se estivesse tentando discernir a resposta para alguma pergunta. — Mas o Magisterium também não tem o hábito de sequestrar alunos. Presumo que você não tenha chegado aqui pelo método tradicional; Alastair nos informou que não conversaram antes de você sair de casa. Ele disse que você fugiu.

— Ele não me quer aqui — disse Call. — Ele me quer longe do Magisterium.

— Conforme você sabe — Rufus lembrou-lhe gentilmente —, isso não é possível para um mago que passou pelo Primeiro Portal. Você precisa completar seu treinamento.

— Eu quero ficar. Não quero voltar com ele. Não preciso, preciso?

— Não. — Entretanto, pela forma como Mestre Rufus pronunciou a palavra, a resposta não pareceu tão definitiva. — Mas, como eu disse, não temos a intenção de roubar crianças dos pais. Achei que ele já tivesse se acostumado à ideia de você ser meu aprendiz.

— Na verdade, não — retrucou Call.

— Eu vou com você se quiser — ofereceu Mestre Rufus. — Quando você for falar com ele.

— Não quero falar com ele — decidiu Call. Parte dele queria encontrar o pai desesperadamente, queria se certificar de que ele estava bem após o horror de vê-lo caído contra uma parede. Mas ele sabia que não podia. Seria impossível os dois terem uma conversa que não envolvesse as palavras *Constantine*, *Alkahest* ou *me matar*.

Havia segredos demais que as pessoas podiam ouvir.

— Quero que peça para ele ir embora — disse Call ao professor.

Mestre Rufus olhou longamente para Call. Em seguida suspirou.

— Tudo bem. Farei o que está me pedindo.

— Você não parece querer fazer isso.

— Alastair já foi meu aluno um dia. Ainda tenho grande estima por ele. Torci para que o fato de você frequentar esta escola pudesse suavizar o ódio que ele tem dos magos e do Magisterium.

Call não conseguia pensar em nenhuma palavra para rebater o discurso do professor, por isso simplesmente balançou a cabeça.

— Por favor, faça com que ele vá embora — sussurrou.

Mestre Rufus assentiu e se virou para sair da biblioteca. Call olhou novamente para Aaron e Tamara. Ambos estavam inclinados sobre a mesa, as faces tingidas de verde pelas lâmpadas. Eles o encaravam, preocupados. Pensou em ir até eles, mas não estava com vontade de lidar com as perguntas que viriam. Em vez disso, virou e correu para fora da biblioteca o mais depressa que sua perna permitiu.

CAPÍTULO SEIS

Call vagou pelos corredores do Magisterium, dirigindo-se para os lagos frios e os rios que corriam pelas cavernas. Por fim, parou ao lado de um deles, tirou as botas e mergulhou os pés na água lamacenta.

Mais uma vez ficou pensando se ele era ou não uma boa pessoa. Sempre se considerou um garoto tranquilo, igual à maioria das pessoas. Não era terrível, mas também não era ótimo. Normal.

Mas Constantine Madden era um assassino. Um louco perverso que criou monstros e tentou enganar a morte. E Call era Constantine. Então isso não o tornava responsável por tudo que Constantine já tinha feito, mesmo que não se lembrasse?

E agora Call preocupava Aaron, que se preparava para uma ameaça que sequer existia, apenas porque era egoísta.

Call chutou a água, espalhando gotas pra todo lado e assustando os peixes pálidos e sem olhos que tinham se reunido em volta de seus pés.

Exatamente naquele momento um lagarto caiu do teto na pedra ao lado de Call.

— Argh! — gritou Call, levantando-se de um pulo. — O que você está fazendo aqui?

— Eu moro aqui — respondeu Warren, com a língua para fora, pronto para lamber o próprio olho. — Estou olhando você.

Porque aquilo não era nem um pouco bizarro.

Call suspirou. A última vez em que tinha visto o lagarto, Warren conduziu Call, Tamara e Aaron para a sala de um dos Devorados, um mago que tinha usado tanta magia do fogo que se tornara um elemental. O alerta do Devorado soou novamente nos ouvidos de Call: *Um de vocês vai fracassar. Um de vocês vai morrer. E um de vocês já está morto.*

Agora ele sabia qual dos três era ele. Callum Hunt já estava morto.

— Vá embora — avisou ao lagarto. — Vá embora, ou eu o afogo no rio.

Warren o encarou com olhos arregalados antes de subir pela parede.

— Não sou a única coisa que está observando você — disse ele, antes de desaparecer pela escuridão.

Com um suspiro, Call pegou as botas e voltou descalço para seus aposentos. Lá, se jogou em um dos sofás e ficou observando a lareira, se concentrando em não pensar nada de mal até Tamara e Aaron voltarem com Devastação trotando atrás deles. Aaron trazia um grande prato de líquen.

Apesar de tudo, o estômago de Call roncou ao sentir o cheiro de frango frito que vinha da massa esverdeada.

— Você não apareceu no jantar — disse Tamara. — Rafe e Kai mandaram oi.

— Está tudo bem? — perguntou Aaron.

— Está. — Call pegou uma garfada de líquen e acrescentou mais uma mentira à lista crescente do Suserano do Mal.

↑≈△○◉

As aulas começaram na manhã seguinte. Pela primeira vez, tinham uma sala de aula só para eles. Ou uma caverna de aula, ele supôs. Era grande, com paredes desiguais de pedra e uma depressão circular no centro. O círculo era um banco afundado, ao redor do qual podiam sentar para as aulas. Havia também uma piscina para praticar magia da água e para oferecer um contrapeso ao fogo. Além disso, havia um fosso de terra queimada. E — provavelmente só para Aaron — havia um pedestal feito de ferro, sobre o qual havia uma pedra preta, símbolo do vazio.

Aaron, Tamara e Call sentaram no banco enquanto Mestre Rufus alisava um pedaço de uma das paredes. Enquanto gesticulava, faíscas voavam de seus dedos, traçando letras sobre a pedra.

— Ano passado vocês atravessaram o Portal do Controle. Dominaram sua magia. Este ano vamos começar a trabalhar no controle dos próprios elementos.

Rufus começou a andar de um lado para o outro. Ele sempre fazia isso quando pensava.

— Alguns Mestres separam os alunos quanto tem um mago do caos em seu grupo. Eles o ensinam individualmente por acharem que um mago do caos pode interromper o equilíbrio do grupo de aprendizes.

— O quê? — Aaron parecia horrorizado.

— Eu não vou fazer isso. — Rufus franziu a testa para eles. Call ficou imaginando como era para ele ser o Mestre que tinha acabado com o Makar em seu grupo. A maioria dos Mestres mataria para ter essa oportunidade, mas a maioria dos mestres não era Rufus. Ele havia sido o professor de Constantine Madden, e aquilo deu muito errado. Talvez não quisesse mais correr riscos. — Aaron vai ficar com o grupo. E entendo que Call será seu contrapeso, certo?

Aaron olhou para Call como se estivesse esperando que o amigo retirasse a oferta.

— Eu serei — assegurou Call. — Quero dizer, se ele ainda quiser.

Isso fez com que Aaron abrisse um sorriso torto.

— Eu quero.

— Ótimo — assentiu Mestre Rufus. — Então trabalharemos exercícios de contrapeso, todos nós. Terra, ar, água e fogo. Aaron, quero que você seja proficiente em tudo isso antes de tentar utilizar Call como seu contrapeso.

— Porque eu poderia machucá-lo — concluiu Aaron.

— Poderia *matá-lo* — corrigiu Mestre Rufus.

— Mas não vai — garantiu Tamara a Aaron. Call fez uma careta, imaginando o quão próximos os dois tinham se tornado durante o verão, e se havia outra razão pela qual Aaron não havia mencionado a estadia na casa de Tamara.

Tamara olhou para Call com uma expressão estranhamente intensa.

— Não vou deixar nada de mal acontecer a você.

— Tenho certeza de que ninguém acha que você machucaria um amigo *de propósito*. — Mestre Rufus olhava para Call. — E vamos nos certificar de que nenhum de vocês se machuque por *acidente*.

Call bufou. Era exatamente aquilo que ele queria aprender. Como não machucar ninguém, nunca, nem por acidente.

Aaron pareceu horrorizado.

— Posso simplesmente não ter um contrapeso, já que ele pode *morrer*?

Mestre Rufus olhou para ele com alguma coisa que poderia ser pena.

— A magia do caos exige muito do Makar, e nem sempre é fácil perceber quando você está exagerando. Você *precisa* de um contrapeso para sua própria segurança, mas seria melhor se você nunca necessitasse fazer uso de um.

Call tentou sorrir para Aaron de forma a encorajá-lo, mas o amigo não o encarava.

Mestre Rufus seguiu enumerando o resto dos estudos daquele ano. Partiriam em missões na floresta que cercava o Magisterium e fariam pequenas tarefas — moveriam os cursos dos rios, apagariam labaredas, observariam os arredores e colheriam itens para análises mais cuidadosas. Algumas das missões incluiriam outros grupos de aprendizes, e, eventualmente, todos os alunos do Ano do Cobre seriam enviados juntos para capturar elementos rebeldes.

Call pensou em acampar sob as estrelas com Tamara, Aaron e Devastação. Parecia incrível. Poderiam esquentar marshmallows — ou ao menos torrar líquen — e contar histórias de fantasmas. Até o Ano de Cobre acabar e o verão recomeçar, poderiam fingir que o resto do mundo e todas as expectativas que ele envolvia não existiam.

↑≈△○◉

Naquela noite, Call estava a caminho do Portão das Missões com Devastação quando Celia o alcançou. Ela havia trocado o uniforme que usava durante as horas escolares e trajava uma saia cor-de-rosa felpuda e uma blusa listrada de rosa e verde.

— Está indo para a Galeria? — perguntou ela, um pouco ofegante. — Podemos ir juntos.

Normalmente ele adorava as piscinas quentes, as bebidas gasosas e os filmes da Galeria, mas não sabia se queria ficar perto de tanta gente naquele momento.

— Só estava levando Devastação para dar uma volta.

— Vou junto. — Ela sorriu para ele, como se realmente achasse que ficar lá fora no escuro infestado de mosquitos com ele fosse tão divertido quanto a Galeria. Ela se abaixou para afagar a cabeça de Devastação.

— Hum, tudo bem. — Call não conseguia esconder a própria surpresa. — Ótimo.

Saíram e ficaram observando enquanto Devastação farejava pedaços de ervas daninhas. Vagalumes iluminavam o ar, como faíscas de uma fogueira.

— Gwenda trouxe um animal clandestinamente esse ano — informou Celia, de forma abrupta. — O nome dele é Bola de Pelo. Ela disse que como vocês têm um lobo o furão dela não será problema. O bicho nem é Dominado pelo Caos. Mas Jasper é alérgico, então não sei se Gwenda poder manter Bola de Pelo, independentemente do que diga.

Call sorriu. Qualquer coisa que fosse ruim para Jasper, tinha de ser boa para o mundo.

— Acho que gosto de Bola de Pelo.

No fim das contas, Celia se mostrou uma excelente fonte de informação. Ela contou a Call qual aprendiz estava sofrendo com uma coceira estranha, quem tinha piolho de caverna, que aluno do Ano de Ferro supostamente fez xixi na cama. Celia sabia que Alex e Kimiya tinham terminado e que Alex estava chateado. Ela também acusou Rafe de não valer nada.

— Como assim? Ele cola nas provas? — perguntou Call, confuso.

— Não. — Celia riu. — Ele beijou uma garota *na boca* depois que contou para outra garota que gostava dela. É Susan DeVille quem cola em provas. Ela escreve as respostas no pulso com tinta invisível e depois usa magia para transformar em tinta roxa.

— Você sabe tudo — comentou Call, impressionado. Ele não fazia a menor ideia de que aprendizes estavam confessando para outros aprendizes que gostavam uns dos outros. — E Jasper? Conte-me alguma coisa ruim sobre Jasper.

Ela o olhou com reprovação.

— Jasper é legal. Não sei de nada ruim sobre ele.

Call suspirou desapontado, justamente quando Devastação voltou com um galho enorme e cheio de folhas na boca. Largou-o aos seus pés, abanando o rabo, como se tivesse trazido um graveto de tamanho normal e quisesse que Call o arremessasse.

Após um momento de silêncio espantado, tanto Call quanto Celia começaram a rir.

Depois daquela noite, Celia se tornou companhia quase constante nas caminhadas noturnas de Devastação. Às vezes, Tamara e Aaron também iam, mas, como Tamara levava Devastação para passear de manhã e Aaron tinha muito trabalho extra por ser o Makar, na maioria das vezes eram apenas Call e Celia.

Certa noite, perto do fim de setembro, outra pessoa se juntou a Call na trilha fora da escola. Por um segundo, quando viu um menino pulando na direção dele de calça jeans e casaco — o calor tinha dado trégua e definitivamente havia um frio no ar —, pensou que fosse Aaron, mas, ao se aproximar, Call percebeu que era Alex Strike.

Ele parecia desalinhado e um pouco pálido, apesar de que podia ser só uma questão de o bronzeado do verão estar desbotando. Call estava parado no caminho segurando a coleira de Devastação, esperando enquanto Alex se aproximava. Call ficou definitivamente confuso. Desde o começo das aulas, Alex sequer havia sorrido para ele no Refeitório, e, se Alex ainda andava ajudando Mestre Rufus, Call não o viu. Presumiu que Alex estivesse evitando o grupo por causa de Kimiya, e também porque, bem, Alex era um dos garotos mais populares da escola e provavelmente não tinha tempo para um bando de alunos do Ano de Cobre.

Mas agora Alex definitivamente estava procurando por ele. Levantou a mão para cumprimentá-lo ao se aproximar de Call e Devastação.

— Oi, Call. — Ele se abaixou para afagar o lobo. — Devastação, quanto tempo.

Devastação ganiu, parecendo mortalmente ofendido.

— Achei que estivesse nos evitando — comentou Call. — Por causa de Kimiya.

Alex se recompôs.

— Você em algum momento não fala o que está pensando?

— Essa, de algum jeito, parece uma pergunta capciosa — refletiu Call.

Devastação puxou a coleira, e Call começou a caminhar pela trilha, seguindo lobo. Alex trotou atrás dele.

— Na verdade era sobre a Kimiya que eu queria conversar com você — revelou Alex. — Você sabe que a gente terminou...

— Todo mundo sabe. — Call fechou o zíper do casaco de capuz. Chovera recentemente, e as árvores estavam pingando.

— Tamara comentou alguma coisa sobre Kimiya com você? Sobre se ela ainda está com raiva de mim?

Devastação puxou a coleira. Call o soltou, e o lobo correu atrás de alguma coisa, provavelmente um esquilo.

— Acho que Tamara nunca me falou nada sobre Kimiya e você — respondeu Call, confuso. O primeiro instinto era dizer que não havia razão para lhe perguntar o que quer que fosse, porque ele não entendia nada sobre garotas e muito menos sobre namoro. Além disso, Tamara nunca mencionava as escolhas amorosas da irmã. E Kimiya era tão bonita que provavelmente já tinha outro namorado àquela altura.

Porém, o segundo instinto dizia que o primeiro era coisa de Suserano do Mal. Suseranos do Mal não ajudavam os outros com suas vidas amorosas.

Ele, Call, poderia ajudar Alex.

— Tamara tem um certo temperamento — continuou Call. — Quero dizer, ela se irrita com facilidade. Mas não permanece irritada por muito tempo. Então, se Kimiya for como a irmã, provavelmente não está mais irritada. Você pode tentar falar com ela.

Alex fez que sim com a cabeça, mas não parecia que Call estava falando nada que ele já não tivesse pensado.

— Ou você pode tentar *não* falar com ela — continuou Call. — Quando eu não falo com Tamara, ela vem e me bate, então essa pode ser uma forma de Kimiya vir até você primeiro. Além disso, uma vez que ela te bater, o gelo se quebra.

— Ou meu ombro — completou Alex.

— Quero dizer, se não funcionar, então, como dizem, "se você ama alguém, liberte-o, não prenda no subterrâneo ou em uma caverna".

— Não acho que a citação seja assim, Call.

Call olhou para Devastação correndo pela grama.

— Só não mostre a ela quem você é de verdade — disse Call. — Finja que é uma pessoa que ela pode amar, e aí ela vai amar. Porque, de qualquer jeito, as pessoas amam quem elas pensam que as outras pessoas são.

Alex soltou um assobio.

— Quando você se tornou tão cínico? Herdou de seu pai?

Call fez uma careta. Não sentia mais a menor vontade de ajudar.

— Isso não tem nada a ver com meu pai. Por que trazê-lo para a conversa?

Alex recuou, levantando as mãos.

— Ei, tudo que sei é o que as pessoas dizem. Que ele foi amigo do Inimigo da Morte um dia. Já fez parte do grupo de magos dele. E agora odeia os magos e tudo que se relacione a magia.

— E daí se odeia? — Call se irritou.

— Ele já procurou alguém? Algum mago? Alguém de quem costumava ser amigo?

Call balançou a cabeça.

— Acho que não. Ele tem uma vida diferente agora.

— É horrível quando as pessoas são solitárias — comentou Alex. — Minha madrasta ficou solitária quando meu pai morreu, até entrar para a Assembleia. Agora ela é feliz controlando a vida de todo mundo.

Call queria negar que Alastair não era feliz com seus novos amigos nerds e que nada sabiam sobre magia. Mas lembrou-se da rigidez na mandíbula do pai, na quietude ao longo dos anos, na forma assombrada que ele assumia algumas vezes, como se os fardos que carregava fossem pesados demais para suportar.

— É — falou Call afinal, estalando os dedos. Devastação correu pela montanha em sua direção, as garras arranhando a terra molhada. Tentou não pensar no pai, sozinho, em casa. No que o pai pensou quando Mestre Rufus disse que Call não queria nem o ver. — É horrível.

Pensou nisso no dia seguinte enquanto ouvia a aula de Mestre Rufus sobre o uso avançado de elementos. Mestre Rufus caminhava de um lado para o outro na frente da turma, explicando como elementais rebeldes eram perigosos e normalmente precisavam ser eliminados, porém ocasionalmente os magos os consideravam úteis quando os enfeitiçavam para lhes servir.

— Voar, por exemplo, exaure nossas energias mágicas — disse o Mestre Rufus.

Aaron levantou a mão, um reflexo dos anos passados na escola pública.

— Mas controlar os elementais também não gasta energia mágica?

Mestre Rufus fez que sim com a cabeça.

— Interessante sua pergunta. Sim, gasta energia, mas não de forma contínua. Uma vez que você domina um elemental, mantê-lo exige menos energia. Quase todos os magos têm um ou dois elementais a seu dispor. E escolas como o Magisterium têm muitos.

— O quê? — Call olhou ao redor, meio que esperando ver um dragonete aquático tentando quebrar a parede de pedra.

Mestre Rufus ergueu uma das sobrancelhas.

— Como você acha que os uniformes ficam limpos? Ou os quartos de vocês, aliás?

Call nunca tinha pensado muito naquele tipo de coisa, mas ficou nervoso. Será que alguma criatura como Warren estava esfregando suas cuecas? Ficou ligeiramente alarmado com aquilo. Mas talvez isso fosse apenas um preconceito de espécie. Talvez precisasse abrir mais a cabeça.

Lembrou-se de Warren mastigando os peixes cegos. Talvez não.

Mestre Rufus prosseguiu, chegando ao ponto que queria.

— E, evidentemente, há os elementais que usamos em exercícios, embora alguns também sejam utilizados para a defesa da escola. Elementais antigos, que dormem profundamente nas cavernas, à espera.

— À espera do quê? — perguntou Call, com olhos arregalados.

— A invocação para a batalha.

— Está falando sobre se a guerra começar de novo. — A voz de Aaron não expressava nenhuma emoção. — Eles serão enviados para combater o inimigo.

Mestre Rufus fez que sim com a cabeça.

— Mas como vocês conseguem fazer para que eles os obedeçam? — insistiu Call. — Por que concordariam em ficar tanto tempo dormindo, e depois acordar só para a luta?

— Eles estão ligados ao Magisterium por uma antiga magia elemental — explicou Rufus. — Os primeiros magos que fundaram a escola os capturaram, eliminaram seus poderes e os posicionaram a muitos quilômetros debaixo da terra. Eles despertam ao nosso comando e são controlados por nós.

— E no que isso nos difere do Inimigo e dos Dominados pelo Caos? — De algum jeito, Tamara pegou as duas tranças e as transformou em um coque torto preso por uma caneta.

— Tamara! — retrucou Aaron. — É completamente diferente. Os Dominados pelo Caos são do mal. Exceto Devastação — acrescentou ele, mais que depressa.

— Então o que são essas coisas? Criaturas boas? — Tamara quis saber. — Se são boas, por que mantê-las presas no subterrâneo?

— Não são nem más, nem boas — respondeu Rufus. — São muitíssimo poderosas, como os Titãs gregos, e não se importam nem um pouco com os seres humanos. Aonde vão, a morte e a destruição seguem em seu encalço, não porque queiram matar, mas porque não entendem nem reconhecem o que fazem. Culpar um grande elemental por destruir uma cidade seria o mesmo que culpar um vulcão por entrar em erupção.

— Então eles precisam ser controlados para o bem de todos. — Call foi capaz de ouvir a dúvida e a desconfiança na própria voz.

— Um dos elementais metálicos, Automotones, escapou depois da batalha de Verity Torres com o Inimigo — lembrou Rufus. — Ele destruiu uma ponte. Os carros que estavam sobre ela caíram na água. Pessoas se afogaram antes de ele ser devolvido ao seu lugar debaixo do Magisterium.

— Ele não foi punido? — Tamara parecia particularmente interessada no tema.

Rufus deu de ombros.

— Como eu disse, seria como punir um vulcão por entrar em erupção. Precisamos dessas criaturas. São tudo o que temos para igualarmos a força dos Dominados pelo Caos de Constantine.

— Podemos ver alguma? — perguntou Call.

— O quê? — Rufus fez uma pausa, com a caneta em uma das mãos.

— Quero ver uma. — Nem Call sabia ao certo por que estava pedindo aquilo. Alguma coisa o atraía na ideia de uma criatura que não era nem boa, nem ruim. Que nunca tinha de se preocupar com o próprio comportamento. Uma força da natureza.

— Daqui a algumas semanas vocês começarão a ter missões — disse Rufus. — Ficarão sozinhos fora do Magisterium, viajando, conduzindo projetos. Caso sejam bem-sucedidos nessas tarefas, não vejo razão para que não possam ver um elemental adormecido.

Bateram à porta e, depois que Rufus autorizou a entrada, a empurraram. Rafe entrou. Ele parecia muito mais feliz desde a saída de Mestre Lemuel do Magisterium, mas Call ficou imaginando se ele havia ficado com medo de voltar à escola após a morte de Drew.

— Mestre Rockmaple mandou isso para você. — Ele estendeu um papel dobrado para Mestre Rufus.

O professor o leu e, em seguida, amassou o bilhete em uma das mãos. O papel pegou fogo, escurecendo até se transformar em cinzas.

— Obrigado — agradeceu ele a Rafe com um aceno de cabeça, como se queimar correspondências fosse uma atitude totalmente razoável. — Diga ao seu mestre que o encontrarei no almoço.

Rafe se retirou, com os olhos arregalados.

Call queria desesperadamente saber o que havia naquele papel. O problema de guardar um grande segredo era que toda vez que alguma coisa acontecia, Call se preocupava com a possibilidade de ter alguma coisa a ver com ele.

Entretanto, Mestre Rufus sequer olhou em sua direção ao retomar a aula. Como nada de especial aconteceu nos dias subsequentes, Call esqueceu de se preocupar.

Na medida em que as semanas passavam e as folhas nas árvores começavam a ficar amarelas, vermelhas e laranjas, como um fogo conjurado, ficava cada vez mais fácil para Call se esquecer de que tinha um segredo.

CAPÍTULO SETE

Conforme o tempo esfriava, Call começou a usar moletons e casacos nos passeios com Devastação, que nunca havia vivenciado o outono de fato e estava se divertindo muito, se escondendo em pilhas de folhas, deixando só as patas de fora.

— Ele acha que não conseguimos vê-lo? — perguntou Celia, curiosa, certa noite, depois que Devastação pulou na lateral de uma colina e caiu em uma pilha enorme de folhas. Só o rabo era visível, saindo da ponta do monte.

— Só estou vendo o rabo — disse Call. — Ele está indo muito bem, na verdade.

Celia riu. Apesar de no início Call estranhar o fato de Celia rir de tudo, estava começando a achar bem legal a mania da amiga. Ela vestia um casaco vermelho peludo e estava com as bochechas coradas e bonitas.

— Então, como seu pai reagiu quando você levou Devastação para casa? — perguntou ela, pegando do chão um punhado de folhas amarelas, douradas e vermelhas.

Call escolheu cuidadosamente as palavras.

— Não muito bem. Quero dizer, moramos em uma cidade pequena. Seria complicado manter qualquer animal de estimação em segredo, e, apesar de ninguém saber o que é um Dominado pelo Caos, todo mundo sabe o que é um lobo grande.

— É. — Celia arregalou os olhos, solidária. — Ele deve ter ficado com medo de alguém machucar Devastação.

Celia era tão *gentil*, pensou Call. Nunca ocorreu a ela que o próprio Alastair pudesse machucar Devastação. O que era impressionante, considerando que a única vez em que ela viu Alastair, no dia do Desafio de Ferro, ele estava com os olhos arregalados e empunhava uma faca. Por reflexo, Call tocou o cabo de Miri, que escapava do bolso interior do casaco.

— Essa era a faca de sua mãe, não é? — perguntou Celia, tímida.

— É. Ela a fez quando era aluna do Magisterium. — Ele engoliu em seco. Tentava não pensar muito na mãe, em se ela o amaria independentemente das impressões digitais de sua alma.

— Sei que ela morreu no Massacre Gelado — disse Celia. — Sinto muito.

Call limpou a garganta.

— Tudo bem. Foi há muito tempo. Eu nunca a conheci, na verdade.

— Também não conheci minha tia — confessou ela. — Eu era bebê quando ela morreu no Massacre Gelado. Mas se eu tivesse a chance de me vingar um dia, eu...

Ela se interrompeu, parecendo envergonhada. Devastação havia se libertado das folhas e trotava pela colina, com gravetos presos em sua pelagem.

— Você o quê? — perguntou Call.

— Eu mataria o Inimigo da Morte com minhas próprias mãos — declarou, decidida. — Eu o odeio tanto.

Call sentiu como se tivesse levado um soco no estômago. Celia olhava para as folhas em sua mão, deixando-as cair como confete. Ele conseguia perceber que os lábios dela tremiam, que ela estava a um segundo de chorar. Outra pessoa, um amigo melhor, teria dado um passo à frente e posto um braço em volta da garota, talvez lhe afagado os ombros. Mas Call ficou paralisado. Como poderia confortar Celia por algo que ele mesmo tinha feito?

Se descobrisse a verdade, ela o detestaria.

↑≈△○@

Naquela noite, Call teve um sonho. Ele estava andando de skate por sua cidade com Devastação, que tinha o próprio skate verde e dourado, com rodas dentadas. Ambos estavam de óculos escuros, e, sempre que passavam por alguém na rua, essa pessoa começava a aplaudir espontaneamente e jogava punhados de balas para eles, como se estivessem em um desfile de dia das bruxas.

— Oi, Call — disse Mestre Joseph, aparecendo subitamente no meio da rua. Call tentou passar direto por ele quando tudo ficou branco, como se estivessem em uma folha de papel. Devastação tinha sumido.

Mestre Joseph sorriu para Call. Ele usava as longas vestes da Assembleia e estava com as mãos entrelaçadas atrás das costas.

Call começou a recuar.

— Saia de meu sonho. — Ele olhou ao redor, descontrolado, em busca de alguma coisa, qualquer coisa que pudesse usar como arma. — Saia de minha cabeça!

— Temo que não possa fazer isso. — Havia uma mancha escura na frente das vestes de Mestre Joseph. Parecia água suja. Call se lembrou dele segurando o corpo sem vida de seu filho, Drew, como a água tinha caído sobre Mestre Joseph e como ele chorara com soluços horrorosos.

Depois, ele se levantou e chamou Call de "Mestre". Disse que não tinha problema Drew estar morto, porque Call era Constantine Madden, e, se Constantine Madden queria Drew morto, então devia ter bons motivos para isso.

— Isso não é real — insistiu Call, apontando para a própria perna, que não estava cheia de cicatrizes nem fina, e não doía nada. — O que significa que você não é real.

— Ah, mas sou. — Mestre Joseph estalou os dedos, e a neve começou a cair, cobrindo os cabelos de Call e se prendendo em seus cílios. — Tão real quanto isso. Tão real e terrível quanto a escolha que Alastair Hunt precisa fazer.

— O quê? Que escolha? — perguntou Call, sugado para a discussão apesar de tudo.

Mestre Joseph prosseguiu, como se Call não tivesse falado nada.

— Por que você continua no Magisterium, onde só vão desprezá-lo? Você pode ficar com o homem que o criou e comigo, seu amigo leal. Pode ficar seguro. Podemos começar a reconstruir seu império. Se você concordasse, eu poderia levá-lo hoje.

— Não — respondeu Call. — Jamais irei com você.

— Ah, vai sim. Talvez não agora, mas um dia você irá. Eu o conheço, entende, muito melhor do que você mesmo se conhece.

Quando Call acordou, ainda sentia a ferroada fria da neve em seu rosto e estremeceu. Colocou a mão na bochecha. A mão voltou molhada. Ele tentou dizer a si mesmo que havia sido só um sonho, mas sonhos não derretiam em sua pele.

↑≈△○◉

Na aula seguinte, Call levantou a mão antes que Mestre Rufus começasse a falar. As sobrancelhas do professor se ergueram. Tamara pareceu surpresa, e Aaron estava ocupado demais procurando alguma coisa na mochila para prestar atenção.

— Não precisa fazer isso — retrucou Mestre Rufus. — São só vocês três aqui.

— É um hábito. — Call balançou um pouco os dedos, um truque que todos que queriam uma autorização para ir ao banheiro conheciam bem.

Mestre Rufus suspirou.

— Tudo bem, então, Call. O que você quer?

Ele abaixou a mão.

— Quero saber como impedir que as pessoas nos encontrem.

Mestre Rufus passou a mão no rosto, como se tivesse ficado um pouco desconcertado pela pergunta.

— Não sei se entendi o que quer, ou por que precisa saber disso. Tem alguma coisa que queira me contar?

Tamara olhou com aprovação para Call.

— É uma coisa inteligente. Se soubéssemos nos esconder melhor, Aaron estaria mais seguro.

Call podia não ser esperto o suficiente para pensar naquilo, mas era esperto o bastante para ficar calado.

Aaron finalmente levantou o olhar ao ouvir o próprio nome, piscando algumas vezes, como se estivesse tentando entender do que estavam falando.

— O elemento ar é o que nos permite comunicação a grandes distâncias — explicou Mestre Rufus. — Então é o elemento da terra que bloqueia essas comunicações. Você pode enfeitiçar uma pedra para proteger a pessoa que a veste, ou a carrega consigo. Agora me diga por que escolhemos construir a escola onde a construímos.

— Para que a localização embaixo da pedra protegesse a escola de ser encontrada? — arriscou Aaron. — Mas e aquele telefone de tornado que você deixa Call usar?

E meu sonho?, pensou Call, mas manteve-se em silêncio.

Mestre Rufus meneou a cabeça.

— Sim, a terra ao redor do Magisterium é enfeitiçada. Existem áreas de acesso onde podemos estabelecer contato com o mundo exterior. Talvez devêssemos fazer para nosso Makar uma pedra especificamente enfeitiçada contra vidência. Juntem-se que eu lhes mostro como fazê-lo. Mas, Call e Tamara, se eu descobrir que estão utilizando essa pedra para escapar por aí ou esconder alguma coisa, estarão mais encrencados do que podem imaginar. Vou trancá-los no subterrâneo como um daqueles elementais sobre os quais conversamos.

— E Aaron? Por que ele não foi incluído no sermão? — Tamara franziu o cenho.

Mestre Rufus olhou na direção de Aaron e em seguida voltou-se novamente para Tamara e Call.

— Porque individualmente você e Call podem causar problemas, mas juntos são ainda piores.

Aaron riu. Call tentou não olhar na direção de Tamara. Temeu que, se o fizesse, fosse descobrir que ela estava chateada por Mestre Rufus pensar que ela se parecia com Call em alguma coisa.

↑≋△○◉

O dia em que tudo começou a se desenrolar para Call não foi tão diferente de muitos outros dias. Ele estava lá fora com o grupo de Mestra Milagros — Jasper, Nigel, Celia e Gwenda. Treinavam jogar raios de fogo uns contra os outros. A manga de Call já estava queimada, e, com sua perna, ele precisava fazer muitos desvios a fim de evitar queimaduras. Aaron, que Call de repente percebeu ser um traidor malvado e corrupto, fugia do caminho na metade das vezes, em vez de usar magia.

Por fim, Call sentou em um tronco, arfando. Jasper olhou para ele como se estivesse considerando atear fogo no assento, mas pareceu desistir da ideia quando Tamara jogou uma explosão de calor em sua direção.

— O mais importante — disse Mestre Rufus, sentando ao lado de Call — é sempre controlar as circunstâncias. As outras pessoas vão *reagir* a elas, mas, se você *controlá-las*, terá vantagem.

Isso soava perturbadoramente parecido com o que Alastair havia lhe dito no último verão. *A maneira mais segura de impedir que os vizinhos façam escândalo é controlar as circunstâncias sob as quais Devastação é visto.* Era fácil pensar que o treinamento de Alastair no Magisterium não o tinha afetado em nada, mas Mestre Rufus também foi seu professor.

— O que isso quer dizer? — perguntou Call.

Mestre Rufus suspirou.

— Se você não consegue pular como os outros, leve-os por um caminho em que tenham a mesma desvantagem. Para uma árvore. Um rio. Ou, melhor ainda, leve-os a um território em que você terá a vantagem. Crie sua própria vantagem.

— Não existe território no qual eu tenha vantagem — murmurou Call.

Entretanto, passou o dia todo pensando no que o Mestre Rufus dissera, enquanto comia batatas roxas no Refeitório, enquanto andava com Devastação e, depois, enquanto olhava para o teto desigual de pedra em seu quarto à noite.

Ficou pensando no pai *controlando as circunstâncias* e procurando um *território no qual tivesse vantagem.* Ficou pensando nas correntes na casa do pai e no desenho do Alkahest em sua escrivaninha. Só conseguia chegar à mesma conclusão.

Tinha quase certeza de que havia sido seu pai quem tentara roubar o Alkahest, mas aquilo também significava que havia sido seu pai quem *fracassara* naquela missão. Mas... e se o fracasso tivesse sido proposital?

E se Alastair tivesse fracassado, sabendo que os magos levariam o Alkahest para fora da escola, para um local mais seguro?

MAGISTERIUM – A LUVA DE COBRE

E se ele já soubesse qual seria o provável local seguro que usariam — um território onde ele tinha a vantagem?

Em casa, ao lado dos desenhos do Alkahest, havia um mapa com o hangar onde foi realizado o Desafio de Ferro.

Call até então imaginava de onde Alastair tirara aquilo. Os pais de Tamara disseram que Alastair era um grande mago do metal, e Mestre Rufus havia garantido que o Alkahest estava seguro, em um cofre criado por magos do metal, embaixo de um local onde as crianças já estiveram. O hangar era feito quase todo de metal. Talvez Alastair — sendo um grande mago do metal — tivesse sido uma das pessoas que ajudara a construir o cofre, umas das pessoas que sabia exatamente como entrar no Hangar e abri-lo.

Se tudo aquilo fosse verdade, então Alastair não tinha falhado na tentativa de roubo. Se tudo aquilo fosse verdade, o Alkahest estava mais vulnerável que nunca.

Call ficou deitado sem dormir por um bom tempo naquela noite, olhando a escuridão.

↑≈△○◎

Call passou quase todo o dia seguinte em um torpor. Não conseguiu prestar atenção na aula quando Mestre Rufus tentava ensiná-los a levitar objetos usando magia da terra e do metal, e derrubou uma vela acesa na cabeça de Tamara. Esqueceu de passear com Devastação, o que resultou em desagrados para o tapete de seu quarto. No Refeitório, distraiu-se com um aceno de Celia e quase esbarrou em Aaron.

111

Aaron tropeçou, segurando-se na beirada de uma das mesas de pedra, na qual havia enormes caldeirões de sopa.

— Tudo bem — disse ele com firmeza, tirando das mãos de Call seu prato de sopa. — Chega.

Fervorosamente, Tamara fez que sim com a cabeça.

— Já passou dos limites.

— O que foi? — Call estava alarmado; Aaron tinha ficado muito sério, empilhando comida rapidamente no prato de Call. Montanhas de comida. — O que está acontecendo?

— Você está muito estranho — respondeu Tamara, que também estava com um prato cheio. — Vamos voltar ao quarto para conversar sobre isso.

— O quê? Eu não... eu não... — Mas Call foi levado pela determinação dos amigos, como uma mariposa em uma ventania. Carregando pratos, Tamara e Aaron o levaram para fora do Refeitório pelos corredores, até o quarto, e o empurraram para dentro, ainda sob protestos.

Pousaram os pratos sobre a mesa e foram pegar talheres. Segundos depois, estavam reunidos em volta da comida, espetando pizza de líquen com o garfo e comendo purê de batatas.

Hesitante, Call pegou o garfo.

— Como assim, estou estranho?

— Distraído — explicou Tamara. — Não para de derrubar e de esquecer coisas. Você chamou Mestre Rufus de Jasper, e Jasper de Celia. E se esqueceu de passear com Devastação.

Devastação latiu. Call o olhou sombriamente.

— Além disso, fica olhando para o nada, como se alguém tivesse morrido. — Aaron entregou um garfo a Call. — O que está acontecendo? E não diga que não é nada.

Call olhou para eles. Seus amigos. Estava tão cansado de mentir. Não queria ser como Constantine Madden. Queria ser uma boa pessoa. A ideia de contar a verdade era horrível, mas ser bom não era para ser uma coisa divertida, era?

— Prometem que não vão contar a ninguém? — perguntou Call aos dois. — Prometem e juram pela... pela honra de magos?

Call se sentiu um tanto orgulhoso daquilo, considerando que tinha acabado de inventar. Tanto Call quanto Tamara pareceram impressionados.

— Com certeza — respondeu Tamara.

— Definitivamente! — Aaron fez coro.

— Acho que foi meu pai quem tentou roubar o Alkahest — confessou Call.

Aaron derrubou o prato de líquen na mesa.

— O quê?

Tamara parecia absolutamente horrorizada.

— Call, não brinque com isso.

— Não estou brincando — disse Call. — Não faria isso. Acho que ele tentou roubar o Alkahest da escola, e acredito que vai tentar de novo. Desta vez, ele pode conseguir.

Aaron o encarou.

— Por que seu pai faria isso? Como você sabe?

Call contou a eles sobre o que achou no porão, sobre Devastação ter sido acorrentado, sobre os livros abertos com as ilustrações do Alkahest. Contou também sobre o mapa do hangar.

— Ele arrancaria o coração de Devastação para ativar o dispositivo? — O rosto de Tamara estava esverdeado.

Ao ouvir o próprio nome, o lobo olhou para Call e ganiu. Call fez que sim com a cabeça.

— Mas você não o viu em lugar algum? O Alkahest em si? — perguntou Aaron.

Call fez que não com a cabeça.

— Eu não sabia que era uma coisa real. Não sabia o que ele estava fazendo, ou para que queria Devastação. — Ele não mencionou as algemas do tamanho de um menino na parede. Estava preparado para contar parte da verdade, mas não toda. Não sabia exatamente em que posição aquilo se encaixava na tabela do Suserano do Mal, mas não se importava.

— Por que seu pai ia querer matar Aaron? — indagou Tamara.

— Ele não ia querer — respondeu Call rapidamente. — Tenho total e completa certeza de que meu pai não está trabalhando para o Inimigo da Morte.

— Mas então por que ele...? — Tamara balançou a cabeça. — Não entendo. Seu pai odeia magia. Por que ele estaria tentando ativar um Alkahest se não quisesse...

Call estava começando a entrar em pânico. Por que Tamara não acreditava nele? Uma pequena parte dele sabia que deixar de fora a parte da história em que Call era o Inimigo da Morte dificultava explicar por que Alastair não queria o Alkahest por causa de Aaron.

— Ele odeia o Magisterium. — Call cerrou os punhos embaixo da mesa. — Talvez ele só queira enlouquecer os magos. Assustar.

— Talvez ele queira matar o Inimigo — sugeriu Aaron. — Talvez esteja tentando se livrar dele para que você fique seguro.

— O Inimigo está por aí há dezenas de anos — disse Tamara. — E Alastair simplesmente teve essa ideia? E é uma coincidência o fato de que no instante em que um novo Makar aparece, ele comece a trabalhar em um dispositivo que assassina justamente o Makar?

— Talvez ele esteja tentando se livrar de *mim* para que Call fique seguro. — Os olhos verdes de Aaron escureceram. — Quase causei a morte de vocês dois quando me sequestraram, e Call concordou em ser meu contrapeso. Isso é perigoso.

— Como Call disse, Alastair detesta magos. Não acho que ele se importe com a guerra. Se ele derrubar o Magisterium, Call não terá mais de vir para cá, e isso é o que ele mais quer na vida. — Tamara mordeu uma unha, nervosa. — Precisamos contar a alguém.

— O quê? — Call se sentou, ereto. — Tamara, eu juro, Alastair não está trabalhando para o Inimigo!

— E daí? — disse Tamara com um fio de voz. — Ele está tentando roubar um dispositivo mágico poderoso. Mesmo que seu pai só queira guardá-lo para dormir melhor à noite, o Alkahest é muito valioso e extremamente mortal. E se o Inimigo souber que Alastair está com ele? Ele mataria seu pai para pegar o Alkahest. Contar aos outros magos vai ajudar a protegê-lo.

Call se levantou e começou a andar de um lado para o outro.

— Não. Eu vou até meu pai e vou dizer que sei dos planos dele. Assim ele não vai poder continuar com essa ideia, e o Alkahest permanecerá seguro.

— Isso é muito arriscado — retrucou Aaron. — Seu pai ia arrancar o coração de Devastação. Não acho que você deva chegar perto dele sozinho. Ele jogou uma faca em você, lembra?

— Ele estava jogando *para* mim — corrigiu Call, apesar de não acreditar mais nisso.

Tamara respirou fundo.

Holly Black & Cassandra Clare

— Sei que não quer colocar seu pai em encrenca, mas ele cavou a própria cova.

— Ele é meu *pai*. Eu deveria ser a pessoa que decide. — Call olhou para Tamara. Os olhos escuros da menina estavam fixos nele. Call respirou fundo e usou sua última carta. — Vocês juraram que guardariam meu segredo. Juraram pela própria honra.

A voz de Tamara falhou.

— Call! E se você estiver enganado quanto a ele querer machucar Aaron? E se estiver enganado em relação a seu pai? Pode estar. Nem sempre se conhece a própria família como se pensa.

— Então você estava mentindo — disse Call. — Mentiu na minha cara. Você não tem honra alguma.

Aaron se levantou.

— Gente, calma...

— Olhe, eu vou contar para Mestre Rufus — declarou Tamara. — Eu sei que você não quer que eu faça isso, sei que eu disse que não faria, mas preciso.

— Não precisa. — Call elevou a voz. — Se você se importasse com alguma coisa além de avançar no Magisterium, não contaria. Você teoricamente é minha amiga. Teoricamente deve manter a palavra.

— Aaron é seu amigo! — gritou ela. — Não se importa com o que o Inimigo pode fazer com ele?

— Se Call diz que o pai não está trabalhando para o Inimigo, eu acredito — falou Aaron apressadamente. — Eu é que estou correndo perigo, então a escolha deve ser minha...

A face de Tamara estava rubra, e ela trazia lágrimas nos olhos. Call percebeu que, de qualquer maneira, ela sempre colocaria Aaron na frente dele.

— Você vai se permitir correr perigo! — berrou ela. — Você é assim! E Call sabe disso. — Ela se voltou para Call. — Como você ousa se aproveitar disso. Vou contar para o Mestre Rufus. Eu vou. E, se alguma coisa acontecer com Aaron por causa do Alkahest, então... a culpa é sua!

Ela virou e saiu do quarto. Call percebeu que estava tão ofegante quanto se estivesse correndo. E em seguida estava *realmente* correndo, correndo atrás de Tamara.

— Devastação — gritou ele. — Vamos! Atrás dela! Quero dizer, não a machuque. Só estropie um pouco!

Devastação uivou, mas Aaron — após lançar um olhar enojado para Call — o pegou pela coleira. O Makar se jogou sobre o lobo enquanto Call saltitava pelo corredor a tempo de ver as tranças de Tamara dobrando o fim do corredor. Ele foi atrás dela, mas sabia que com sua perna jamais conseguiria alcançá-la.

A fúria inflou em seu peito enquanto ele corria. Tamara era desconfiada e uma péssima pessoa. Ele esperava que os amigos fossem ficar bravos, mas não que fossem *traí-lo*. Puxões ardentes de dor subiam por sua perna; ele escorregou e caiu de joelhos, e por um instante — só um instante — pensou exatamente no que faria se tivesse duas pernas boas, se pudesse deixar a dor para trás. O que ele não faria por isso? Será que chegaria a matar? Será que pararia de se importar com sua lista de Suserano do Mal?

— Call? — Sentiu a mão sobre seu ombro, e depois sobre seu braço, puxando-o para cima. Alex Strike, alinhado como sempre, com o uniforme em perfeito estado, parecia preocupado. — O que você está fazendo?

— Tamara... — engasgou Call.

— Ela foi na direção do escritório de Rufus. — Alex apontou para um par de portas de ferro e cobre. — Tem certeza de que deve...

Mas Call já estava desviando dele. Sabia exatamente onde ficava o escritório de Rufus. Correu pelo último corredor e abriu a porta.

Tamara estava no centro do recinto, sobre um tapete circular. Rufus se apoiava sobre a mesa, iluminado pelo brilho das luzes atrás dele. Parecia muito sério.

Call parou. Seu olhar ia de Tamara para Rufus.

— Não pode — disse ele para Tamara. — Não pode contar para ele.

Tamara ajeitou os ombros.

— Preciso, Call.

— Você *prometeu.* — A voz de Call falhava. Ele meio que pensou que Aaron o teria seguido, mas não foi o caso, e, de repente se sentiu terrivelmente sozinho, encarando tanto Tamara quanto Rufus, como se fossem inimigos. Sentiu uma onda de raiva por Tamara. Não queria ter raiva dela, ou esconder coisas de Rufus. Jamais queria estar naquela posição. E nunca quis pensar que não podia confiar na amiga.

— Parece que tem alguma coisa séria acontecendo aqui — atestou Rufus.

— Nada — negou Call. — Não tem nada de errado.

Rufus olhou de um para o outro, de Call para Tamara. Call sabia em qual dos dois ele confiaria. Sabia até em qual dos dois deveria confiar.

— Tudo bem — falou Tamara. — Vou contar. Foi Alastair Hunt quem tentou roubar o Alkahest, e, se não o contivermos, ele vai tentar outra vez.

Mestre Rufus ergueu as sobrancelhas.

— Como sabe disso?

— Porque — continuou Tamara, mesmo enquanto Call a fuzilava com o olhar — Call contou.

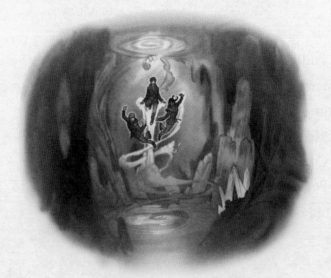

CAPÍTULO OITO

Os magos mandaram Tamara de volta para o quarto. Ela saiu sem olhar para Call, a cabeça baixa, os ombros curvados. Ele não disse nada a ela. Teve de ficar e responder perguntas intermináveis sobre o que tinha visto e o que não tinha visto, sobre o comportamento de Alastair, e se ele tinha falado sobre Constantine Madden. Perguntara a Call se ele sabia que o pai já tinha sido amigo de Constantine, principalmente se Alastair já tinha falado sobre a mãe de Call, Sarah, de forma que sugerisse que queria trazê-la dos mortos.

— Dá para fazer isso? — perguntou Call. Mas ninguém respondeu diretamente.

Call pôde perceber que enquanto Aaron — e até mesmo Tamara — acreditou que Alastair não estava trabalhando com o Inimigo, todos os Mestres tinham certeza de que ele era um traidor. Ou louco. Ou um traidor louco.

Se Call quisesse tirar a credibilidade de Alastair, para tornar impossível que alguém acreditasse nele caso alegasse que Call tinha a alma de Constantine Madden, não podia ter feito um trabalho melhor. Essa parte deveria tê-lo deixado feliz, mas não foi o caso. Nada o deixou feliz. Estava furioso consigo mesmo e ainda mais furioso com Tamara.

Já era tarde quando finalmente o dispensaram, e Mestre Rufus o acompanhou até o quarto.

— Agora entendo por que você não quis ver seu pai quando ele veio procurá-lo — disse Mestre Rufus.

Call não respondeu. Adultos tinham um talento incrível para constatar o óbvio e também para compartilhar suas conclusões sempre que chegavam a alguma.

— Você precisa saber que não está encrencado, Callum — continuou Rufus. — Ninguém esperaria que você fosse violar o segredo de seu pai, mas esse fardo jamais deveria ter sido posto em seus ombros.

Call ficou em silêncio. Tinha passado horas falando, e não tinha mais nada a dizer.

— Seu pai se tornou muito excêntrico depois da guerra. Talvez nenhum de nós quisesse enxergar o quão extremo seu comportamento havia se tornado. Trabalhar com os elementos, como nós fazemos, traz muitos perigos. Podemos curvar o mundo à nossa vontade. Mas os reflexos na mente podem ser enormes.

— Ele não é louco. — Call se irritou.

O Mestre Rufus pausou e olhou para Call por um longo instante.

— Eu tomaria muito cuidado falando isso em algum lugar onde alguém pode escutá-lo — aconselhou Mestre Rufus. — É melhor que o mundo pense que ele é louco do que pense que ele está trabalhando com o Inimigo.

— Você acha que ele é louco?

— Não consigo imaginar Alastair trabalhando com Constantine — respondeu Rufus após uma pausa. — Fui professor dos dois. Eram, de fato, amigos. Ninguém se sentiu mais traído por Constantine ter escolhido o lado do mal que Alastair. Ninguém ficou mais determinado a destruí-lo, principalmente depois que Sarah foi morta. Não existe traição maior que a de um amigo.

Call olhou para Rufus, sentindo-se tonto. Ele pensou em Aaron, que tinha nascido para destruir Call. Destinado a esse ato, mesmo que não soubesse disso.

— Algumas pessoas são destinadas a ser amigas, e outras, inimigas — concluiu Rufus. — No fim das contas, o universo se ajeita.

— Tudo em equilíbrio — murmurou Call. Era um ditado alquímico.

— Exatamente. — Rufus colocou a mão no ombro de Call, o que, para sua surpresa, foi o suficiente para fazê-lo saltar. — Você vai ficar bem?

Call fez que sim com a cabeça e entrou em seus aposentos. Estavam vazios. Tanto Tamara quanto Aaron já tinham ido para os respectivos quartos, as portas estavam trancadas. Ele foi para o próprio quarto e deitou na cama, totalmente vestido. Devastação já estava dormindo nas cobertas. Call tirou Miri da bainha e a segurou onde pudesse vê-la, onde pudesse enxergar as espirais e curvas de metal dobrado na lâmina. *Paz*.

Ele deixou a mão cair para o lado e fechou os olhos, exausto demais para perder tempo se despindo.

↑≋△○◉

Ele acordou no dia seguinte com os gritos do primeiro sinal, o que significava que já estava atrasado para o café da manhã. Não tinha comido muito na noite anterior e estava tonto, como se tivesse levado muitos socos no estômago em vez de apenas perdido uma refeição.

Ele vestiu um uniforme limpo e calçou as botas.

Nem Tamara, nem Aaron estavam esperando por ele na sala compartilhada. Ou tinham decidido que o odiavam, ou nem sabiam que ele voltara na noite anterior.

Com o lobo Dominado pelo Caos em seu encalço, Call iniciou a caminhada a passos duros para o Refeitório. O lugar já estava lotado de vários aprendizes. Alunos do Ano de Ferro vestidos de preto andavam por ali, ainda fazendo caretas pela bagunça das pilhas de comidas de líquen de diferentes cores, boquiabertos com as grandes fatias de cogumelo tostando na grelha. Alguns dos aprendizes dos anos de Prata e Ouro sentavam em grupos, tinham voltado das missões e olhavam em volta com desdém, como se já fossem Mestres.

Aaron estava sentado a uma mesa com outros alunos dos Anos de Cobre. Celia estava lá, assim como Gwenda, Rafe, Laurel e Jasper. Os pratos na frente deles estavam limpos.

Tamara ocupava outra mesa com Kimiya e os amigos dela. Call ficou imaginando se ela estaria contando sobre Alastair e ele, e sobre como ela era uma heroína, mas a essa altura não havia nada que Call pudesse fazer a respeito. Com um suspiro, ele começou a montar um prato de batatas roxas que tinham um certo cheiro de mingau, e um pouco de líquen de bacon para Devastação. Ele comeu em pé, para não ter de se sentar perto de ninguém. Não sabia se seria bem recebido em algum lugar.

Quando o segundo alarme soou, Call se dirigiu para onde Mestre Rufus sentava com os outros Mestres.

— Ah — disse Mestre Rufus, chamando Tamara e Aaron com um aceno. — Hora de começar as aulas.

— Oba — disse Call com sarcasmo. Mestre Rufus lhe lançou um olhar de censura e se levantou para levá-los do Refeitório. Call, Aaron e Tamara o seguiram, como a cauda relutante e miserável de um cometa.

— Tudo bem? — perguntou Aaron, batendo o ombro no de Call enquanto Mestre Rufus os conduzia por uma escadaria de pedra, talhada na rocha. Os degraus desciam em espiral. Pequenas salamandras brilhantes corriam pelo teto. Call pensou mais uma vez em Warren.

— Depende — disse Call. — Você está do meu lado ou do dela?

Ele olhou para Tamara cujos lábios enrijeceram. Ela parecia estar pensando em empurrar Call pela escada.

Aaron estava visivelmente chateado.

— Precisa haver lados?

— Quando ela entrega meu pai, sim, tem de haver lados! — sibilou Call. — Nenhum amigo de verdade faria isso. Ela prometeu guardar segredo e mentiu. É uma mentirosa.

— E ninguém que realmente fosse amigo de Aaron protegeria alguém que está tentando matá-lo! — disparou Tamara.

— E mais uma vez, *mentirosa*, se você realmente fosse minha amiga, acreditaria em mim quando digo que não é isso que Alastair está tentando fazer!

Um olhar pior que o de raiva cruzou o rosto de Tamara. Era pena.

— Você não é objetivo, Call.

— Nem você! — Call começou a gritar, mas Mestre Rufus havia se virado e estava olhando ameaçadoramente para os três.

— Não quero mais uma palavra sobre Alastair Hunt saindo da boca de nenhum de vocês — decretou ele. — Ou vão separar areia em vez de jantar.

Call tinha passado a primeira semana no Magisterium separando grãos de areia de diferentes cores e pensou consigo mesmo que preferiria cuidar de elementais do caos. Ele calou a boca, e Aaron e Tamara fizeram o mesmo. Tamara parecia impiedosa, e Aaron, abatido. Ele estava roendo as unhas, coisa que só fazia quando estava muito chateado.

— Agora — continuou Mestre Rufus, virando-se. Call percebeu que tinham ido até uma grande gruta sem que ele sequer notasse. As paredes eram cobertas por lodo azul da cor do céu. Mestre Rufus começou a andar de um lado para o outro, com as mãos para trás. — Todos nós sabemos que a fim de usar um elemento, é preciso um contrapeso, algo que os mantenha em equilíbrio para que um elemento não possa controlá-lo. Certo?

Holly Black & Cassandra Clare

— Impede que você seja Devorado. Como aquele cara do fogo. — Aaron referia-se ao sujeito monstruoso e em chamas que conheceram nas profundezas das cavernas, abaixo do Magisterium.

Mestre Rufus fez uma cara de dor.

— Sim, aquele ser outrora foi Mestre Marcus. Ou, como você colocou, "o cara do fogo". Mas tem mais que isso, não?

— É um oposto. — Tamara mexeu nas tranças. — Para puxá-lo em outra direção. Como o contrapeso do fogo é a água.

— E o contrapeso do caos é? — Rufus encarou Aaron.

— Call — respondeu Aaron. — Quero dizer, *meu* contrapeso é Call. Não o de todo mundo. Mas o contrapeso do caos é uma pessoa. Mas... nem sempre Call.

— Eloquente como sempre — disse Rufus. — E existe um problema com um contrapeso?

— Às vezes é difícil encontrar um? — Aaron com certeza estava chutando, mas Call concluiu que ele devia estar certo. Encontrar fogo parecia uma coisa difícil. Talvez magos adultos andassem com isqueiros.

— Limita seu poder — disse Tamara. Mestre Rufus moveu a cabeça na direção da menina, indicando que ela havia dado uma resposta melhor.

— Limitar o poder é parte do que lhe dá segurança — explicou ele. — Agora, qual é o *oposto* de um contrapeso?

Tamara respondeu aquela também, se exibindo.

— O que fizemos com a areia no ano passado.

Call queria fazer uma careta para ela, mas tinha quase certeza de que seria pego. Este era o problema de só existirem três alunos na turma.

Mestre Rufus fez que sim com a cabeça.

— Aceleração solidária, como chamamos. Muito perigosa porque o aproxima muito do elemento. Ele lhe dá poder, mas o preço pode ser muito alto.

Call torceu para que aquele não fosse o começo de um sermão sobre como ele tinha sido um problema antes e ainda era um problema agora.

Mas Mestre Rufus prosseguiu.

— O que quero que façam é praticar usando seus contrapesos. Primeiro, peguem alguma coisa para representar cada um dos elementos. Aaron, isso vai ser particularmente difícil para você, uma vez que escolheu Call como seu contrapeso.

— Ei! — retrucou Call.

— Só quis dizer que trabalhar com um contrapeso humano é desafiador. Agora, vão encontrar seus contrapesos.

Call caminhou pela borda da gruta, encontrando uma pedra. O ar estava sempre ao seu redor, então ele concluiu que isso ele já tinha. Fogo e água eram mais difíceis, mas ele utilizou magia para transformar um pouco da água da piscina lamacenta da caverna em uma bola que manteve flutuando perto da cabeça. Depois pegou uma vinha e a acenderia com fogo quando chegasse a hora.

Ele voltou para onde os outros estavam. Claro, eles completaram o exercício antes dele.

— Muito bem — elogiou Mestre Rufus. — Vamos começar pela magia do ar. Vou usar essa magia para levantar cada um de vocês pelos ares, mas segurem seus contrapesos. Será seu único contato com a magia da terra. Desçam quando sentirem que precisam usar o contrapeso.

Um por um, eles foram elevados. Call pôde sentir o assovio do vento ao seu redor, a atração emocionante do voo, deixando-o ansioso. Voar era sua parte preferida da magia. No ar, sua perna nunca incomodava. Ele começou a usar a magia do ar, formando padrões de cor, nuvens e cada vez mais entendia como uma pessoa podia ser Devorada. Tinha a impressão de que virar parte do ar não seria difícil. Ele poderia relaxar e ser soprado como uma folha errante. Todas as suas preocupações e medos também seriam soprados para longe.

Tudo que ele tinha de fazer era derrubar aquele pedaço de pedra.

— Call! — Mestre Rufus estava olhando para ele. — O exercício acabou.

Call se virou e viu que Tamara e Aaron já estavam no chão. Ele esticou a pedra para baixo e permitiu que o peso de sua conexão com a terra o preenchesse, abaixando-o lentamente até estar mais uma vez de pé, com a perna doendo, como sempre.

Rufus lançou a Call um olhar calculado.

— Muito bem, pessoal — disse ele. — Agora, Aaron, vamos tentar um exercício envolvendo o caos. Coisa pequena.

Aaron assentiu, parecendo nervoso.

— Não precisa se preocupar. — Rufus indicou que deveriam abrir espaço no centro do recinto. — Se entendi bem, você derrotou muitos Dominados pelo Caos quando lutou com Mestre Joseph no ano passado.

— Sim, mas... — Aaron mordeu uma unha. — Foi sem contrapeso.

— Não, não foi. Call estava lá.

— É verdade — acrescentou Tamara. — Call estava praticamente segurando você.

— Call pode ter usado a magia dele de forma instintiva — cogitou Rufus. — O contrapeso do caos é um ser humano porque o contrapeso do vazio é a alma. Quando você usa a magia do caos, procura uma alma humana para equilibrá-lo. Sem um contrapeso, você pode facilmente utilizar cem por cento do potencial de sua própria magia e morrer.

— Isso parece... ruim — concluiu Aaron. Ele foi para o centro da caverna, e, após um segundo, Call se juntou a ele. Eles ficaram ali, desconfortáveis, ombro a ombro. — Mas não quero machucar Call.

— Não vai. — Mestre Rufus foi até o canto da gruta e voltou carregando uma jaula. Nela, havia um elemental, um lagarto com espinhos curvos nas costas. Seus olhos eram dourado-brilhantes.

— *Warren*? — perguntou Call.

Mestre Rufus colocou a jaula no chão.

— Você vai fazer este elemental desaparecer. Mandá-lo para o reino do caos.

— Mas é *Warren* — protestou Call. — Nós conhecemos esse lagarto.

— É, não sei se quero fazer... isso — declarou Aaron. — Não posso fazer uma pedra desaparecer ou outra coisa?

— Quero vê-lo trabalhar com algo mais substancial que isso — insistiu Rufus.

— Warren não quer ser desaparecido — disse o lagarto. — Warren tem coisas importantes a dizer.

— Ouviu só? Ele tem coisas importantes para nos dizer — falou Aaron.

— Ele também é um mentiroso — observou Tamara.

— Bem, sobre ser mentiroso você entende, certo? — disparou Call.

As bochechas de Tamara ficaram vermelhas, mas ela o ignorou.

— Lembra quando Warren nos levou até a caverna errada e o Devorado quase nos matou?

Aaron desviou o olhar para Call.

— Não quero fazer isso — sussurrou.

— Você não pode — murmurou Call baixinho.

— Tenho de fazer *alguma coisa*. — Aaron soava ligeiramente apavorado.

— Desapareça com a jaula — respondeu Call, mantendo a voz baixa.

— O quê?

— Você ouviu. — Call agarrou o braço de Aaron. — Vá.

Os olhos de Mestre Rufus se cerraram.

— Call...

Aaron levantou uma das mãos. Uma linha escura se desenrolou de sua palma, em seguida explodiu, espalhando-se, cercando a jaula, escondendo Warren da vista. Call sentiu um ligeiro puxão dentro de si, como se houvesse um elástico nas suas costelas e Aaron o estivesse puxando. Era isso que significava ser um contrapeso?

A fumaça começou a se dissipar. Call abaixou a mão, a tempo de ver a cauda de Warren desaparecer pela rachadura na parede da gruta. A jaula havia desaparecido, e o espaço que ocupava estava agora vazio.

Rufus ergueu as sobrancelhas.

— Não pretendia que mandasse a jaula para o caos também, mas... bom trabalho.

Tamara olhava para o lugar onde antes estava a jaula de Warren. Sob outras circunstâncias, Call poderia ter lançado a ela um olhar reconfortante, mas não depois de tudo que acontecera.

— Qual é o limite para o poder de Aaron? — perguntou ela de repente. — Tipo, o que ele pode fazer? Poderia mandar todo o Magisterium para o vazio?

Mestre Rufus se voltou para ela, franzindo as sobrancelhas, surpreso.

— Existem três coisas que fazem um mago se destacar. Uma delas é a capacidade de controle, outra, a imaginação, e a terceira é o reservatório de poder. Um de nossos desafios é descobrir a resposta para sua pergunta. O que Aaron pode fazer até precisar do contrapeso para puxá-lo de volta? O que Call pode fazer? O que você pode fazer? Só existe uma forma de descobrir: treino. Agora vamos tentar trabalhar com a terra.

Call suspirou. Ao que parecia, não iam acabar tão cedo.

↑≈△○◉

Depois que os exercícios finalmente terminaram, os três aprendizes voltaram da gruta. Call estava exausto e tinha ficado para trás. A perna doía, assim como a cabeça, e ele parou perto de uma piscina de peixes cegos.

— Vocês têm uma vida boa — disse a eles, enquanto os peixes nadavam apáticos e pálidos nas sombras iluminadas pelo lodo.

A superfície da água de repente se rompeu, e um peixe subiu para o ar, sugado por uma língua rosa e comprida. Call levantou o olhar para ver Warren pendurado em uma estalactite.

O elemental piscou para ele.

— O fim está mais próximo do que você imagina — avisou ele.

— O quê? — perguntou Call, com a impressão de que não tinha ouvido direito.

— O fim está mais próximo do que você imagina — repetiu o lagarto. Em seguida, correu pela formação rochosa para o teto da caverna.

— Ei, nós o ajudamos! — gritou Call para ele, mas Warren não voltou.

↑≋△○◎

No jantar, Call se sentou com Aaron, Jasper e Celia, enquanto Tamara, mais uma vez, sentou com a irmã. Call praticamente podia sentir as ondas de gelo que irradiavam das costas de Tamara, cada vez que olhava na direção da garota.

— Por que você não para de olhar para Tamara? — perguntou Celia, espetando um cogumelo amarelo com o garfo.

— Porque ela mandou os magos investigarem o pai dele — respondeu Jasper.

Call ficou espantado, voltando o olhar para ele. Jasper abriu um sorriso angelical.

— Investigá-lo por quê? — Celia arregalou os olhos.

Call não falou nada. Se começasse a explicar ou a fabricar desculpas só pioraria as coisas. Em vez disso, ficou imaginando como Jasper sabia sobre aquelas coisas. Talvez ele e Tamara estivessem juntos. Seria bem feito para Tamara acabar com alguém como Jasper.

Jasper estava prestes a fazer um novo comentário, mas Aaron o censurou com um "cale a boca".

— Não sei o que ele fez — admitiu Jasper. — Mas ouvi alguns dos magos conversando. Estavam dizendo que a equipe de buscas que mandaram atrás dele não encontrou nada. Aparentemente, Alastair desapareceu.

— Desapareceu? — ecoou Celia, olhando para Call, esperando que ele dissesse alguma coisa.

Call fez uma careta em direção ao prato. Pequenas rachaduras apareceram nas bordas da cerâmica graças à intensidade de sua fúria. Ele era um mago do segundo ano, já havia atravessado o Portal do Controle; sabia que não podia perder a calma daquele jeito. Mesmo com raiva, não queria que Jasper parasse de falar, não quando aquele garoto parecia saber mais sobre o que estava acontecendo com Alastair do que ele próprio.

— É, acho que alguém avisou a ele — continuou Jasper, o olhar desviando para Call. A implicação daquelas palavras era clara.

— Call não alertou ninguém — retrucou Aaron. — Ele estava com a gente o tempo todo. E pare de agir como se soubesse de tudo, quando na verdade não sabe.

— Sei mais que você — retrucou Jasper com desdém na direção de Aaron. — Sei que não se pode confiar nele.

Um calafrio subiu pela espinha de Call, porque Jasper tinha razão.

Nem mesmo Call conseguia confiar em si mesmo.

↑≋△○◎

Naquela noite, Call se jogou no sofá da sala compartilhada. Rufus tinha pedido que lessem sobre a era do Barão Ladrão da política da magia, que tinha durado até poucas décadas antes, mas Call não conseguia se concentrar. As palavras nadavam pela página, as bordas do livro ocasionalmente se acendiam com pequenas chamas que ele rapidamente apagava. Raiva e medo queimaram a lombada do livro com cinzas escuras que mancharam seus dedos.

Tamara se recolheu depois do jantar, e Aaron tinha ido à biblioteca fazer o dever de casa. Tinha convidado Call, mas isso porque Aaron era educado e não conseguia deixar de ter atitudes gentis. Call sabia que estaria melhor sozinho. Só ele e Devastação no sofá, o lobo encolhido a seus pés, arfando suavemente, os olhos brilhando na luz fraca da sala.

No instante em ele estava certo de que ia atear fogo no livro outra vez, a porta se abriu. Era Alex Strike, os cabelos castanhos bagunçados, como sempre — Call sabia bem o que era aquilo — e uma expressão estranha no rosto.

Call guardou o livro de história debaixo de uma almofada e se sentou, ereto, com cuidado para não desalojar Devastação. Por ser assistente de Rufus, Alex era uma das únicas pessoas além do professor com acesso aos aposentos dos alunos. Mesmo assim, ele jamais entrara daquele jeito antes.

— O que houve? — perguntou Call.

Alex se sentou no sofá em frente a Call, olhando para as portas fechadas dos quartos de Tamara e Aaron.

— Seus colegas de quarto saíram?

Call fez que sim com a cabeça, sem saber direito em que aquela conversa daria. Talvez estivesse encrencado. Talvez Alex tivesse algum recado de Rufus. Talvez houvesse alguma espécie de trote no Magisterium com alunos do segundo ano que envolvia alunos amarrados a estalactites durante toda a noite.

— É sobre seu pai — começou Alex. — Sei sobre o Alkahest. Sei que os magos estão procurando por ele.

Call olhou para Devastação, que rosnou baixinho.

— E daí? *Todo mundo* sabe disso. — Call pensou em Jasper.

Alex balançou a cabeça.

— Não sobre o grau de seriedade da questão.

— Não foi meu pai — garantiu Call. — Não como estão dizendo. Ele não está trabalhando com o Inimigo. Ele não está trabalhando com ninguém.

Uma expressão estranha passou pelo rosto de Alex, como se talvez só então houvesse percebido o quão perigoso era falar sobre aquele assunto com Call.

— Eu acredito em você — declarou Alex afinal. — Por isso você precisa avisar para seu pai continuar escondido. Se o encontrarem, vão matá-lo.

— O quê? — perguntou Call, apesar de ter ouvido com clareza.

Alex balançou a cabeça.

— O Alkahest *sumiu*. Se foi ele quem pegou, não vão perder tempo com prisão. Ele vai morrer assim que for encontrado. Por isso achei que você devia saber. Avise a ele, antes que seja tarde demais.

Call ficou imaginando como Alex poderia saber daquilo tudo, em seguida lembrou que a madrasta dele era da Assembleia. Então, o que perguntou foi:

— Por que está me ajudando?

— Porque você me ajudou. Preciso ir.

Call meneou a cabeça, e Alex saiu.

Se Alastair fosse assassinado pelos magos, seria culpa de Call. Ele tinha de fazer alguma coisa, mas, quanto mais pensava no assunto, mais tinha certeza de que não havia como dar o recado para Alastair em segurança. Mestre Rufus devia estar obviamente de olho nele — e usaria qualquer tentativa de contato para pegar Alastair se pudesse. Mas, se Call conseguisse encontrar o pai a tempo, talvez pudesse alertá-lo pessoalmente.

Pensar em Alastair fez com que Call se lembrasse da sala no porão, preparada para um ritual, e a algema pequena, do tamanho de um menino, no canto. Isso fez com que Call se lembrasse de como Devastação ganiu e do barulho que a cabeça do pai fez ao bater contra a parede.

Se ele encontrasse o pai, e o pai estivesse com o Alkahest, o que Alastair faria com ele?

Call sabia que tinha de se concentrar. Conhecia o pai melhor que ninguém. Deveria conseguir adivinhar onde o pai estaria se escondendo. Seria um local fora do circuito, algum que conhecesse bem. Um local onde magos não pensariam em procurar. Um que não pudesse ser facilmente rastreado.

Call se sentou, ereto.

Alastair comprava vários carros antigos detonados para conseguir peças — carros demais para guardar na garagem da casa, ou em sua loja, então ele tinha alugado o celeiro dilapidado de uma senhora a mais ou menos 65 quilômetros de onde moravam... e pagava em dinheiro. O celeiro seria um esconderijo perfeito — Alastair até dormia lá às vezes, quando trabalhava até tarde.

Call saiu do sofá, fazendo Devastação cair com um resmungo irritado. Ele esticou o braço e afagou a cabeça do lobo.

— Não se preocupe, garoto — disse ele. — Você vem comigo.

Foi para o quarto e pegou a bolsa de lona que estava embaixo da cama. Colocou algumas roupas rapidamente, guardou Miri e, após um instante de consideração, voltou à sala principal para guardar o que tinha sobrado das Ruffles. Precisaria de alguma coisa para comer na estrada.

Estava colocando a bolsa no ombro quando a porta se abriu novamente e Tamara e Aaron entraram. Aaron carregava uma pilha de livros, dele e de Tamara, e ela ria de alguma coisa que ele tinha acabado de dizer. Por um instante, antes de encontrarem Call, pareciam distraídos e felizes, e ele sentiu o estômago apertar. Não precisavam dele, não como amigo, nem como parte do grupo de aprendizes, nem como nada além de uma causa de brigas e discussões.

Tamara o viu primeiro, e o sorriso abandonou seu rosto.

— Call.

Aaron fechou a porta atrás de si e soltou os livros. Quando ele se ajeitou, estava olhando para as botas nos pés de Call e para a bolsa em sua mão.

— Aonde você vai? — perguntou Aaron.

— Passear com Devastação. — Call apontou para o lobo, que trotava alegremente entre eles.

— E precisou fazer uma mala com roupas suficientes para uma semana para isso? — Tamara apontou para a bolsa de lona. — O que está acontecendo, Call?

— Nada. Olhem, vocês não precisam... não precisam saber sobre isso. Assim, quando Mestre Rufus perguntar o que aconteceu comigo, não precisarão mentir.

Tamara balançou a cabeça.

— De jeito nenhum. Somos um grupo. Contamos as coisas uns para os outros.

— Por quê? Para você espalhar todos os nossos segredos? — perguntou Call, vendo Tamara se encolher. Ele sabia que estava sendo babaca, mas não conseguia se conter. — De novo?

— Depende do que você vai fazer. — A mandíbula de Aaron estava rija, de um jeito que Call raramente via. Normalmente Aaron era tão compreensivo, tão imensamente *gentil* que Call frequentemente se esquecia de que, por baixo, havia o aço que fazia dele o Makar. — Porque, se for alguma coisa que o coloque em perigo, aí eu mesmo contarei para os Mestres. E você pode se irritar comigo em vez de se irritar com ela.

Call engoliu em seco. Aaron e Tamara o encararam, bloqueando a porta.

— Vão matar meu pai — disse Call.

As sobrancelhas de Aaron se ergueram.

— O quê?

— Alguém, e eu não vou dizer quem, vocês vão ter de confiar em mim, disse que o Alkahest desapareceu. E como meu pai fugiu, não vão prendê-lo ou julgá-lo...

— O Alkahest desapareceu? — interrompeu Tamara. — Seu pai realmente o roubou?

— Existe uma prisão de magos? — perguntou Aaron, os olhos arregalados.

— Mais ou menos. Tem o Panóptico — respondeu Tamara, sombria. — Não sei muito sobre isso, mas é um lugar onde sempre ficam de olho na pessoa. Ela nunca fica sozinha. Se seu pai realmente fez isso...

— Não tem importância — retrucou Call. — Ele vai ser morto.

— Como você sabe disso? — perguntou Tamara.

Call olhou para ela por um longo instante.

— Um amigo, um amigo *de verdade* me contou.

Ela empalideceu.

— E o que você vai fazer?

— Tenho de encontrá-lo e recuperar o Alkahest antes que isso aconteça. — Call ajeitou a bolsa no ombro. — Se eu o devolver à escola, posso convencer os magos de que meu pai não representa qualquer ameaça a eles, ou a você. Eu juro, Aaron, meu pai jamais o machucaria. Eu *juro* que não.

Aaron esfregou o rosto com as mãos.

— Nós também não queremos que seu pai se machuque.

— *Morrer*, não é *se machucar* — insistiu Call. — Se não o encontrarmos, ele vai ser morto.

— Eu vou com você — disse Tamara. — Posso arrumar a mala em dez minutos.

Não quero que venha. Call apenas pensou. Nem mesmo sabia se era verdade. Mas tinha certeza de que ainda estava com raiva. Fez que não com a cabeça.

Holly Black & Cassandra Clare

— Por que você faria uma coisa dessas?

— A culpa disso tudo é minha. Você tem razão. Mas eu posso ajudar a despistar os magos enquanto você procura seu pai, e posso ajudar a convencer o Magisterium a aceitar de volta o Alkahest e parar de persegui-lo. Meus pais são da Assembleia. — Ela deu um passo em direção ao próprio quarto. — Só preciso de dez minutos.

— Vocês não acham que vou ficar aqui enquanto os dois saem em uma missão, acham? — retrucou Aaron. — Na última vez, vocês dois me salvaram. Agora posso ajudar na salvação.

— Você *definitivamente* não pode vir — disse Call. — Você é o Makar. É valioso demais para sair por aí procurando meu pai, principalmente quando todo mundo acha que ele vai machucá-lo.

— Eu sou o Makar — declarou Aaron, e Call teve a impressão de ter escutado em suas palavras a sombra de todas as coisas que Aaron tinha ouvido naquele verão. — Sou o Makar e tenho a obrigação de proteger as pessoas, não o contrário.

Call suspirou e sentou no sofá. Imaginou a longa jornada que teria de encarar, ônibus e caminhadas, a solidão, e ninguém além de Devastação para lhe fazer companhia. Nada que pudesse distraí-lo da voz em sua cabeça que dizia: *seu pai vai morrer. Seu pai talvez o queira morto*. Depois pensou em ter Aaron e Tamara consigo, a presença firme de Aaron, as observações engraçadas de Tamara, e se sentiu relutantemente mais leve.

— Tudo bem — concordou ele com a voz áspera. Não queria deixar seu alívio transparecer. — Só não demorem muito. Se vamos, precisamos sair daqui agora. Antes que alguém perceba.

Com um ganido, Devastação deitou no chão, perceptivelmente desapontado pelo excesso de conversa. Ele era um lobo de ação.

Alguns minutos depois, Aaron e Tamara surgiram com as próprias bolsas.

— Ainda bem que fizemos essas pedras para impedir que Aaron seja rastreado — observou Tamara, e abriu a mão, mostrando uma pilha delas. — E ainda bem que eu gosto de treinar.

Call se levantou com um suspiro.

— Vocês dois têm certeza disso?

— Temos, Call — garantiu Aaron, e Tamara fez que sim com a cabeça.

Devastação latiu uma única vez, como se ele também tivesse certeza.

↑≈△○◎

O único portão do Magisterium que ficava aberto a noite inteira era o Portão das Missões, pelo qual os alunos mais velhos saíam e voltavam de missões e batalhas. Call, Aaron e Tamara foram passeando, como se estivessem indo para a Galeria comer balas ou assistir a um filme. Passaram por Celia, Rafe e Jasper, que conversavam compenetrados, e alguns alunos mais velhos, que riam e falavam sobre suas próprias aulas.

O corredor se bifurcava, um caminho levava à Galeria, outro, ao Portão das Missões. Aaron parou por um instante, olhando em volta para se certificar de que não havia ninguém de espreita antes de seguir pelo corredor que levava ao lado de fora. Tamara e Call se apressaram atrás dele, tão rápido que acabaram esbarrando um no outro e em Devastação. Quando conseguiram se recompor, todos estavam rindo, até Tamara e Call. Aaron parecia satisfeito.

Essa satisfação, entretanto, não durou muito tempo. Foram na ponta dos pés pelo corredor. O ar se tornava cada vez mais quente, e Call podia sentir o cheiro de pedra aquecida pelo sol, líquen e ar fresco. O corredor ia subindo, e era possível ver as estrelas além do Portão das Missões.

De repente, as estrelas sumiram. Uma figura esguia se elevou diante deles, sorrindo.

— Legal encontrá-los por aqui — disse Jasper.

— Essa frase é um lugar-comum dos vilões e já foi excessivamente utilizada. Sabe disso, Jasper — retrucou Call.

— Por que você está aqui? — Quis saber Aaron. — Estava nos seguindo?

— Porque eu sabia que eventualmente Call iria fazer alguma coisa — respondeu Jasper. — Sabia que a máscara ia cair. O que você esperava que eu fizesse? Nada?

— É, Jasper. — A voz de Tamara estava tomada pelo sarcasmo. — Sabe, pessoas normais, que não são psicopatas, não esperam o pior dos outros logo de cara.

Jasper cruzou os braços.

— Ah, é? Então me diga: aonde vocês vão?

— Não é de sua conta — respondeu Call. — Vá embora, Jasper.

— Isso tem a ver com o pai de um certo alguém que fugiu? — Jasper moveu uma das sobrancelhas para Call. — Os magos não ficariam felizes se soubessem que vocês estão indo atrás dele. Mestre Rufus...

— Vamos matá-lo — sugeriu Call.

Devastação rosnou.

— Mestre Rufus? — Aaron pareceu alarmado.

— Não, óbvio que não é Mestre Rufus! Estou falando de Jasper — respondeu Call. — Podemos enterrar o corpo embaixo de uma pilha de pedras. Quem ficaria sabendo?

— Call, não seja ridículo — retrucou Tamara.

— Devastação poderia matá-lo — sugeriu Call. O lobo se virou ao ouvir o próprio nome, parecendo interessado pela possibilidade. Apesar de o lobo Dominado pelo Caos ter crescido no verão, Call não sabia se ele de fato conseguiria matar alguém, mas certamente poderia levar Jasper para fora e segui-lo pelo Magisterium algumas vezes.

— E *eu* é que sou o psicopata? — resmungou Jasper.

Call não entendia o que significava o fato de que ter agido como um verdadeiro Suserano do Mal para cima de Jasper, e mesmo assim não conseguir impressioná-lo.

Aaron ergueu uma das mãos. Por um instante, Call achou que Aaron fosse acalmá-los, dizer que Call tinha de parar com as ameaças a Jasper e que todos deveriam voltar aos próprios quartos. Em vez disso, chamas pretas faiscaram entre os dedos de Aaron, formando uma teia de escuridão.

— Não me obrigue a machucá-lo. — Aaron olhava diretamente para Jasper, com o caos queimando na palma da mão. — Porque eu realmente poderia fazer isso.

Call ficou tão chocado que nem conseguiu reagir.

Jasper empalideceu, mas, antes que pudesse dizer qualquer coisa, Tamara deu um tapa no ombro de Aaron.

— Pare com isso. Você não pode simplesmente invocar o caos cada vez que lhe der na telha.

Aaron cerrou a mão em punho, e a escuridão se foi, mas ele não pareceu menos assustador por isso.

Tamara apontou para Jasper.

— Vamos ter de levá-lo conosco.

— Levar Jasper com a gente? Está brincando — disse Call. — Ele vai estragar tudo!

Ela colocou as mãos nos quadris.

— Isso não é uma festa, Call.

— E eu não vou a lugar nenhum com vocês — interrompeu Jasper, começando a se arrastar pela parede da caverna. — Não sei o que está acontecendo, mas não me importo mais. Vocês enlouqueceram. Vou esquecer que vi qualquer coisa. Eu juro.

— Ah, mas não vai, não — falou Aaron. — Você vai contar aos magos na primeira oportunidade.

Jasper pareceu revoltado.

— Não vou.

— É óbvio que vai — disse Call.

Tamara tirou uma pedra do bolso e a colocou no uniforme de Jasper.

— Vamos.

— Concordo. — Aaron pegou Jasper pela parte de trás do colarinho do uniforme. Jasper gritou e sacudiu os braços. A expressão de Aaron era sombria. — Você vem junto. Agora, pode começar a andar.

CAPÍTULO NOVE

Viajar para longe do Magisterium não foi tarefa fácil. Tiveram de atravessar a floresta até a rodovia, guiando-se pelo mapa no celular de Tamara. Pelo caminho, podiam encontrar elementais e animais Dominados pelo Caos. Além disso, ainda havia a possibilidade de se perderem.

Mesmo assim, o clima estava agradável, e, com o canto das cigarras e as reclamações de Jasper soando em seu ouvido, Call não se incomodou com a caminhada. Pelo menos até a perna ruim começar a enrijecer e ele se dar conta de que, mais uma vez, atrasaria o resto do grupo. Mesmo em uma missão para salvar o próprio pai.

Se fossem apenas Aaron e Tamara acelerando na frente, Tamara carregando um graveto pesado e o fincando na terra para auxiliá-la, como se ela se achasse o Gandalf, os cabelos louros de Aaron brilhando ao luar, talvez Call tivesse reclamado. Mas a ideia de dar a Jasper um motivo extra para desdenhá-lo o enervava demais. Ele cerrou os dentes, ajeitou a mochila no ombro e ignorou a dor.

— Você acha que vai ser expulso? — perguntou Jasper casualmente. — Quero dizer, por ajudar o Inimigo. Ou pelo menos o capanga do Inimigo.

— Meu pai não é um capanga do Inimigo.

Jasper prosseguiu, ignorando Call.

— Você está me sequestrando. Colocando o Makar em perigo...

— Estou bem aqui, você sabe muito bem disso — retrucou Aaron. — Posso tomar minhas próprias decisões.

— Não sei bem se a Assembleia concordaria com isso — argumentou Jasper. Já tinham passado a parte da floresta em que as árvores eram mais jovens graças ao fogo e à destruição provocados por Constantine Madden, quinze anos antes. As árvores no trecho que atravessavam agora eram enormes e com galhos espessos. A luz do luar penetrava as folhas e atingia os pelos de Devastação. — Call, talvez você consiga o que quer. Pode de fato conseguir ser expulso do Magisterium. Pena que é tarde demais para interditar sua magia.

— Cale a boca, Jasper — ordenou Tamara.

— E, Tamara, bem, sua família já se desgraçou antes. Pelo menos estão acostumados.

Tamara lhe bateu na nuca.

— Cale a boca. Se você falar demais, vai se desidratar.

— Ah — reclamou Jasper.

— Shhiii! — pediu Aaron.

MAGISTERIUM – A LUVA DE COBRE

— Já entendi. — O tom de Jasper era amargo. — Tamara já me mandou calar a boca.

— Não! Estou falando com *todos*, fiquem quietos. — Aaron se agachou atrás da raiz coberta de lodo de uma árvore. — Tem alguma coisa ali.

Jasper imediatamente se jogou de joelhos no chão. Tamara arregaçou as mangas e se agachou, formando uma concha com uma das mãos. O fogo já se acendia em sua palma.

Call hesitou. Sua perna estava dura, e ele temeu não conseguir se levantar outra vez, pelo menos não com elegância, caso se abaixasse.

— Call, *se esconde* — sibilou Tamara. A luz entre as palmas se ampliava, formando um quadrado brilhante. — Não banque o herói.

Call quase não conseguiu conter a risada sarcástica ao ouvir aquilo.

O quadrado brilhante se elevou, e Call percebeu que Tamara tinha esculpido a energia do ar em algo que funcionava como a lente de um telescópio. Todos se inclinaram para a frente enquanto o vale abaixo deles se tornava visível.

Olhando através da lente mágica de Tamara, eles conseguiram enxergar uma clareira circular, com casas pequenas de madeira, pintadas em cores brilhantes, espaçadas de forma equidistante. Uma grande construção de madeira se encontrava ao centro. Havia uma placa sobre a porta. Para a surpresa de Call, a lente mágica de Tamara permitiu que ele conseguisse ler as palavras ali escritas. PENSAMENTOS SÃO LIVRES E NÃO SÃO SUJEITOS A REGRAS.

— É o que está escrito na entrada do Magisterium — concluiu ele, surpreso.

— Bem, pelo menos em uma das entradas — disse uma voz atrás dele.

Ele se virou. Havia um homem entre as folhas caídas e as samambaias, vestido com um uniforme preto de Mestre. Jasper engasgou e recuou até bater no tronco de uma árvore.

— Mestre Lemuel — atestou Call. — Mas eu achei que você... Pensei que eles...

— Tivessem me demitido do Magisterium?

Nenhum deles falou por um longo instante. Finalmente, Aaron fez que sim com a cabeça.

— Bem, sim.

— Me ofereceram uma licença, e eu aceitei. — Lemuel franziu a testa para eles. — Aparentemente, não fui o único.

— Estamos em uma missão — mentiu Tamara com grande convicção e sem qualquer traço de irritação. — Isso é *óbvio*. Do contrário, por que traríamos Jasper conosco?

Ela era uma ótima mentirosa, pensou Call. Ele agia como se isso fosse ruim. Mas, naquele momento, ele ficou satisfeito.

Jasper abriu a boca para protestar — ou possivelmente dar com a língua nos dentes — quando Aaron o pegou pelo ombro. Com força.

Mestre Lemuel bufou.

— Como se eu me importasse? Não me importa. Podem fugir do Magisterium se quiserem. Utilizem a magia de vocês para entrar em boates. Divirtam-se com elementais. Não tenho mais aprendizes dos quais cuidar, graças aos céus, e certamente não tenho a menor intenção de cuidar de nenhum de vocês.

— Hum, tudo bem — disse Call. — Então está tudo certo?

— Que lugar é esse? — perguntou Aaron, esticando o pescoço para olhar em volta.

— Um enclave de indivíduos com pensamentos semelhantes. — Mestre Lemuel fez um gesto de desdém com as mãos. — Agora sigam em frente. Vão.

— Quem está aí? — perguntou uma mulher mais velha, com sardas e pele bronzeada de sol, usando um vestido de linho cor de açafrão. Seus cabelos brancos estavam presos em uma trança. — Você está aterrorizando essas crianças?

— Nós o conhecemos — revelou Tamara. — Do Magisterium.

— Ora, vamos! — A mulher os chamou. — Venham tomar alguma coisa gelada. Caminhar pela floresta dá sede.

Call olhou para Tamara e Aaron. Se Jasper começasse a reclamar sobre ser um prisioneiro, será que Mestre Lemuel acharia engraçado? Será que ele sabia que o Alkahest tinha sido roubado? Call tinha certeza de que esta parte ele não acharia engraçada.

— É melhor irmos — desconversou Tamara. — Obrigada por tudo, mas...

— Ah, não, não aceito não como resposta. — A mulher deu o braço para Aaron, e Aaron, sempre educado, deixou que ela o conduzisse até o acampamento. — Meu nome é Alma. Sei o tipo de comida horrível que servem no Magisterium. Será apenas uma visita rápida e depois vocês podem seguir.

— Hum, Aaron — disse Call. — Estamos com um pouco de pressa.

Aaron pareceu desamparado. Ele nitidamente não queria ser grosso. Pressão social era aparentemente sua kriptonita.

Mestre Lemuel parecia mais contrariado que satisfeito, o que provavelmente significava que aquilo não era nenhuma espécie de armadilha. Com um suspiro e um olhar cúmplice a Tamara, ele seguiu Alma e Aaron pelo singelo declive que levava a uma das casas, dotada de uma pequena varanda e estrelas azuis na porta. Lá dentro, Call pôde ver uma pequena cozinha, com longas prateleiras de madeira alinhadas, exibindo garrafas rotuladas a mão. Um forno a lenha soltava fumaça em um dos cantos, uma rede balançava em outro, e uma mesa com uma pintura peculiar cercada por cadeiras se encontrava no centro do recinto. A mulher abriu um armário, cheio de gelo seco. Ela colocou a mão ali dentro e pegou uma jarra de limonada; o vidro parecia embaçado graças ao frio, e várias rodelas de limão flutuavam lá dentro.

Ela pegou alguns copos descombinados e começou a servi-los. Aaron pegou um, tomou tudo, em seguida fez uma careta de dor.

— Meu cérebro congelou — explicou ele.

Call pensou, incomodado, em casas feitas de pão de ló e em velhinhas, e não bebeu nada. Não confiava em Mestre Lemuel e, definitivamente, não confiava em ninguém capaz de aturar o Mestre.

Contudo, ele se sentou em uma das cadeiras e esfregou a perna. Não se lembrava de nada ruim que acontecia quando alguém sentava nos contos de fadas.

— Então, este lugar — começou Tamara. — O que é?

— Ah, sim — respondeu a mulher. — Vocês viram a placa acima de nossa Casa Grande?

— "Pensamentos são livres e não são sujeitos a regras" — repetiu Tamara.

A mulher fez que sim com a cabeça. O Mestre Lemuel os seguiu até a casa.

— Alma, conheço essas crianças. Não são só encrenca, elas são o epicentro da encrenca. Não conte nada a eles de que vá se arrepender depois.

A mulher acenou vagamente para ele e, em seguida, voltou-se para os meninos. Ela apontou para Devastação, que ganiu um pouco e foi para trás da cadeira de Call.

— Nós estudamos os Dominados pelo Caos. Vejo que tem um lobo, um jovem lobo. O Inimigo pôs o caos tanto em humanos quanto em animais, mas, ao passo que o caos pareceu afetar a retórica e a inteligência das pessoas, os animais reagiram de outra forma. Continuaram procriando, de modo que as criaturas Dominadas pelo Caos dos dias de hoje jamais conheceram os comandos de um Makar, pois não havia um, até agora.

Ela olhou para Aaron.

— Devastação obedece a Call, não a mim — corrigiu Aaron. — E Call não é o Makar.

— Isso é muito interessante para nós — observou Alma. — Como encontrou Devastação, Call?

— Ele estava na neve. — Call afagou os pelos de Devastação com as costas dos dedos. — Salvei a vida dele.

Tamara o olhou, incrédula, como se achasse que Devastação fosse ter ficado bem sem ele.

— Devastação nasceu Dominado pelo Caos — atestou Alma. — Não existem humanos assim. Humanos não podem ter o caos introduzido em seus corpos. Humanos Dominados pelo Caos são criados a partir dos recém-mortos.

Aaron estremeceu.

— Parece nojento. Como zumbis.

— É nojento, de certa forma — concordou Alma. — Existe um velho ditado alquímico que diz: "todo veneno é também uma cura; só depende da dose". O Inimigo conseguiu curar a morte, mas a cura foi pior que a condição original.

— Mestra Milagros também diz isso. — Jasper fechou os olhos. — Você era professora no Magisterium?

— Era — respondeu Alma. — Na mesma época em que Mestre Joseph estava lá, fazendo experimentos com a magia do vazio. Muitos de nós estávamos. Ajudei com algumas das experiências.

Tamara derrubou o copo de limonada.

— Você ficou olhando enquanto Constantine introduzia o caos nas pessoas, em animais? Por que alguém faria isso?

— A Ordem da Desordem — sussurrou Call. Eles só podiam fazer parte dela. No livro dizia que eles tinham passado a pesquisar animais Dominados pelo Caos. Onde mais os encontrariam, a não ser no bosque ao redor do Magisterium? Eram os criadores do Alkahest.

Alma sorriu para ele.

— Vejo que já ouviu falar de nós. Nunca se perguntou o que Mestre Joseph e Constantine Madden estavam tentando fazer?

— Estavam tentando fazer com que ninguém mais tivesse de morrer — disse Call.

Todos lhe lançaram um olhar estranho.

— Bela maneira de prestar atenção às aulas — sussurrou Aaron.

— Somos seres de energia. — Lemuel entrou na conversa. — Quando nossa energia é gasta, nossas vidas se acabam. O caos é uma forma de energia infinita. Se o caos puder ser inserido de forma segura em uma pessoa, ela poderia se alimentar dessa energia eternamente. Jamais morreria.

— Mas não pode ser — retrucou Aaron. — Quero dizer, o caos não pode ser colocado em uma pessoa sem matá-la.

— Isso é o que ainda estamos tentando determinar — disse Alma. — Estamos trabalhando com animais, porque animais parecem reagir ao caos de forma diferente. Seu lobo tem caos dentro de si, nasceu com ele, mas ele continua tendo uma personalidade, ele tem sentimentos, não tem? Ele é tão vivo quanto você.

— Bem... sim — concordou Call.

— E ele definitivamente nunca vai se descontrolar e devorar a gente — interrompeu Jasper. — Não é?

— Quem sabe? — declarou Mestre Lemuel. Ele certamente parecia mais feliz do que quando era professor no Magisterium, pensou Call. Metade da boca se curvava para cima, como se ele pudesse, de fato, sorrir.

Jasper deslizou pela cadeira.

— Nojento.

Tamara olhou ao redor.

— Então, se estão estudando animais Dominados pelo Caos, vocês os capturam? Os colocam em jaulas?

Alma sorriu e olhou Devastação de um jeito que Call não gostou.

— Então, contem-me sobre a missão de vocês. Qual é a tarefa?

153

— Achei que tivesse dito não se importar com nosso destino — disse Aaron a Mestre Lemuel.

— Eu não me importo. Não disse que *ninguém* se importava. — O meio sorriso de Lemuel se completou, malicioso. — Não é fácil fugir do Magisterium.

— Drew certamente descobriu *isso* — murmurou Jasper.

Mestre Lemuel enrubesceu.

— Drew não estava tentando fugir. Tudo que ele falou a meu respeito era mentira.

— Olhe, sabemos disso. — Aaron levantou as mãos, pedindo paz. — E *estamos* em uma missão, só não é uma missão que todos da escola saibam. Então, se puderem nos informar qual é o caminho mais rápido para a estrada...

Houve uma comoção do lado de fora.

Um senhor careca e de barba correu para dentro da casa.

— Alma! Lemuel! Os Mestres do Magisterium estão vindo para cá. É uma busca.

Lemuel olhou, presunçoso, para Call e os outros.

— Não estão fugindo, hein?

— Só para registrar — disse Jasper —, essas pessoas me sequestraram e estão me forçando a acompanhá-los em uma missão tola para...

Tamara abriu a mão. Jasper parou de falar subitamente e começou a se engasgar. Tamara aparentemente havia arrancado as palavras da boca do garoto — literalmente — e levado também o ar que Jasper respirava. Os adultos não pareceram notar, mas Call se impressionou.

— Atrase-os, Andreas — ordenou Alma calmamente.

O homem barbado correu de volta para a direção de onde tinha vindo.

Call se levantou, com o coração na garganta.

— Precisamos sair daqui.

Aaron e Tamara foram atrás dele. Só Jasper permaneceu sentado, ainda ofegando e encarando os outros.

— Vamos nos esconder na floresta — sugeriu Aaron. — Por favor, deixem-nos ir, e nunca falaremos para ninguém sobre esse lugar.

— Posso fazer melhor que isso — prometeu Alma. — Vamos escondê-los. Mas terão de retribuir o favor.

O olhar de Alma voltou-se para Devastação.

— De jeito nenhum. — Tamara colocou uma das mãos sobre o lobo. — Não vamos permitir que faça o que quer que esteja...

— Promete que ele não vai se machucar? — perguntou Call mais que depressa, interrompendo-a. Não queria considerar a hipótese, pensando em como seu pai havia amarrado Devastação, mas ele viu a cobiça com que Alma olhava para o lobo. Precisava concordar, para ganhar tempo até encontrar uma maneira de tirar todos dali, inclusive Devastação.

— Call, você *não pode* — protestou Tamara, com os dedos no pelo de Devastação.

— Lógico que ele pode — disse Jasper. — Acha que ele vai ser leal a alguém ou coisa do tipo? Vamos voltar para o Magisterium.

— *Cale a boca* — ordenou Aaron. — Call, tem certeza...

Alma riu.

— Vocês não entenderam. Não é Devastação que queremos, apesar de ele ser muito interessante. É Aaron.

— Bem, vocês *definitivamente* não podem ficar com Aaron — declarou Tamara.

— Temos muitas teorias, mas não temos como testá-las sem um Makar. Sabemos que não pode ficar agora, Aaron, mas, me prometa que voltará, e deixe o lobo como garantia. Quando retornar, precisaremos apenas de algumas horas de seu tempo. E talvez quando você vir o que pode fazer, como pode ajudar o mundo sendo algo além de uma defesa contra um inimigo com o qual nem estamos mais guerreando, aí talvez decida se juntar a nós.

Nenhum deles falou nada.

— O lobo vai ficar bem — garantiu Alma.

— Tudo bem — concordou Aaron após um longo momento. — Prometo voltar, mas não podem ficar com Devastação. Não precisam de garantia. Vocês têm minha palavra.

— Confiamos em você, Makar, mas nem tanto. Depressa, crianças. Decidam. Podemos escondê-los, ou entregá-los aos magos. Mas devem saber que nosso trato com eles será trocar vocês quatro pelo lobo.

Call não tinha a menor dúvida quanto às palavras de Alma; não àquela altura.

— Tudo bem. Mesmo acordo de antes. Mas Devastação não vai ser cobaia de nenhuma experiência.

Alma pareceu bem satisfeita.

— Ótimo. De acordo. Todos vocês, sigam-me. — Ela os conduziu pela porta dos fundos. Eles correram pelo espaço verde entre as casas.

Call se sentiu terrivelmente exposto. Dava para ver as sombras se movendo pelas árvores que cercavam a clareira, e ouvir as vozes elevadas. Os Mestres gritando seus nomes. Correndo atrás de Tamara, ele viu que ela agarrava o pulso de Jasper, impedindo que ele corresse na direção oposta. Call pensou ter ouvido a voz de Mestre Rufus. Agarrou a coleira de Devastação e o puxou mais para perto. O lobo olhou para ele como se desconfiasse de que algo de ruim estava prestes a acontecer.

Se corressem para a floresta, seriam pegos. A única opção era seguir Alma — que era totalmente assustadora, que já tinha trabalhado com Constantine Madden e com Mestre Joseph, que queria fazer experimentos em Devastação, que provavelmente tinha todas as qualificações para preencher sua lista de Suserana do Mal — e torcer para que ela cumprisse a promessa de escondê-los.

Com um suspiro, Call seguiu em frente. Alma tirou um molho com várias chaves do bolso do vestido açafrão e destrancou a porta da construção central

Imediatamente, ficaram impressionados com os ruídos de latidos, uivos e choros. A casa em que entraram estava tomada por todos os lados com jaulas de vários tamanhos, e nelas havia animais Dominados pelo Caos. Desde ursos pardos com olhos selvagens e rodopiantes até raposas cinzentas e um único lince que rugiu quando Call entrou.

— Este é o pior zoológico do mundo — comentou Jasper.

A mão de Tamara subiu para cobrir a boca do garoto.

— Então é aqui que você os prende.

Alma levou Call a uma das jaulas.

— Coloque o seu lobo aí dentro. Rápido. Preciso dar um jeito em vocês e depois cuidar dos magos.

— Como podemos ter certeza de que você vai cumprir sua palavra? — Aaron parecia motivado além do medo de ofender.

— Makar, olhe só as criaturas que temos aqui. Foram muito mais perigosas de ser obtidas. São perigosas de ser mantidas. Mas você é mais perigoso que todas elas. Não o trairíamos assim. Precisamos de sua ajuda.

Lá fora, as vozes se tornaram mais altas. Mestre Lemuel discutia com outro mago.

Respirando fundo, Call colocou Devastação na jaula e permitiu que Alma a trancasse. Ela pegou a chave e a colocou no bolso, depois os levou a outra sala. Não tinha janelas e estava cheia de caixas.

— Fiquem aqui até eu voltar para buscá-los. Não vou demorar — garantiu Alma antes de fechar a porta. Ouviram a tranca virar e, em seguida, passos se afastando.

Tamara virou para Call e Aaron.

— Como pôde concordar que eles ficassem com Devastação? Ele é nosso lobo!

— Ele é *meu* lobo — corrigiu Call.

— Não é mais. — Jasper começou a examinar as próprias unhas.

— E *você*. — Tamara se virou para Aaron. — Concordando com uma proposta imbecil. Você dois são idiotas.

Call levantou as mãos.

— O que mais poderíamos fazer? Precisávamos deles para nos esconder, e eles realmente fizeram isso. Se fugirmos e pegarmos Devastação enquanto eles conversam com os Mestres, podemos sair sem que ninguém perceba. E aí Aaron não terá de voltar.

Magisterium – A Luva de Cobre

Aaron abriu a boca para falar alguma coisa, mas Call o interrompeu.

— Não diga nada sobre cumprir sua promessa. Não foi uma promessa de verdade.

— Tudo bem — concordou Aaron.

— Vai ser fácil soltar o lobo. Provavelmente tem alguma tranca mágica naquelas jaulas — disse Jasper.

— Ele tem razão — falou Tamara.

— Eu tenho um plano. — Call espiou pelo buraco da fechadura. — Aaron, você consegue abrir essa porta?

— Se está me perguntando se consigo abrir trancas, não consigo.

— Sim, mas você é um Makar — insistiu Call. Pelo buraco da fechadura, dava para ver a sala cheia de jaulas, e Devastação encolhido, parecendo arrasado. — Um Makar pode abrir uma porta ou fazer alguma coisa do tipo.

Aaron olhou para ele como se estivesse falando loucuras. Em seguida, virou e arrombou a porta. A porta explodiu com as dobradiças arrancadas.

— Ou pode fazer isso — completou Call. — Também funciona.

O corpo de Jasper enrijeceu, como se estivesse pensando em fugir.

Tamara virou-se para ele.

— Por favor, não vá. Fique com a gente, tudo bem? Mais um pouco. Sei que não é divertido, mas é realmente importante.

Jasper olhou para ela com uma expressão estranha no rosto, como se Tamara tivesse conseguido dizer a única coisa que pudes-

159

se convencê-lo a não fugir dali e dar com a língua nos dentes. De forma estranha, aparentemente as palavras em questão foram *por favor*.

— Bem, você tem razão quanto a não ser divertido. — Ele se inclinou contra a porta e cruzou os braços sobre o peito.

Call foi até as jaulas. Conforme a previsão de Jasper, as trancas traziam, entrelaçados, vários símbolos alquímicos que ele não reconhecia. E três buracos de fechadura.

— Tamara, o que isso significa? — perguntou ele.

Ela espiou sobre o ombro dele e franziu a testa.

— É protegido contra magia.

— Ah. — Em casa, durante a Parada de Primeiro de Maio, ele tinha soltado um rato toupeira pelado e ratos brancos, sem usar nenhum tipo de magia, apenas engenhosidade. Depois que Aaron abriu a porta e os levou até a sala principal, Call teve a sensação de que tinha que ser ele a abrir as jaulas. De algum jeito.

Aaron agarrou as barras, fechou os olhos e puxou com toda a força de que foi capaz.

— *Esse* é seu plano? — Jasper soltou uma gargalhada. — Está brincando?

— Precisamos de uma chave. — Um pequeno sorriso começou a se formar nos cantos da boca de Aaron. — Ou, bem, muitas chaves.

Um dos ursos rugiu, esticando a pata através das barras da jaula e batendo no ar. Seus olhos eram laranja e flamejantes, ardendo graças ao caos. Aaron olhou para o animal, boquiaberto.

— Nunca vi um desses antes.

Call não sabia se ele estava falando sobre nunca ter visto um urso, ou nunca ter visto um urso Dominado pelo Caos, coisa que ele apostaria que nenhum deles jamais vira.

— Tenho uma ideia. — Tamara lançou um rápido olhar preocupado na direção do urso. — Não podemos usar magia nas trancas, mas...

Call se virou para ela.

— O quê?

— Me dê alguma coisa metálica. Qualquer coisa.

Call ergueu um astrolábio de bronze de uma das mesas e o estendeu para a menina.

Nas mãos de Tamara, o metal começou a derreter. Não, quanto mais Call olhava, mais ele notava que o metal liquidificado estava flutuando *sobre* as mãos dela. Formou uma bolha vermelha ardente, que escurecia ao esfriar no ar, e que flutuava para a jaula de Devastação. Ao chegar lá, três gavinhas de metal líquido se esticaram para os buracos de chaves.

— Jogue água fria. — O corpo de Tamara, estava rígido graças à concentração.

Call puxou água dos potes dos animais, formando uma bola e utilizando a magia do ar para esfriá-la.

— Mais rápido — disse ela, rangendo os dentes.

Ele jogou água no que restava do astrolábio. O metal chiou, e a água evaporou em uma nuvem. Call deu um salto para trás, caindo desconfortavelmente contra uma das jaulas.

Quando a nuvem clareou, Tamara estava segurando uma chave com três segredos.

Devastação gemeu. Tamara pressionou a chave na fechadura e girou; três cliques diferentes soaram — um, dois e, em seguida, um terceiro — e ecoaram por todo o recinto. A jaula se abriu, e Devastação correu, fazendo a porta balançar. Em seguida, mais cliques soaram enquanto todas as jaulas se abriram.

— Talvez não devêssemos ter aberto *todas as três* trancas — disse Call no silêncio enervante que seguiu.

Enquanto os animais se libertavam das jaulas, Jasper começou a gritar. O urso veio correndo. Raposas, cachorros, lobos e furões saíram de suas prisões.

— Vão! — gritou Call. — Vão e ataquem, quero dizer, *distraiam* os Mestres! Levem-nos para longe daqui!

— Isso, vão distraí-los! — acrescentou Tamara.

Os animais Dominados pelo Caos correram para a saída, mal prestando atenção a qualquer um deles. Aaron abriu a porta bem a tempo de eles atravessarem, como trovões.

Ouviram-se gritos vindo de fora, assim como rugidos e grasnados. Call pôde ouvir pessoas correndo e gritando.

Devastação foi para cima de Call, abanando o rabo, lambendo-o vigorosamente. Call se abaixou para abraçá-lo.

— Bom lobo — murmurou ele. — Bom lobo. — Devastação o acariciou com o focinho, os olhos flamejando em um tom amarelado.

— *Abaixe-se*! — gritou Tamara, e esticou o braço para puxar Jasper, que tinha subido na mesa e tentava abrir a janela.

— Estou tentando ajudar! — protestou ele.

Aaron se inclinou pela janela aberta.

— E se alguns dos Dominados pelo Caos atacarem algum dos magos? E se alguém se machucar? Nem todos os animais são como Devastação.

— Não se preocupe com os Mestres — disse Call. — Esses animais não parecem estar na melhor das formas. Aposto que a maioria deles vai correr para a floresta na primeira chance.

— Como a gente deveria estar fazendo — lembrou Tamara, indo em direção à porta e passando por Aaron. — Vamos sair daqui.

Com a cabeça abaixada e os dedos nos pelos de Devastação, Call a seguiu. Aaron vinha atrás de todos, mantendo Jasper à frente.

Eles saíram em uma clareira e congelaram onde estavam. O pequeno acampamento estava totalmente revirado. Os Mestres corriam de um lado para o outro, tentando capturar os fugitivos animais Dominados pelo Caos. Jatos de fogo e gelo voavam pelo ar. Call teve quase certeza de ter visto Mestre Rockmaple sendo perseguido ao redor de uma árvore por um golden retriever Dominado pelo Caos. Mestre North se virou, uma bola brilhante de fogo começando a se elevar da palma de sua mão.

Alma de repente surgiu da pequena casa de madeira onde havia servido limonada. Um redemoinho de ar chicoteava ao seu redor. Ela esticou uma das mãos e liberou uma gavinha de ar, derrubando Mestre North. O raio de fogo se expandiu, alcançando as folhas e os galhos de árvores sobre sua cabeça; estes começaram a queimar enquanto Tamara agarrava Call com firmeza e o puxava para fora da clareira em direção à floresta.

Todos corriam, Tamara, Aaron, Jasper, até mesmo Call, mancando um pouco e ganhando bastante velocidade. Justo quando os sons da luta atrás deles começaram a diminuir, Call escutou uma voz.

— Avisei a Alma que vocês eram encrenca — disse Mestre Lemuel, posicionado sinistramente no caminho deles. — Ela não quis me ouvir.

Aaron parou onde estava, e os outros quase esbarraram nele. Mestre Lemuel ergueu as sobrancelhas.

— Vou dizer uma coisa, e vocês podem acreditar em mim ou não. Mas nutro ainda menor apreço pelos Mestres do Magisterium do que tenho por vocês. E não quero que eles consigam o que querem. Entendem?

Todos fizeram que sim com a cabeça ao mesmo tempo.

Ele apontou para um riacho estreito que corria pelas árvores. Na verdade, aquele até que era um lugar bem bonito, pensou Call, um lugar que poderia ter apreciado em outras circunstâncias.

— Sigam esse riacho até a estrada — explicou Lemuel. — É o caminho mais rápido. A partir daí, estão por conta própria.

Fizeram silêncio por um tempo. Em seguida Aaron disse:

— Obrigado.

Claro que Aaron agradeceria, pensou Call, enquanto corriam ao longo do riacho. Se alguém estivesse golpeando Aaron na cabeça, ele agradeceria a pessoa por parar.

Caminharam por meia hora em silêncio antes de Jasper se pronunciar.

— Então qual o plano agora? Não é como se fôssemos ficar seguros na estrada. Não têm ônibus, e não temos um carro...

— Eu tenho um plano — declarou Tamara.

Call se virou para ela.

— Tem?

— Eu *sempre* tenho um plano — disse ela, e ergueu as sobrancelhas. — Às vezes, até um *passo a passo*. Eu deveria dar aula a vocês.

— É bom que esse plano seja ótimo. — Aaron sorriu. — Porque você certamente está fazendo muita propaganda.

Tamara pegou o telefone da bolsa, checou a tela e, em seguida, continuou andando.

CAPÍTULO DEZ

A primeira vista da estrada fez Call estremecer ao se lembrar da vez em que tinha passado por ali, quando procurava por Aaron. Ele se se recordava nitidamente da dor nas pernas ao se forçar a acelerar, o pânico de Aaron correndo perigo, e a descoberta de que ele próprio não era a pessoa que sempre achou que fosse.

Jasper agachou e afagou a cabeça de Devastação quando o lobo se aproximou dele. Por um instante, ele não pareceu tão babaca.

Em seguida, percebeu que Call o observava e começou a encará-lo.

Call se sentou no chão, observando os carros ocasionais que passavam por ali. Tamara estava digitando alguma coisa no celular. Ele não sabia ao certo se ela estava pesquisando coisas para a jornada que tinham à frente, ou se simplesmente mandava e-mails para os amigos. Aaron contemplava a distância com a testa franzida, como os heróis dos quadrinhos costumavam fazer. Poderiam fazer um boneco dele naquela posição.

Call ficou imaginando como Aaron ficaria quando descobrisse que Call tinha mentido para ele; mentido muito.

Ainda estava pensando nisso quando um sofisticado carro preto parou diante deles.

A janela se abriu, e o mordomo de Tamara, Stebbins, tirou os óculos e exibiu seus olhos azul-claros.

— Entrem — disse ele. — Temos de ser rápidos.

Jasper se arrastou para o banco de trás.

— Ah, hidratação. — Ele pegou uma garrafa de água de um dos suportes e tomou tudo.

— O cachorro não entra — declarou Stebbins. — Ele vai sujar os assentos, e as unhas podem arranhar o couro.

— Os assentos não são seus — lembrou Tamara, afagando a almofada ao lado dela. O lobo pulou para o carro e, em seguida, se virou, parecendo desconfiado.

Call entrou logo depois, puxando Devastação para seu colo. Era difícil acreditar que o lobo já coubera embaixo de sua camisa. Agora era quase tão grande quanto o próprio Call.

Aaron foi na frente.

— Presumo que vai ser como sempre — disse Stebbins a Tamara, virando o assento. — Qual é o endereço?

Call informou, apesar de não saber o número, só a rua. Stebbins registrou o local em seu GPS aparentemente não mágico.

E então partiram.

— O que é o de sempre? — sussurrou Jasper para Tamara.

— Stebbins participa de corridas com os carros de meus pais. — Ela também manteve a voz baixa. — Eu guardo o segredo.

— Sério? — Jasper franziu a testa para o sujeito no banco da frente, com o que parecia ser um novo tipo de respeito.

Enquanto seguiam, Call se pegou cochilando contra a janela até a cabeça começar a bater no vidro. Estavam seguindo por uma estrada de terra.

Call piscou. Sabia exatamente onde estavam.

— Pode parar aqui — pediu ele.

Strebbins parou o carro, fazendo uma careta.

— Aqui? — perguntou ele, mas Call já estava abrindo a porta. Devastação imediatamente começou a correr em círculos, nitidamente aliviado sair do carro.

Os meninos mal saltaram, e Stebbins já tinha engatado a ré, provavelmente feliz por se livrar deles.

— Está brincando? — declarou Jasper ao ver a paisagem de carros. — Isso é um ferro-velho.

Call o encarou, mas Tamara deu de ombros.

— Ele tem uma certa razão, Call.

Call tentou enxergar aquela área familiar pelos olhos dela. Era bem ruim. Parecia um estacionamento, exceto que os veículos não estavam em filas organizadas. Os carros se encontravam agrupados, praticamente uns por cima dos outros. Alguns tinham sido dirigidos até ali, mas a maioria foi rebocada e largada onde era possível. A ferrugem brotava nos capôs e nas portas, marcando a tinta que um dia já havia sido brilhante. O capim crescera ao redor, um indicador nítido do tempo de abandono.

MAGISTERIUM – A LUVA DE COBRE

— Ele mantém isso por causa das peças — explicou Call, constrangido. Sempre achou o pai excêntrico, mas tinha de admitir que possuir diversos veículos em decomposição parecia um pouco pior do que excentricidade. Alastair nunca seria capaz de usar todos os carros que colecionava, nem mesmo para aproveitar as peças, considerando que a maioria estava enferrujada, mas ele continuava colecionando mesmo assim. — Os carros bons, que ele planeja restaurar, estão no celeiro.

Tamara, Aaron e até mesmo Jasper olharam esperançosos na direção para a qual Call apontava, mas a enorme construção cinza não pareceu oferecer conforto a nenhum deles.

Um vento frio cortou o estacionamento. Jasper tremeu de forma exagerada e se encolheu dentro do casaco. Esfregou as mãos teatralmente, como se estivessem escalando o Everest e temesse uma gangrena.

— Cale a boca, Jasper! — Ordenou Call.

— Eu não disse nada! — protestou Jasper.

Aaron acenou em tom de paz.

— Você realmente acha que seu pai pode estar escondido aí?

— Não é um lugar onde a maioria das pessoas procuraria por ele. — Entretanto, àquela altura, Call não tinha mais certeza de nada.

— Isso é certo. — As palavras de Tamara pareciam realmente repletas de sentimento. Ela olhou para a casa da fazenda perto das árvores, uma construção feita de ripas de madeira, com um teto inclinado e remendado. — Não posso acreditar que o dono permita que ele faça isso com sua propriedade.

— É uma senhora — explicou Call. — Não é como se o lugar estivesse em ótimo estado. E ele paga aluguel.

— Acha que ele pode estar por aqui? — perguntou Aaron, esperançoso. O brilho amarelo das janelas parecia convidativo. — Quero dizer, talvez ela deixe que ele durma no quarto de hóspedes.

Call balançou a cabeça.

— Não. Quando ele vem, sempre fica no celeiro. Ele deixa uns sacos de dormir por lá e um fogão portátil. E comida enlatada, também. Mas talvez ela o tenha visto. Ele normalmente dá uma passada na casa.

— Vamos perguntar — sugeriu Aaron. — Ela é uma daquelas senhoras que faz um monte de bolos?

— Não. — Ele não conseguia se lembrar da senhora Tisdale algum dia cozinhando alguma coisa. Aaron pareceu decepcionado. Jasper simplesmente continuou irritado, olhando para o céu, como se esperasse ser salvo por um helicóptero ou um elemental do ar, ou talvez um elemental pilotando um helicóptero.

— Vamos. — Call seguiu em direção à casa. Sua perna não estava apenas doendo; parecia que espetos de fogo disparavam por seus ossos. Ele rangeu os dentes ao subir a escada da frente. Não queria emitir nem um único gemido de dor na frente de Jasper.

Aaron esticou o braço em volta dele e bateu na porta. Ouviram passos lá dentro, e a porta abriu uma fresta, revelando cabelos grisalhos e um par de brilhantes olhos verde-claros.

— Vocês são um pouco baixos para serem vendedores de porta em porta, não? — cacarejou uma voz de senhora.

— Senhora Tisdale — começou Call. — Sou eu, Callum Hunt. Estou procurando meu pai. Ele está aqui?

A porta se abriu mais um pouco. A senhora Tisdale usava um vestido xadrez, botas velhas e um xale cinza.

— Por que ele estaria aqui? — perguntou ela. — Acha que decidi vendê-lo em troca de peças?

Assim que ela entrou em seu campo visual, Devastação começou a latir como um louco. Ele rosnava como se quisesse arrancar o braço da senhora Tisdale.

— Há dias que ele não aparece em casa. — Call agarrou a coleira de Devastação e fingiu que o lobo não estava babando. — Achei que talvez...

— E os magos não conseguiram encontrá-lo — acrescentou Tamara. — Eles estão procurando por ele.

Todos viraram para ela, em choque.

— *Tamara!* — repreendeu Aaron.

Ela deu de ombros.

— Que foi? Ela é maga. Dá para ver! Dá para sentir o cheiro de magia nesta casa.

— Ela tem razão — concordou Jasper.

— Para de puxar o saco, Jasper — alertou Call.

— Não estou puxando o saco; você é que é burro. E esse seu bicho de estimação é um monstro.

A senhora Tisdale olhou de Devastação para Tamara e para Call.

— Suponho que seja melhor vocês entrarem. Todos, menos o lobo.

Call se virou para Devastação.

— Qual é seu problema?

O lobo ganiu, mas viu a senhora Tisdale e começou a rosnar outra vez.

— Tudo bem — falou Call, afinal, apontando para um ponto do gramado. — Fique aqui e espere por nós.

Devastação sentou contra a vontade, ainda rosnando.

Eles se apressaram para entrar na casa, que cheirava a poeira e gatos, mas que não era um odor desagradável para Call. Por mais que doesse a possibilidade de Jasper ter razão, era bom se aquecer. Ela os conduziu até a cozinha, onde colocou uma chaleira no fogão.

— Agora me digam por que eu não devo contatar o Magisterium e mandar que busquem alguns alunos encrenqueiros?

Call não sabia ao certo o que dizer.

— Porque meu pai não ia querer que você fizesse isso?

— E porque estamos em uma missão — completou Tamara, apesar de, daquela vez, não ter soado tão convincente.

— Uma missão? Para encontrar Alastair? — A senhora Tisdale pegou cinco xícaras no armário.

— Ele está correndo perigo — informou Aaron.

— Você abandonou a magia, não foi? — perguntou Jasper. — Como o pai de Call.

— Nada disso importa. — A senhora Tisdale se voltou para Call. — Seu pai se meteu em algum tipo de encrenca?

Call assentiu veementemente.

— Precisamos muito encontrá-lo. Se você souber se alguma coisa...

Ele viu o momento em que ela cedeu.

— Ele esteve aqui na semana passada. Passou alguns dias no celeiro. E pagou dois meses adiantado, coisa que não costuma fazer. Mas realmente não sei onde está agora. E não gosto da ideia de vocês quatro aqui sozinhos. — Ela lançou um olhar afiado a Jasper. — Posso ter abandonado a magia, mas isso não quer dizer que sou orgulhosa demais para ligar para o Magisterium.

— Que tal se dormirmos no celeiro e prometermos voltar de manhã? — propôs Call.

A senhora Tisdale suspirou, evidentemente desistindo.

— Se prometerem não arrumar nenhuma encrenca...

— Ou na casa — disse Jasper. — Talvez a gente possa ficar na casa. Onde é quente, e não assustador.

— Vamos, Jasper. — Aaron o pegou pelo braço. Ele se calou, como se já tivesse decidido que nem a senhora Tisdale estava do seu lado.

No ar noturno, os carros lembravam a Call criaturas sombrias e esqueléticas, como ossos de dinossauros acumulados na terra.

Devastação os seguia, quieto. Os olhos claros voltando para a casa, a língua para fora, como se estivesse com fome. Os outros pareciam compartilhar do presságio do lobo. Tamara olhou em volta com um tremor e conjurou uma pequena bola de fogo. A bola foi dançando à frente deles, no caminho até o celeiro, iluminando placas espalhadas, pneus e latas cheias de parafusos.

Call ficou feliz quando chegaram à construção, a porta pintada de vermelho segura por uma barra de metal. De perto, era fácil perceber que o metal tinha levado um banho de óleo recentemente. Aaron se pôs a trabalhar levantando a barra e abrindo a porta.

O velho celeiro repleto de vigas era um local familiar para Call. Era onde ficavam os carros bons, todos sob tapetes manchados de óleo. Era onde ele e o pai passavam boa parte do tempo quando iam ali. Call trazia uma pilha de livros, ou o Game Boy, e ficava sentado em algum canto enquanto o pai trabalhava.

Eram lembranças boas, mas, naquele momento, pareciam tão vazias e esqueléticas quanto a paisagem de carros do lado de fora.

— Lá em cima. — Call foi até a escada. Colocou o pé no degrau mais baixo e quase sofreu um colapso quando uma onda de dor subiu por sua perna. Ele reprimiu o gemido que queria emitir, mas viu o olhar solidário de Aaron assim mesmo. Ele não olhou para Jasper, apenas esticou os braços para se apoiar nas mãos e tirar o máximo de peso possível da perna. Os outros o seguiram.

Estava escuro no mezanino coberto por palha, e Call piscou os olhos por um momento, sem enxergar nada até Tamara aparecer com a bola de fogo dançando sobre sua cabeça, como uma lâmpada em um desenho animado. Os outros dois vieram em seguida, se espalhando pelo recinto estreito. Não havia muita coisa ali — uma mesa, um pequeno fogão e duas camas estreitas, com cobertores dobrados aos pés. Tudo estava incrivelmente arrumado, e, se a senhora Tisdale não tivesse contado a eles, Call não teria suposto que Alastair estivera ali recentemente.

Jasper se jogou em uma das camas.

— Vamos comer? Sabem, deve transgredir alguma lei me raptar e não me alimentar.

Tamara suspirou, em seguida olhou esperançosa para Call.

— Tem um fogão. Tem alguma comida?

— Tem, um pouco. Basicamente enlatados. — Call enfiou um dos braços embaixo da cama do pai, a procura das cestas que ele guardava ali. Logo surgiram algumas latas de ravióli, garrafas de água, pacotinhos de carne seca, um canivete, garfos e duas barras grandes de chocolate.

Call sentou em uma das camas com Tamara, e Jasper o encarava da outra. Aaron abriu várias das latas de ravióli com grande eficiência e as aqueceu no fogareiro — aceso com magia — enquanto Tamara desdobrava um mapa dos arredores que havia encontrado entre as coisas de Alastair. Ela contemplou o mapa, pensativa, o nariz enrugado.

— Consegue entender o que tem aí? — Call espiou sobre o ombro dela. Ele esticou um dos braços para o mapa. — Acho que isso é uma rodovia.

Ela tirou a mão dele.

— Não é uma rodovia, é um rio.

— Na verdade, é uma autoestrada. Me dê isso aqui — Jasper estendeu uma das mãos. Tamara hesitou. — Para onde você está tentando ir?

— Estávamos tentando chegar aqui — respondeu Call. — Mas agora eu não sei.

— Bem, se seu pai não está aqui, ele deve ter ido para algum lugar. — Aaron trouxe as latas aquecidas de ravióli. Eles as pegaram, ansiosos, colocando panos em volta das mãos para não se queimarem. Call distribuiu garfos, e eles começaram a comer.

Jasper fez uma careta ao comer a primeira garfada, mas depois começou a enfiar a massa na boca.

— Talvez a gente possa fazer a senhora Tisdale contar alguma coisa — disse Call, mas com uma sensação fria no estômago. Alastair nitidamente estava fugindo, mas para onde iria? Ele não tinha amigos próximos, até onde Call sabia, ou nenhum outro esconderijo.

Aaron e Tamara conversavam baixinho, e Jasper olhava o mapa. Call deixou de lado a lata de ravióli meada e se levantou, indo até a mesa de Alastair. Abriu a gaveta principal.

Confirmando suas expectativas, estava cheia de chaves de carros. Chaves individuais, em sua maioria, presas a chaveiros de couro que identificavam o fabricante do carro: Volkswagen, Peugeot, Citroën, MINI Cooper e até um Aston Martin. A maioria coberta de poeira, mas não a do Martin. Call pegou a chave — o Martin era um dos preferidos do pai, apesar de ele ainda não o ter colocado para andar. Certamente não teria ficado trabalhando no carro quando estava ali, fugindo para salvar a própria vida.

Talvez Alastair pretendesse dirigir o Martin. Era um belo carro de fuga, capaz de fazer curvas acentuadas e até de despistar magos. Se fosse esse o caso, Call imaginou que o pai poderia ter deixado o carro pronto para ser usado. Lógico, seria ilegal um *deles* dirigir, mas essa era a menor de suas preocupações.

Ele foi até a escada com um suspiro e iniciou o árduo processo de descida. Ao menos com os outros ainda lá em cima, ele podia ficar livre para descer devagar e fazer quantas caretas quisesse.

— Call, aonde você vai? — gritou Tamara.

— Pode mandar um pouco de luz aqui para baixo? — pediu Call.

Ela suspirou.

— Por que eu? Você sabe fazer fogo flutuar tão bem quanto eu.

— Você faz melhor — respondeu Call, de uma forma que torceu para que tivesse sido persuasiva. Ela pareceu irritada, mas mandou uma esfera de fogo lá para baixo do mesmo jeito. A bola pairou pelo ar como um lustre, largando brasas ocasionalmente.

Call tirou o tapete do Aston Martin. O carro era azul-esverdeado, e a pintura brilhava; tinha bancos de couro cor de marfim, com poucos cortes. O piso parecia em boas condições também. O pai dizia que normalmente o piso era a primeira coisa a sucumbir à ferrugem.

Call sentou no lugar do motorista e colocou a chave na ignição. Fez uma careta. Precisaria se esticar muito para alcançar o freio ou o acelerador. Aaron provavelmente conseguiria; ele era mais alto. Call girou a chave, mas nada aconteceu. O velho motor se recusou a ganhar vida.

— O que está fazendo?

Call pulou e quase bateu a cabeça no teto do carro. Ele se inclinou para fora da porta aberta e viu Aaron ao lado do banco do motorista, aparentando curiosidade.

— Olhando — respondeu Call. — Não sei exatamente o que estou procurando. Meu pai definitivamente mexeu neste carro antes de partir.

Aaron se inclinou para baixo e assobiou.

— É um belo carro. Está funcionando?

Call fez que não com a cabeça.

— Dê uma olhada no porta-luvas — sugeriu Aaron. — Meu pai adotivo deixava tudo no porta-luvas dele.

Call esticou um dos braços e abriu o compartimento. Para sua surpresa, estava cheio de papéis. Não eram quaisquer papéis, ele percebeu logo ao pegá-los. Eram cartas. Alastair era um dos poucos adultos das relações de Call que mantinha correspondência manuscrita em vez de e-mails, então ele não se surpreendeu com aquilo.

O que o surpreendeu foi o remetente. Ele abriu uma delas e olhou a parte inferior, a assinatura ali, uma assinatura que fez seu estômago embrulhar.

Mestre Joseph A. Walther

— O que foi? O que foi? — perguntou Aaron, e Call olhou para ele. Ele devia estar com uma expressão de choque no rosto, porque Aaron recuou e gritou para os outros lá em cima: — Ele achou alguma coisa! Call achou alguma coisa!

— Não, não achei. — Call saiu aos tropeços do carro, as cartas amassadas embaixo do braço. — Não encontrei nada.

Os olhos verdes de Aaron pareciam perturbados.

— O que é isso, então?

— Coisas pessoais. Anotações de meu pai.

— Call. — Era Tamara, na beirada do mezanino. Era possível ver Jasper atrás dela. — Seu pai é um criminoso procurado. Ele não tem "coisas pessoais".

— Ela tem razão. — A voz de Aaron soou digna de pena. — Qualquer coisa pode ser relevante.

— Tudo bem. — Call queria ter sido mais esperto, queria ter adivinhado o esconderijo do pai no lugar de Aaron, queria não ter

MAGISTERIUM – A LUVA DE COBRE

de compartilhar aquelas cartas com os outros. — Só que eu sou quem vai lê-las. Mais ninguém.

Call manteve as cartas embaixo do braço enquanto subia novamente a escada, seguido por Aaron. Jasper tinha descoberto como as luzes de emergência funcionavam, e o andar de cima estava todo iluminado. Call sentou em uma das camas, e os outros três se ajeitaram na outra.

Era estranho ver a letra de Mestre Joseph assim. Era espetada e esguia, e ele assinou cada carta com o nome inteiro, com a inicial do meio e tudo. Havia quase uma dúzia delas, datadas nos últimos três meses. E estavam repletas de linhas perturbadoras.

Existe uma forma de nós dois conseguirmos o que queremos.

Você quer seu filho ressuscitado dos mortos, e nós queremos Constantine Madden.

Você não entende a dimensão do poder do Alkahest.

Nunca nos entendemos antes, Alastair, mas agora você perdeu muita coisa. Imagine se Sarah pudesse voltar para você. Imagine poder ter de volta tudo o que perdeu.

Roube o Alkahest, traga-o para nós, e todo o seu sofrimento terá fim.

Nada fazia sentido algum. Alastair ia usar o Alkahest para matá-lo, não ia? Ele queria destruir o Inimigo da Morte.

Call se lembrou do espanto no rosto do pai ao atingir a parede, lembrou-se da sensação de raiva incontrolável. E se houvesse se enganado com relação a Alastair? E se Alastair não tivesse mentido quando disse que não ia matar Call?

Mas, se Alastair queria se livrar dele e recuperar a alma do *verdadeiro* filho, era tão ruim quanto. Talvez ele não quisesse matar Call diretamente, mas colocar sua alma de volta em Constantine Madden parecia muito com morrer.

— O que foi? — Tamara estava tão inclinada para fora da cama, que estava prestes a cair. — Call, o que está escrito aí?

— Nada — respondeu Call, sombrio, dobrando a carta mais incriminadora e guardando-a no bolso. — São várias dicas sobre o cultivo de begônias.

— Mentiroso — declarou Jasper de forma sucinta, pegando uma das cartas da cama. Começou a ler em voz alta, arregalando os olhos. — Calma aí, estas aqui... realmente, de verdade mesmo, não são sobre begônias!

Foi horrível. Tamara e Aaron nitidamente não tinham acreditado nele, mas o olhar de traição nas faces dos dois foi quase tão horrível quanto a expressão convencida de Jasper. Pior, eles leram tudo. Linha por linha. O conteúdo era bizarro; apesar de, para o alívio de Call, nada nas cartas se referir diretamente ao fato de que ele possuía a alma de Constantine Madden. Quem poderia saber o que eles teriam pensado se tivessem pegado a carta em seu bolso?

— Então ele realmente *tem* o Alkahest e vai *dá-lo* ao inimigo? — Jasper parecia apavorado. — Pensei que você tivesse dito que ele fora acusado injustamente.

— Vejam esta aqui — disse Tamara. — Alastair deve ter concordado, porque Mestre Joseph está escrevendo sobre como vai entrar em contato com ele e como vão se encontrar. Está marcado para daqui a dois dias.

— Temos de voltar ao Magisterium — declarou Aaron. — Precisamos contar para alguém. Call, eu acreditei em você sobre seu pai, mas talvez você tenha se enganado.

— Não podemos correr o risco de o Alkahest cair nas mãos do Inimigo — acrescentou Tamara. — Significa que Aaron pode ser morto. Você entende isso, não entende, Call?

Call olhou para o fogo ardendo nas lâmpadas. Será que tinha entendido errado tudo que estava acontecendo com seu pai? Tinha presumido que o pai era uma boa pessoa, que estava do lado do Magisterium e dos Mestres, do lado dos que combatiam Constantine Madden a qualquer custo. Mas agora parecia que seu pai era má pessoa e estava do lado de Mestre Joseph, afinal, e disposto a fazer todo o necessário para recuperar a alma do filho. O que não era a pior coisa do mundo, dependendo do ponto de vista. Mas, se Alastair havia decidido se alinhar com Mestre Joseph, Call tinha a obrigação moral de permitir que seguisse em frente ou deveria impedi-lo?

A cabeça de Call doía.

— Não quero que nada de mal aconteça a Aaron. — Essa era a única certeza que tinha. — Jamais quis.

Aaron pareceu arrasado.

— Bem, não vamos chegar a lugar algum esta noite — atestou o Makar. — Está tarde, e estamos todos cansados. Talvez se dormirmos por algumas horas, possamos concluir alguma coisa amanhã de manhã.

Eles olharam para as duas camas. Cada qual era grande o suficiente para um adulto ou duas crianças.

— Quero aquela — disse Jasper. Apontou para Tamara e Call e acrescentou: — E quero Aaron, porque você é estranho, e você é uma garota.

— Posso dormir no chão — ofereceu Aaron, olhando para a expressão no rosto de Tamara.

— Isso só beneficia Jasper — retrucou Tamara, irritada, e foi para a cama da esquerda. — Tudo bem, Call; a gente dorme por cima das cobertas. Não se preocupe.

Call achou que talvez devesse se oferecer para dormir no chão, como Aaron havia feito, mas não queria. A perna já estava doendo, e, além disso, ele sabia que às vezes tinham ratos escondidos no celeiro.

— Tudo bem. — Ele deitou ao lado dela.

Foi estranho.

Na outra cama, Jasper e Aaron estavam tentando dividir um único travesseiro. Houve um grito abafado, como se alguém tivesse levado um soco. Call deu o travesseiro da cama dele para Tamara e deitou sobre o próprio braço.

Fechou os olhos, mas o sono não veio. Era desconfortável ter de ficar em um lado da cama, se certificando de que nem os pés invadissem o espaço de Tamara. Não ajudava o fato de ficar enxergando as palavras nas cartas de Mestre Joseph, registradas por trás de suas pálpebras.

— Call?

Ele abriu os olhos. Tamara olhava para ele a alguns centímetros de distância, os olhos grandes e escuros.

— Por que você é tão importante? — sussurrou ela.

Ele sentiu uma lufada morna do hálito dela em sua bochecha.

— Importante? — repetiu. Jasper tinha começado a roncar.

— Todas essas cartas — explicou ela. — De Mestre Joseph. Achei que seriam sobre Aaron. Ele é o Makar. Mas eram sobre você. *Call é a coisa mais importante.*

— Bem... acho que é por ele ser meu pai — disse Call, atrapalhando-se com as palavras. — Então eu sou importante para ele.

— Não parecia esse tipo de importância — discordou Tamara suavemente. — Call, você sabe que pode nos contar qualquer coisa, não sabe?

Call não sabia ao certo como responder. Ainda estava tentando decidir quando Devastação começou a uivar.

CAPÍTULO ONZE

— Devastação, quieto! Shhhhiiii! — pediu Call, mas o lobo continuou latindo, cheirando entre as portas do celeiro, arranhando a madeira com as patas.

— O que você está vendo, rapaz? — perguntou Aaron. — Tem alguma coisa aí fora?

Tamara deu um passo em direção ao lobo.

— Talvez seu pai tenha voltado.

O coração de Call começou a bater violentamente. Ele correu para a porta que Devastação estava farejando e puxou-a, abrindo o celeiro para o ar frio lá de fora.

Devastação correu. A noite estava quieta. A lua brilhava no céu. Call teve de apertar os olhos para ver seu lobo correndo pela grama em direção à fila de carros destruídos, parecendo corcunda e irreal na escuridão.

— O que é isso? — Era Jasper. A voz num sussurro assustado. Ele apontava para algo. Aaron deu um passo à frente. Estavam todos em volta de Call, diante da porta aberta do celeiro. Call olhou para onde Jasper indicava. De início, não viu nada; em seguida, observando com mais atenção, viu alguma coisa desviando pela lateral de um dos carros.

Tamara se engasgou. A coisa estava se levantando, parecendo crescer a cada instante, inchando diante deles. Brilhava ao luar — um monstro feito de metal, escuro e aparentemente molhado, como se a superfície estivesse cheia de óleo. Os olhos eram como duas enormes lanternas, brilhando na escuridão. E a boca... Call ficou olhando enquanto a imensa mandíbula se abria, alinhada com fileiras de dentes metálicos, afiados como os de tubarão, e, em seguida, se fechava sobre o capô de um Citroën antigo.

O carro fez um terrível barulho de trituração. A criatura jogou a cabeça para trás, engolindo. Cresceu ainda mais enquanto o carro desaparecia em sua boca gigante. Um instante depois, o carro sumiu e a criatura pareceu crescer ainda mais.

— É um elemental — concluiu Tamara, nervosa. — Do ferro. Deve estar extraindo poder de todos esses carros e essa sucata.

— Melhor sairmos daqui antes que note nossa presença — disse Jasper.

— Covarde — censurou Call. — É um elemental à solta. Cuidar disso não é sua função?

Jasper esticou os ombros e o encarou.

— Olhe, aquela coisa não tem *nada a ver* conosco. Precisamos defender *pessoas*, mas não quero morrer protegendo a coleção de seu pai. Ele vai ficar melhor sem todos esses carros, caso não seja executado por trabalhar com o Inimigo, o que é uma possibilidade muito grande; e para nós o melhor é sair daqui!

— Cale a boca. Apenas cale a boca. — Aaron levantou uma das mãos. O metal em seu pulso brilhou. Call conseguia ver o que parecia uma sombra se elevando de sua palma, encobrindo parcialmente a mão.

— Pare! — Tamara agarrou o pulso de Aaron. — Você não aprendeu direito a usar a magia do vazio. E o elemental é grande demais. Pense no tamanho do buraco que teria de abrir para se livrar dele.

Aaron pareceu se irritar.

— Tamara...

— Hum, pessoal — interrompeu Jasper. — Entendo que estão discutindo, mas acho que ele acabou de nos ver.

Jasper estava certo. Os olhos de farol brilhavam na direção deles. Tamara soltou Aaron quando a criatura começou a se mover. Então, inesperadamente, ela se voltou para Call.

— O que faremos?

Call estava surpreso demais com o pedido por instruções e não conseguiu responder. O que não foi problema, porque Aaron já estava falando.

— Temos de buscar a senhora Tisdale e protegê-la. Se essa criatura veio parar aqui por acaso, então talvez coma alguns carros e vá em paz. Mas, se não for isso, precisamos estar prontos.

— Elementais do ferro são raros. — Jasper pegou a bolsa de Tamara. — Não sei muito a respeito deles, mas sei que não gostam de fogo. Se ele começar a vir atrás de nós, eu lanço uma tela de fogo. Tudo bem?

— Posso fazer isso. — Tamara amarrou a cara.

— Não importa quem vai fazer! — retrucou Aaron, exasperado. — Agora vamos!

Todos começaram a correr para a casa principal. Call, um pouco mais lento, seguia na retaguarda, não só porque a perna doía, mas porque estava preocupado com Devastação. Ele queria chamá-lo, se certificar de que seu lobo estava bem, mas atrair chamar a atenção do elemental. E ele não sabia se conseguiria fugir correndo, caso precisasse. Tamara, Aaron e Jasper já estavam muito mais rápidos que ele.

A criatura continuava a se mover, às vezes parcialmente escondida pelos carros, às vezes terrivelmente clara. Não se movia depressa, mais parecia um gato perseguindo sua presa. Vinha lentamente, a cada abocanhada de metal.

Enquanto Call se aproximava da casa da senhora Tisdale, percebeu que alguma coisa estava errada. A luz escapava da casa, não só das janelas, mas de toda a frente. A porta e parte da parede tinham sumido. Fios e pedaços de madeira pendiam do buraco que restava.

Aaron foi o primeiro a correr pelos degraus.

— Senhora Tisdale! — gritou ele. — Senhora Tisdale, você está bem?

Call foi atrás, a perna doendo. A mobília estava revirada, uma mesa de centro havia sido destruída. Um sofá pegava fogo, as chamas se elevavam de um canto escurecido. A senhora Tisdale se encontrava no chão, com um terrível corte no peito. Sangue ensopava o tapete abaixo dela. Call encarou a cena, horrorizado. Misturado ao sangue, havia pedaços brilhantes de metal.

Aaron caiu de joelhos.

— Senhora Tisdale?

Ela estava com os olhos abertos, mas não parecia conseguir fixar o olhar em nada.

— Crianças... — disse ela com uma terrível voz sussurrada. — Crianças, eles estão atrás de vocês.

Call se lembrava um pouco da magia de cura. Já tinha visto Alex utilizá-la para curar o calcanhar quebrado de Drew uma vez, extraindo poderes de ligação e cura da terra. Ele se agachou ao lado de Aaron, tentando extrair o que fosse possível. Se conseguisse curá-la, então talvez sua magia servisse para mais do que Alastair pensava.

Talvez ele fosse bom.

Pressionando os dedos gentilmente sobre a clavícula da idosa, ele direcionou a energia para ela. Tentou senti-la vindo do chão, tentou pensar em si próprio como um condutor. Mas, após um instante, ela empurrou a mão dele.

— Tarde demais para isso — informou a senhora Tisdale. — Vocês ainda podem escapar. Precisam correr. Call, eu estava lá na noite em que você achou que tivesse perdido Devastação. Fui eu que o acorrentei. Sei o que está em jogo.

Call se afastou dela, confuso.

— Do que ela está falando? — perguntou Tamara. — Do que você está falando, senhora Tisdale?

— É só um elemental. Podemos nos livrar dele. Podemos ajudá-la. — Aaron olhou, descontrolado, para Tamara e Jasper. — Talvez devêssemos pedir ajuda ao Magisterium...

— Não! — A senhora engasgou. — Não sabem o que *é* aquela criatura? Se chama Automotones, é um monstro antigo e terrível, foi capturado pelos magos do Magisterium há centenas de anos.

— Filetes de sangue surgiram nos cantos de sua boca. Ela respirava com dificuldade. — Se está aqui agora, é porque aqueles... aqueles... aqueles *magos* o soltaram para caçá-los. Para matá-los!

Com um tremor, Call se lembrou da aula de Mestre Rufus sobre os elementais presos sob o Magisterium. Como eram aterrorizantes. E impossíveis de ser contidos.

— Para caçar *Alastair*, você quer dizer? — perguntou Jasper.

— Ele invadiu a casa — sibilou ela. — Exigiu que eu contasse onde *vocês* estavam. Não Alastair. Vocês quatro. — Os olhos dela se fixaram em Aaron. — É melhor correr, Makar.

A face de Aaron estava pálida de choque.

— Fugir do Magisterium? E não do Inimigo?

A boca da senhora se curvou em um estranho sorriso.

— Você nunca poderá escapar do Inimigo da Morte, Aaron Stewart — afirmou ela, e, apesar de parecer estar falando com Aaron, ela olhava para Call. Ele a encarou de volta enquanto os olhos dela se apagavam.

— Cuidado! — gritou Tamara.

O monstro metálico — Automotones — entrou na casa pela parede quebrada. Estava verdadeiramente imenso agora. Esticou-se, as mãos lisas e enormes arrancando o teto, abrindo um buraco entre o andar superior e o inferior em busca de espaço para si. Call gritou e caiu de lado, por pouco não sendo esmagado por uma cômoda. O móvel se estilhaçou no chão, espalhando roupas.

De repente, uma tela de fogo apareceu, como uma parede viva de chamas, queimando o chão e acendendo o que restava do teto. Jasper controlava o fogo com esforço perceptível enquanto Automotones rugia e estalava.

— Vá! — gritou Jasper para Call. — Corra! Eu sigo você.

Call se sentiu mal por tê-lo chamado de covarde. Levantando-se do chão, ele cambaleou para os fundos da casa.

Aaron e Tamara foram em seu encalço. Tamara tinha invocado uma bola de fogo, que brilhava em sua mão. Ela jogou a cabeça para trás, as tranças voando na direção de onde Jasper estava.

— Vamos, Jasper — incentivou Aaron. — Agora!

Jasper liberou sua parede de fogo e correu em direção a eles. O elemental do ferro os perseguia. Tamara jogou a chama que invocara na barriga do monstro enquanto Jasper cambaleava para o gramado com Call.

Jasper estava nitidamente exausto pelo esforço que fizera a fim de sustentar a tela de fogo. Conseguiu correr alguns metros no gramado e caiu. Call deu um passo até ele, mas não tinha ideia do que fazer. Não tinha como carregar Jasper e correr; mal conseguia correr sem o peso extra de outra pessoa nos ombros.

Tamara correu pelo gramado, com Aaron logo atrás. Em seu encalço vinha o Automotones. Correndo e arranhando enquanto as chamas ardiam ao redor — o fogo de Jasper evidentemente havia incendiado alguns dos móveis, e agora as cortinas e provavelmente as paredes queimavam. A fazenda toda iria arder como uma tocha.

— Jasper! — Call alcançou o braço de Jasper e tentou ao menos levantá-lo. Ele conseguiu se ajoelhar e, em seguida, soltou um berro de pavor. Call se virou e viu o elemental do ferro se erguer sobre eles, bloqueando a luz da lua. As patas da criatura desciam sobre os dois. Pareciam enormes alicates de metal, prestes a se fechar sobre Call e Jasper, prestes a cortá-los ao meio.

Call se lembrou de estar no terrível escritório do pai durante o verão, lembrou-se da raiva que sentiu e de como tinha olhado para Alastair e simplesmente a *canalizara*. Ele tentou concentrar todo o horror, o medo e a raiva que estava guardando e *direcioná--los* contra o Automotones.

O monstro voou para trás, emitindo um ruído que parecia o de um carro enferrujado sendo destruído. O ruído se transformou em um rugido furioso enquanto o Automotones se voltava para Tamara e Aaron. Aaron foi para a frente de Tamara, levantando uma das mãos, mas o monstro o empurrou dali como se ele fosse um inseto, e agarrou Tamara, levantando-a no ar.

— Tamara! — Call começou a correr em direção ao elemental, por um instante se esquecendo de que ele era aterrorizante, enorme e um verdadeiro assassino. Em sua mente, ele enxergou apenas o alicate metálico se fechando em volta de Tamara, esmagando-a. Ele tinha uma vaga noção de Aaron correndo e gritando, e também de que Tamara estava lutando, ainda que em silêncio, na garra da criatura. De repente, o Automotones balançou e tropeçou. Tamara se libertou, caindo na grama.

O elemental se contorceu, e Call viu que Devastação havia pulado nas costas do monstro, as garras Dominadas pelo Caos enterradas na pele de metal, dentes rasgando. O ruído do metal sendo rompido preencheu a noite.

Mas a criatura se sacudiu e Devastação perdeu o equilíbrio, as patas arranhando desesperadamente o ar. Ele estava se segurando pelos dentes, porém logo acabou se soltando. O lobo voou em direção à casa, ao fogo, ganindo ao cair.

Invocando o ar, ignorando o elemental e a luta, Call se concentrou em seu lobo. Concentrou-se em formar uma almofada macia de vento para pegar Devastação. Ao longe, ouviu a criatura se aproximar; vagamente, entendeu que estava colocando todos em perigo para se certificar de que seu animal de estimação não se machucasse, mas não se importava com isso.

Devastação caiu no ar mágico de Call, como se fosse uma rede, quicando um pouco, as patas balançando, os olhos brilhantes arregalados. Lentamente, Call foi abaixando o lobo para o chão, com cuidado, com muito cuidado...

Foi então que o elemental o atingiu. A sensação foi a de ter sido esmagado por uma onda gigante. Ouviu Tamara gritar seu nome, e, em seguida, voava para trás, atingindo o chão com força o suficiente para enviar uma onda de choque por seu corpo. Ele rolou, cuspindo terra e grama, e viu o elemental do ferro se erguer sobre ele. Parecia enorme, tão grande quanto o céu que se expandia sobre seu corpo. Call lutou para se levantar, a perna ruim tremendo, mas caiu de volta na grama. Ao longe, pôde ver Tamara correndo em sua direção, cordas de fogo pendendo de suas mãos, mas sabia que ela estava longe demais para chegar até ele a tempo. O Automotones já se abaixava acima dele, as mandíbulas repletas de dentes afiados abertas.

Call agarrou a terra, tentando conectar-se a ela para invocar sua magia, mas não havia tempo. Dava para sentir o cheiro de metal e ferrugem enquanto o elemental abria a boca para engoli-lo.

— Pare!

MAGISTERIUM – A LUVA DE COBRE

O elemental virou a cabeça para trás. Call se virou para ver Aaron atrás dele, as mãos esticadas. Brilhando em sua palma havia uma nuvem de escuridão oleosa que jorrava para cima. A expressão em seu rosto era uma que Call não se lembrava de já ter visto antes. Seus olhos ardiam como ferretes, e uma careta formou em seu rosto algo perturbadoramente parecido com um sorriso.

O vazio preto e oleoso voou da mão de Aaron direto para a garganta do Automotones. Por um instante, nada mudou. Em seguida, a criatura começou a vibrar, metal contra metal. Call ficou olhando. O elemental parecia estar sendo esmagado por uma enorme mão invisível, o metal sendo sugado por dentro. A criatura abriu a boca, e Call viu o vazio fumegando e borbulhando em seu interior. Ele percebeu o que estava acontecendo. O elemental estava entrando em colapso, cada junta e parafuso, cada placa e motor era sugado para o crescente vazio que Aaron havia jogado em sua garganta.

Call sentiu uma mão em seu ombro, e logo Aaron o puxava para cima. A expressão assustadora tinha desaparecido. Ele parecia apenas sério, assistindo, enquanto o Automotones soltava um último uivo e desaparecia na escuridão, chiando.

— O que aconteceu com ele? — perguntou Jasper, correndo. — Para onde foi? Morreu?

Call olhou para a casa em chamas, para a destruição dos carros. Não se importava com o destino do Automotones. O importante era que estavam todos em segurança.

— Está no vazio. — O tom de Aaron era seco. — Não vai voltar.

193

— Vamos — disse Tamara. — Precisamos nos afastar do fogo.

Começaram a voltar pelo celeiro, com Devastação correndo na frente deles. O ar estava cheio de fumaça, e o brilho do fogo que ardia atrás deles deixou o céu claro como o dia.

— O que precisamos fazer é voltar para o Magisterium. — Jasper estava sem fôlego. — Mostrar o que encontramos. O pai de Call está em *contato direto* com os *servos do Inimigo*, lembram? Ele vai levar o Alkahest para eles. Precisamos de ajuda.

— Não vamos voltar ao Magisterium — decidiu Aaron. A voz dele continuava a mesma, seca e dura. Call teve a sensação de que ele estava segurando o que quer que estivesse sentindo, contendo com força. — *Eles* mandaram essa coisa atrás de nós.

— Atrás de Alastair, você quer dizer — corrigiu Tamara. — Você não acredita naquela senhora, acredita?

— Sim, acredito.

— Ela não tem motivos para mentir — concordou Call.

Agora a voz de Aaron começou a falhar um pouco.

— Se eles não a mandaram, por que a criatura atacou a senhora Tisdale? Por que nos atacou? Deveria ter recebido instruções para não nos atacar.

— Talvez tenha resolvido que se não conseguiam nos recuperar, seria melhor nos matar que permitir que caíssemos nas mãos do Inimigo — deduziu Jasper. Todos o olharam surpresos. — É o tipo de coisa que a Assembleia faria — acrescentou, dando de ombros.

— Achei que você quisesse voltar — disse Call.

— Eu quero. Mas vocês realmente criaram um grande problema agora. — Jasper revirou os olhos para Call, como se ele fosse idiota, uma expressão com a qual Call estava muito familiarizado. — Quanto mais tempo passarmos longe, mais eles vão se convencer de que é melhor minimizar o prejuízo. Eliminar primeiro Aaron, depois o resto de nós, para que não restem testemunhas e seja apenas uma tragédia. Se Constantine Madden pusesse as mãos em Aaron, poderia matá-lo, ou poderia fazer uma lavagem cerebral nele. Talvez seja isso que eles temam. Talvez tenham medo de que, perdendo Aaron para Constantine, percam a guerra.

— Não ter Aaron faria com que perdessem a guerra! — disse Tamara. — Ele é o Makar!

Chegaram ao celeiro. A face de Jasper parecia esculpida em pedra sob a luz bruxuleante.

— Acho que vocês não entendem como eles pensam.

— Chega! — Call se virou para os outros. — Vocês que voltem para a escola. Acho que posso deter meu pai, só preciso encontrá-lo em tempo. Tenho de falar com ele. Preciso tentar. Mas a coisa está ficando perigosa demais para vocês me acompanharem.

Eles nunca vão entender, pensou. *Meu pai quer o filho de volta. Ele acha que se entregar o Alkahest para Mestre Joseph, Joseph poderá me consertar. Poderá me tornar Callum Hunt novamente. Mas Mestre Joseph está enganando meu pai, está tentando ludibriá-lo. Provavelmente vai matá-lo assim que conseguir o Alkahest.*

Mas Call não podia contar isso a eles, nada disso.

Você não pode escapar do Inimigo da Morte.

— Nem pensar. — Tamara cruzou os braços sobre o peito. — Não é seguro você ir, não é seguro para nenhum de nós. Você nem sabe para onde Alastair está se dirigindo.

— Acho que sei, na verdade. — Call abriu a porta do celeiro e entrou mancando. O restante deles, até mesmo Devastação, esperou na entrada enquanto ele pegava as cartas de Mestre Joseph. Quando voltou, ergueu uma delas para a luz.

— Têm números embaixo do nome de Mestre Joseph — observou ele. — Em todas as cartas.

— É, provavelmente a data — cogitou Jasper.

Call leu os números.

— 45. 1661. 67. 2425.

— Data? Só se for em Marte — zombou Tamara, se aproximando. — É...

— São coordenadas — explicou Call. — Latitude e longitude. Era assim que meu pai programava o GPS do carro. Esses números ajudam a encontrar os lugares. Joseph está dizendo a meu pai onde ele está.

— Então sabemos para onde vamos — disse Aaron. — Só precisamos encontrar alguma coisa em que possamos colocar essas coordenadas...

— Aqui. — Tamara pegou o telefone. Mas, quando tocou a tela, ela não acendeu. — Ah, acho que fiquei sem bateria.

— Qualquer computador em qualquer cybercafé serviria. — Call dobrou os papéis. — Mas não tem "nós". Eu vou sozinho.

— Não vamos deixá-lo sozinho, e você sabe disso. — Aaron levantou uma das mãos para conter o protesto de Call. — Olhe, quando chegarmos à escola, talvez seu pai já tenha encontrado Mestre Joseph. Pode não haver tempo para nada, mesmo que a gente consiga convencer os magos de que sabíamos o que estávamos fazendo.

— Se formos atrás de Joseph e recuperarmos o Alkahest, aí voltaremos por cima — acrescentou Tamara. — Além disso, já mandaram um monstro atrás de nós. Até sabermos se podemos confiar neles, o único caminho é seguir em frente.

Call olhou para Jasper.

— Você não precisa ir. — Ele estava se sentindo mal de verdade por ter arrastado Jasper para aquela confusão.

— Ah, eu vou — garantiu Jasper. — Se estamos sendo perseguidos por monstros, eu fico com o Makar.

— Como os magos do Magisterium podem ser os mocinhos se mandaram um monstro nos matar só porque fugimos? — perguntou Aaron. — Nós somos crianças.

— Não sei. — Call estava começando a se preocupar com a possibilidade de não existirem mocinhos. Só pessoas com listas de Suseranos do Mal mais compridas ou mais curtas.

Tamara suspirou e passou a mão no cabelo.

— Agora precisamos encontrar uma cidade, algum lugar onde possamos conseguir roupas novas e comida. Estamos com cara de que ateamos fogo em nós mesmos e depois rolamos na lama. Não estamos em condições de nos misturar com as pessoas.

Ao ouvir as palavras *rolar na lama*, foi exatamente isso que Devastação começou a fazer. Call tinha de reconhecer que Tamara estava certa. Estavam sujos, e não como atores de cinema com manchas artísticas na bochecha. Os uniformes estavam rasgados e cobertos de sangue, óleo e gosma de elemental.

— Acho melhor começarmos a andar. — Jasper soou desanimado.

— Não vamos andar — disse Aaron. — Vamos de carro. Tem trezentos deles por aqui.

— Sim, mas a maioria dos que não foram comidos não *funcionam* — observou Call. — E os poucos que *de fato* funcionam, não têm chave.

— Oras — retrucou Aaron. — Eu não tenho um pai presidiário à toa. Acho que consigo fazer uma ligação direta em um desses.

Ele caminhou até onde estavam os carros com passos confiantes.

— Esse é nosso Makar — zombou Jasper. — Magia do caos *e* roubo de carros.

— Achei que seu pai tinha fugido. — Call correu atrás de Aaron. — E que você não sabia onde ele estava.

Aaron deu de ombros.

— Acho que ninguém gosta de admitir que o pai está na cadeia.

Naquele momento, um pai encarcerado não parecia a pior coisa do mundo para Call, mas ele sabia que era melhor ficar calado.

Call ajudou Aaron a escolher o carro menos destruído de que se lembrava de Alastair ter comprado. Um Morris Minor, verde esmeralda, que contrastava com os bancos de couro vermelho. Era um dos carros mais novos de Alastair, fabricado em 1965, e, ao contrário de muitos dos outros, não precisava de um novo motor.

— Mesmo assim não é um carro veloz — alertou Call. — Digo, provavelmente teremos de andar a menos de 65 quilômetros por hora, mesmo na estrada. E não tem GPS. Talvez ele fosse instalar em algum momento, mas não deve ter tido tempo.

— O que acontece se não ficarmos a menos de 65 quilômetros por hora? — perguntou Tamara.

Call deu de ombros.

— Talvez exploda? Não sei.

— Ótimo — disse Jasper. — Algum de vocês, seus inúteis, sabe dirigir?

— Na verdade não. — Aaron se abaixou no assento, cortando fios com a faca de Call e os amarrando novamente em uma nova combinação.

— Como você pode saber ligar um carro sem chave, mas não sabe dirigir? — Jasper soltou um suspiro.

— Boa pergunta — murmurou Aaron, esticando a cabeça. Ele estava muito suado e um pouco trêmulo. — Talvez você devesse perguntar para meu pai. Ele não chegou a me ensinar antes de ser preso.

— Já dirigi carrinhos de golfe antes — lembrou Tamara. — Qual é a diferença?

O motor ganhou vida, roncando sob as mãos capazes de Aaron.

— Eu dirijo — disse Call. O pai o havia ensinado... mais ou menos. Ele estava tão encrencado que dirigir um carro sem registro e sem seguro, ainda por cima sem habilitação, faria pouca diferença. Além disso, ele era o Inimigo da Morte, um fora da lei, um rebelde. Transgredir a lei provavelmente era só a ponta do iceberg de suas maldades.

Devastação latiu, como se concordasse com ele. O lobo havia ocupado o banco da frente e não parecia inclinado a deixar que mais ninguém sentasse ali.

Aaron se inclinou sobre o capô, parecendo exausto. Ele olhou na direção de Call, mas seus olhos não pareciam capazes de focar.

— É estranho, não? Todo mundo espera que eu seja um herói, e meu pai é um criminoso.

— Bem, considerando que estamos atrás de meu pai porque ele roubou uma espécie de artefato mágico, não estou exatamente em posição de julgar. — Call sorriu, mas Aaron não pareceu notar.

— É só... Não sei. Constantine Madden foi um Makar do mal. Talvez eu também me torne mau. Talvez esteja em meu sangue.

Call balançou a cabeça, tão surpreso por esse pensamento que inicialmente não soube como responder.

— Hum, não... Acho que você não é assim.

— Vamos, pessoal, entrem no carro — disse Tamara. — Aaron, você está bem?

Aaron fez que sim com a cabeça, entrando desajeitadamente no banco de trás. Jasper e Tamara encheram uma mala com o resto de suas coisas. Por sorte, como tinham saído da cama para combater o Automotones, as mochilas permaneceram em segurança no celeiro.

Agora tudo que Call precisava fazer era não bater. Alastair já o tinha deixado dirigir antes, guiando o volante de um dos velhos carros enquanto o pai o rebocava, ou dando uma volta na fazenda para estacionar uma nova aquisição. Mas nada daquilo equivalia a dirigir sozinho.

Call entrou e ajeitou o banco, puxando-o para a frente de modo que seus sapatos alcançassem os pedais. *Acelerador*, disse a si mesmo. *Freio*.

Em seguida, ajustou os retrovisores, porque era isso que Alastair sempre fazia em um carro novo — torceu para que o gesto transmitisse a Aaron e Tamara, e até mesmo a Jasper, a confiança de que Call sabia o que estava fazendo. Entretanto, aqueles movimentos familiares o fizeram pensar no pai, e um pânico desesperado o dominou.

Ele nunca seria a pessoa que seu pai amava. Essa pessoa estava morta.

— Vamos. — Jasper se sentou no banco de trás. Aparentemente tinham deixado Devastação ficar com o banco da frente. — Se é que você sabe dirigir.

— Eu sei. — Call soltou a marcha e lançou o carro para a rodovia.

O Morris Minor visivelmente precisava de novos amortecedores. Cada desnível na estrada fazia as crianças pularem. E consumia tanto combustível que Call percebeu que precisariam fazer muitas paradas. Ele agarrou o volante, apertou os olhos para a estrada e torceu que tudo desse certo.

No banco de trás, Aaron caiu em um sono inquieto, sem parecer se incomodar com os solavancos da estrada. Ele foi sacudido de um lado para o outro, mas não acordou.

— Ele está bem? — perguntou Call.

Tamara tocou a testa de Aaron com a parte interna do pulso.

— Não sei. Não está com febre, mas está um pouco mole.

— Talvez tenha usado magia demais — cogitou Jasper. — Dizem que o custo de usar magia do vazio é alto demais.

Levaram vinte minutos para encontrar os limites de uma cidadezinha. Call abasteceu o Morris enquanto Tamara e Jasper entravam para pagar.

Holly Black & Cassandra Clare

— Acha que o atendente notou algo de estranho em vocês? — perguntou Call quando voltaram. Afinal, estavam com roupas queimadas e sujas de lama. E eram crianças, mal tinham 13 anos. Definitivamente novos demais para dirigir.

Jasper deu de ombros.

— Ele estava assistindo a TV. Acho que não se importou com nada além do fato de que pagamos pela gasolina.

— Vamos. — Tamara se sentou ao lado de Aaron, que continuava dormindo. — Antes que ele pare para pensar no assunto.

Tamara utilizou o mapa para guiar Call pela cidade, até chegarem a uma loja de esportes, com um grande estacionamento vazio. O lugar estava fechado. Call parou bem devagar e com todo o cuidado em uma vaga vazia. Aaron continuava dormindo. Tamara bocejou.

— Talvez devêssemos deixá-lo descansar — sugeriu Tamara.

— É — concordou Jasper. — Estou totalmente acordado e alerta, mas a magia do caos é difícil para o Makar.

Call revirou os olhos, mas ele estava tão exausto quanto os outros. Permitiu-se tirar um cochilo, deitando a cabeça em Devastação. Um instante mais tarde, tinha caído num sono inquieto. Quando despertou, Aaron estava acordado e Tamara perguntava se ele estava bem, enquanto uma luz esverdeada entrava pelas janelas.

— Não sei — respondeu Aaron. — Estou me sentindo meio estranho. E tonto.

— Talvez precise comer. — Call se espreguiçou.

Aaron sorriu enquanto Jasper e Tamara saltavam do carro.

— Comer parece uma boa.

— Fique aí, rapaz — disse Call a Devastação, coçando o lobo atrás das orelhas. — Sem latir. Trago um sanduíche.

Deixou a janela do carro aberta, caso Devastação precisasse de ar fresco. Torceu para que ninguém tentasse roubar o carro, principalmente pela segurança do próprio ladrão. Nenhuma pessoa normal, nem mesmo um ladrão de carros, estava preparado para a surpresa de enfrentar um lobo Dominado pelo Caos.

A rua tinha algumas outras lojas, inclusive um brechó que Tamara viu com grande entusiasmo.

— Perfeito — disse ela. — Podemos arranjar roupas novas. Aaron, se não estiver disposto...

— Vou ficar bem. — Aaron ainda parecia exausto, mas conseguiu sorrir mesmo assim.

— Nenhuma roupa vai ajudar a deixar aquele seu carro mais discreto — comentou Jasper, com seu talento natural de estragar qualquer humor.

— Podemos comprar um cachecol para ele — sugeriu Call.

A loja era cheia de prateleiras de roupas antigas e usadas, e todos os tipos de bugigangas de segunda mão que Call reconhecia das incursões de seu pai a feiras de antiguidades e lojas de quinquilharias. Três bases de máquinas de costura tinham sido transformadas em um balcão. Atrás deste havia uma mulher de cabelos brancos curtos e óculos roxos. Ela olhou para eles.

— O que aconteceu com vocês quatro? — perguntou a senhora, com as sobrancelhas se erguendo.

— Surfe na lama? — Aaron arriscou, apesar de não parecer muito seguro.

Ela fez uma careta, como se não tivesse acreditado nele, ou estivesse com nojo de tê-los em sua loja, trazendo lama e tocando nas coisas com dedos sujos. Talvez ambos.

Call não demorou para encontrar a roupa perfeita. Calça jeans, do tipo que ele usava em casa, e uma camiseta azul com a frase EU NÃO ACREDITO EM MAGIA, estampada com uma fada achatada no canto inferior direito.

Aaron começou a rir quando viu.

— Tem alguma coisa muito errada com você.

— Bem, e você parece que está saindo para a aula de yoga — rebateu Call. Aaron tinha escolhido uma calça de moletom cinza e uma camiseta com o símbolo do yin-yang. Tamara havia encontrado um jeans preto e uma túnica de seda grande, que mais parecia um vestido. Jasper, de algum jeito, acabou com uma calça cáqui, um blazer do tamanho certo e óculos escuros de lente espelhada.

O total das roupas foi vinte dólares, o que fez com que Tamara franzisse a testa e contasse em voz alta. Jasper se inclinou sobre ela e exibiu seu sorriso mais charmoso para a mulher de óculos.

— Sabe me informar onde conseguimos arrumar uns sanduíches? — perguntou ele. — E internet?

— Bits and Bytes, a dois quarteirões na rua principal. — Ela apontou para o monte de uniformes verdes, lamacentos e descartados. — Suponho que eu possa jogar isso fora? Que tipo de roupa é essa, aliás?

Call olhou para as roupas quase com arrependimento. Os uniformes os marcavam como alunos do Magisterium. Sem eles, tudo que restava eram as pulseiras.

— Uniformes de caratê — respondeu ele. — Foi assim que nos sujamos. Ninjas do caratê.

— Na lama — interrompeu Aaron, sustentando sua versão.

Tamara os arrastou para fora da loja pelas costas das camisas. A rua principal estava essencialmente deserta. Alguns carros passavam, mas ninguém prestou atenção neles.

— Ninjas do caratê na lama? — Tamara olhou sombriamente para Aaron e Call. — Será que poderiam tentar ser discretos? — Ela parou na frente de um caixa eletrônico. — Preciso sacar dinheiro.

— Por falar em ser discreto, soube que dá para rastrear o cartão de crédito — lembrou Jasper. — Você sabe, usando a internet.

Call ficou imaginando se teria jogado o telefone fora por nada.

— A *polícia* pode — corrigiu Aaron. — Não o Magisterium.

— Como você sabe?

— Bem, temos de arriscar — concluiu Tamara. — Gastamos todo o resto do dinheiro, aqueles vinte, e vamos precisar de mais para gasolina e comida.

Mesmo assim, a mão dela tremeu um pouco ao pegar o dinheiro e guardar na carteira.

O Bits and Bytes era, na verdade, uma loja de sanduíches com uma fileira de computadores, onde era possível alugar tempo de internet por um dólar a hora.

Aaron foi comprar sanduíches enquanto Call logava em uma das máquinas. Ele procurou *latitude* e *longitude* no Google, o que o levou a uma página que calculava as duas coisas. Ele clicou na pesquisa e digitou os números que tinha.

Em seguida, prendeu a respiração.

O mapa mostrou uma localização rapidamente, apesar de não haver endereço associado, só as palavras *Ilha do Monumento, Harpswell, Maine*. De acordo com o mapa, não havia estradas nem casas. E ele duvidava que existisse alguma balsa.

Pior, quando ele procurou as direções, o computador informou que ficava a uma distância de quinze horas de carro. Quinze horas! E Alastair havia partido antes deles. E se já estivesse lá? E se tivesse ido de avião?

Por um instante, um pânico terrível tomou conta de Call. A tela diante dos olhos dele piscou. As luzes tremeram. Jasper olhou na direção de Call, fazendo uma careta.

— Talvez alguém tenha atravessado o Portal do Controle antes da hora — murmurou.

— Calma! — Aaron colocou a mão no ombro do amigo, apaziguando-o.

Call se levantou de repente, arfando.

— Eu preciso...

— Precisa o quê? — Aaron o olhou de um jeito estranho.

— Imprimir. Preciso imprimir. O caminho. — Call cambaleou até a caixa registradora. — Vocês têm impressora?

A menina atrás do balcão fez que sim com a cabeça.

— Mas são três dólares por folha.

Call olhou para Tamara.

— Podemos?

Ela suspirou.

— É uma despesa necessária. Vá em frente.

Call mandou imprimir as direções. Agora os três olhavam para ele.

— Aconteceu alguma coisa? — perguntou Aaron.

— É no Maine — respondeu Call. — Quinze horas de carro.

Aaron levantou o olhar do sanduíche de presunto e provolone, com uma expressão de choque.

— Sério?

— Podia ser pior — ponderou Jasper, surpreendendo a Call. — Poderia ser no Alasca.

Tamara olhou ao redor e depois se voltou novamente para Call. Os olhos castanhos estavam muito sérios.

— Tem certeza de que quer fazer isso?

— Tenho certeza de que preciso — garantiu ele.

Ela deu uma mordida no sanduíche.

— Bem, comam, todos — incentivou ela. — Acho que vamos viajar para o Maine.

↑≈△○◉

Depois do almoço, voltaram ao carro, jogando as mochilas na mala. Call deu uma volta com Devastação e o alimentou com dois sanduíches de rosbife. Em seguida inclinou uma garrafa de água para que ele pudesse tomar um pouco. O lobo Dominado pelo Caos comeu e bebeu com surpreendente delicadeza.

Call dirigiu, com Tamara de copiloto enquanto Jasper e Aaron deitavam em Devastação e cochilavam. Jasper devia estar exausto para se dignar a dormir sobre um animal Dominado pelo Caos.

Horas se passaram assim.

— Você sabe que também pode ser preso por andar *abaixo* do limite de velocidade — comentou Tamara, seu refrigerante, quente, no suporte ao lado dela. A garota desfazia as tranças, e Call ficou surpreso pelo quanto seu cabelo era longo quando estava solto, preto e brilhante até a cintura.

Call pressionou um pouco mais o acelerador, e o Morris avançou. Enquanto o velocímetro subia, o carro começou a tremer.

— Hum — disse Tamara. — Talvez seja melhor a gente tentar a sorte com a polícia.

Ele lançou a ela um rápido sorriso.

— Você realmente acha que o Magisterium mandou o monstro atrás da gente?

— Não acho que Mestre Rufus faria isso — respondeu Tamara, hesitante. Quando falou novamente, as palavras saíram em enxurrada. — Mas não garanto nada em relação aos outros. Não faz o menor sentido para mim. Call, se você soubesse de alguma coisa... você contaria, não contaria?

— Como assim?

— Nada. — Os dedos começaram a refazer uma longa trança.

Call se concentrou na estrada, no borrão de linhas e em manter a distância dos outros carros.

— Qual é a próxima saída? — perguntou ele. — Precisamos abastecer.

— Call — insistiu Tamara. Agora ela estava brincando com a pulseira. Ele gostaria que ela se calasse. — Você sabe que se tivesse algum segredo que você quisesse me contar, eu o guardaria. Não contaria para ninguém.

— Como não falou sobre meu pai? — Call se arrependeu imediatamente. Os olhos de Tamara se arregalaram, depois ficaram furiosos.

Magisterium – A Luva de Cobre

— Você *sabe* por que eu fiz aquilo. Ele tentou roubar o Alkahest! Estava colocando Aaron em perigo! E as coisas acabaram sendo muito piores do que a gente imaginava. Ele não tinha boas intenções.

— Nem tudo é sobre Aaron — explodiu Call, o que o deixou se sentindo ainda pior. E Aaron não tinha culpa de ser quem era. Call ficou apenas feliz por Aaron estar dormindo, a cabeça loura apoiada no pelo de Devastação.

— Então o que é, Call? — perguntou Tamara. — Porque eu tenho a sensação de que você sabe.

Parecia que as palavras estavam subindo pela garganta de Call. Ele não sabia se queria gritar com Tamara ou desembuchar tudo só pelo alívio de não ter mais de guardar o segredo. Foi então que, do nada, o carro começou a sacudir com toda a intensidade.

— Call, devagar! — pediu Tamara.

— Eu *estou* devagar! — protestou ele. — Talvez seja melhor encostar...

De repente e sem aviso, Mestre Rufus apareceu, surgindo entre Call e Tamara no banco da frente.

— Alunos. — Aparentemente ele não estava nada satisfeito. — Vocês gostariam de se explicar?

CAPÍTULO DOZE

Call e Tamara gritaram. O carro guinou para um dos lados, as mãos de Call perdidas no volante. Isso fez Tamara berrar ainda mais. Os brados acordaram Jasper e Aaron, que acrescentaram as próprias vozes à algazarra. Devastação começou a latir. Durante a comoção, Mestre Rufus simplesmente flutuou no centro do carro, parecendo irritado e transparente.

Esse foi o choque final. Call freou com força, e o carro cantou pneu até parar no meio da estrada. De repente, todo mundo parou de gritar. Fez-se um silêncio mórbido. Mestre Rufus continuou transparente.

— Você está morto? — perguntou Call com voz trêmula.

— Ele não está *morto*. — Jasper conseguiu soar convencido e irritado, apesar de estar visivelmente apavorado. — Está ligando de um telefone etéreo. É assim que funciona.

— Ah. — Call arquivou o conhecimento de que a coisa que ele sempre chamou de tornado-telefone na verdade tinha outro nome. Imaginou Mestre Rufus segurando a jarra de vidro no colo, encarando-a com um ar maligno. — Então você está em outro lugar? — perguntou a Rufus. — Não está... aqui de fato?

— Não importa onde estou. O que importa é que vocês estão muito encrencados — respondeu Mestre Rufus. — Muito encrencados e correndo muito perigo. Callum Hunt, você já está por um fio. Aaron Stewart, você é um Makar e tem responsabilidades, responsabilidades que incluem *se comportar como uma pessoa responsável*. E você, Tamara Rajavi, de vocês três, eu esperava mais de você.

— Mestre Rufus — começou Jasper, com o mais doce dos tons de dedo-duro. — Gostaria de dizer que eu nunca...

— Quanto a você, Jasper deWinter — Mestre Rufus o interrompeu. — Talvez eu tenha me enganado a seu respeito. Talvez você realmente seja mais interessante do que eu imaginava. Mas vocês quatro precisam voltar ao Magisterium imediatamente.

Jasper pareceu horrorizado, provavelmente por vários motivos.

— Você está no Magisterium? — insistiu Call.

Mestre Rufus pareceu muito irritado com a pergunta.

— De fato estou, Callum. Depois de passar quase todo o dia de ontem e todo o dia de hoje procurando por vocês sem resultado, um de vocês deve ter perdido a proteção contra rastreamento. Vejo que estão em alguma espécie de veículo. Encostem, digam onde estão, e magos aparecerão em breve.

— Acho que não podemos fazer isso — disse Call, com o coração acelerado.

— E por que não? — As sobrancelhas do Mestre Rufus tremeram com uma irritação pouco contida.

Call hesitou.

— Porque estamos em uma missão — respondeu Tamara rapidamente. — Vamos recuperar o Alkahest.

— Eu sou o Makar — declarou Aaron. — Minha obrigação é salvar as pessoas. Elas não têm de me salvar, elas detestam ter de me salvar. E já me disseram muitas vezes que não posso vencer sozinho, então Call está aqui como meu contrapeso. Tamara veio porque é inteligente e habilidosa. E Jasper...

— É o alívio cômico — murmurou Call.

— Também sou seu amigo, seu idiota! — disparou Jasper. — Posso ser inteligente!

— Enfim. — Aaron tentou recuperar o controle da situação. — Somos uma equipe e vamos resgatar o Alkahest, então, por favor, não mandem mais elementais atrás de nós.

— Mandar mais elementais atrás de vocês? — Mestre Rufus pareceu verdadeiramente confuso. — O que quer dizer com isso?

— Você sabe o que quero dizer — respondeu Aaron com a voz seca que utilizava quando ficava irritado e não queria demonstrar. — Todos nós sabemos. O Automotones quase nos matou, e ele veio do Magisterium. Vocês o soltaram para nos caçar.

Agora Mestre Rufus pareceu chocado.

— Deve haver algum engano. O Automotones está aqui. Ele é nosso prisioneiro. Está aqui há centenas de anos.

— Não é engano. Talvez os outros magos não tenham contado para você, porque somos seus aprendizes. Mas aconteceu. E o Automotones matou uma mulher também. Incendiou a casa dela. — A voz de Tamara tremeu.

— Isso é mentira — retrucou Mestre Rufus.

— Não estamos mentindo — garantiu Aaron. — Mas suponho que isso signifique que você confia tanto na gente quanto a gente em você.

— Então estão mentindo para vocês — concluiu Mestre Rufus. — Eu não sei, ainda não entendo, mas vocês precisam voltar ao Magisterium. Agora é mais urgente que nunca. É o único lugar onde posso protegê-los.

— Não vamos voltar. — Surpreendentemente, foi Jasper que falou. Ele se voltou para Call. — Desligue o telefone.

Call ficou olhando para o Rufus fantasmagórico.

— Eu, hum, não sei fazer isso.

— Terra! — gritou Tamara. — Terra é o oposto do ar!

— Certo. Eu, hum... — Call esticou o braço e pegou Miri da capa no cinto. Metal tinha propriedades de magia da terra. — Desculpe. — Ele esfaqueou o fantasma Rufus.

Rufus desapareceu com um estalo, como uma bolha estourando.

Tamara gritou.

— Eu não o matei, matei? — Call olhou ao redor para as expressões de choque de todos. Só Devastação parecia inabalado. Tinha voltado a dormir.

— Não — respondeu Jasper. — É só que a maioria das pessoas usa o poder da terra para interromper a conexão. Mas acho que isso é muito controle para se esperar de você, seu maluco.

— Não sou maluco — resmungou Call, guardando a faca.

— Você é um pouquinho maluco — disse Aaron.

— Ah, sim, bem, quem perdeu a pedra de proteção? — perguntou Call. — Quem se esqueceu de transferi-la para as roupas novas?

Tamara resmungou, frustrada.

— Foi assim que os magos nos encontraram! Jasper, foi você?

Jasper levantou as mãos, espantado.

— Para *isso* que servia aquela pedra? Ninguém me avisou!

— Agora não é o momento para nos preocuparmos com isso — insistiu Aaron. — Cometemos erros. O mais importante é nos escondermos dos magos da melhor maneira possível.

Call tentou levar o carro para a estrada novamente quando percebeu que o motor tinha morrido.

Aaron precisou refazer a ligação direta, enquanto todos prendiam a respiração, considerando que não teriam outra opção de carro se o Morris falhasse. Porém, alguns instantes mais tarde, Aaron o fez funcionar outra vez.

Tamara não tinha mais nenhuma pedra, então foram se revezando com as que tinham, para que os magos não conseguissem rastrear a pessoa certa, na hora certa.

Call dirigiu pelo resto do dia e da noite, com os outros se revezando para dormir. Só Call não o fez. A cada parada ele comprava mais café, até ter a sensação de que sua cabeça ia girar e se soltar do pescoço.

A paisagem tinha mudado, tornando-se mais montanhosa. O ar estava mais fresco, e pinheiros tomaram os lugares das amoreiras e cornisos.

— Posso dirigir um pouco — ofereceu Tamara na saída de um posto no Maine. O dia estava amanhecendo, e Call já havia se flagrado pelo menos uma vez dirigindo com apenas um olho aberto.

Aaron tinha comprado um chocolate e um pão doce, e estava colocando a barra no pão para fazer uma espécie bizarra de cachorro-quente de açúcar. Call aprovou. Jasper comeu um biscoito salgado e ficou encarando os outros.

— Não. — Call tomou um gole do café. Um dos olhos tremia um pouco, mas ele ignorou. — Pode deixar.

Tamara deu de ombros e entregou o mapa para Jasper. Estava na vez de ele ser o navegador.

— Eu me recuso. — Jasper observava Call. — Você precisa dormir. Vai cair num precipício, e vamos todos morrer, tudo porque você se recusa a dormir um pouco. Então tire logo esse cochilo!

— Eu ponho o despertador — ofereceu Tamara.

— Eu não acharia ruim dar uma esticada nas pernas — comentou Aaron. — Vá em frente. Pode deitar no banco de trás.

Agora que eles falaram, Call estava mesmo se sentindo um pouco tonto.

— Tudo bem. — Ele bocejou. — Mas só vinte minutos. Papai dizia que era o tempo ideal para um cochilo.

— Vamos levar Devastação para um passeio de verdade — informou Tamara. — Nos vemos em vinte minutos.

Call foi para o banco de trás. Mas, quando fechou os olhos, o que viu foi Mestre Rufus, e isso o fez arregalar os olhos enquanto pegava Miri e esfaqueava a imagem. A expressão lembrou a do pai de Call, logo antes de ele jogá-lo contra a parede.

Apesar da exaustão, Call não conseguia impedir que o cérebro mostrasse essas imagens sem parar.

E assim que ele as espantava, novas entravam no lugar. Imagens de coisas que ainda não tinham acontecido, mas que poderiam acontecer. O olhar de traição no rosto de Aaron quando descobrisse quem era Call de verdade, o olhar de fúria de Tamara. A certeza convencida de Jasper de que sempre tivera razão em relação a Call.

Finalmente desistiu de dormir e saltou do carro. A luz da manhã tingia a grama, e a canção distante dos pássaros pairava no ar. Aaron, Tamara e Devastação tinham sumido, mas Jasper estava sentado em cima de uma velha mesa de piquenique. Faíscas voavam de seus dedos enquanto ele ateava fogo em uma pinha e a via queimar.

— Você deveria estar dormindo — comentou Jasper.

— Eu sei. Mas quero conversar sobre uma coisa com você enquanto os outros não estão aqui.

Jasper apertou os olhos.

— Ah, pelas costas dos seus amigos? Isso vai ser interessante.

Call se sentou à mesa de piquenique. O vento estava mais forte e soprava seus cabelos nos olhos.

— Quando a gente chegar ao destino do mapa, com sorte meu pai vai estar lá, e ainda vai ter o Alkahest. Mas preciso conversar com ele... sozinho.

— Sobre o quê?

— Ele vai me ouvir, mas não se achar que um bando de aprendizes vai atacá-lo. E não quero Aaron se aproximando muito, caso meu pai *tente* machucá-lo. E preciso que você, Tamara e Aaron fiquem longe, pelo menos até eu acabar a conversa.

— Por que está me dizendo isso? — Jasper ainda parecia desconfiado, embora parecesse quase convencido a seguir o plano de Call.

Call não podia falar a verdade: que era mais fácil mentir para ele do que para os amigos.

— Porque você se importa em proteger Aaron muito mais do que se importa em me proteger.

— É verdade. Ele é o Makar. Você é só... — Ele olhou com curiosidade para Call. — Não sei o que você é.

— É, bem, eu também não.

Antes que Jasper pudesse dizer qualquer outra coisa, Tamara e Aaron surgiram entre as árvores, com Devastação, animado, ao lado deles.

Call deslizou para fora do banco.

— Por que ele está tão satisfeito?

— Ele comeu um esquilo. — Tamara não parecia aprovar aquilo.

Enquanto Call voltava para o carro, abaixou-se para afagar a cabeça de Devastação e sussurrou:

— Bom menino. Ótimos instintos de caça. Nós comemos esquilos, e não pessoas, certo?

— Nunca é cedo demais para começar a moldar o caráter dele — disse Aaron.

— Exatamente o que eu estava pensando.

Juntos, Call e Aaron ajudaram a levantar um relutante Devastação para o banco de trás. Jasper e Tamara entraram em seguida, e Aaron sentou no banco do carona.

Assim que todos se acomodaram, as portas do carro fecharam ao mesmo tempo.

— O que está acontecendo? — Tamara agarrou a porta do lado dela, mas não conseguiu abri-la. Nenhuma das portas abriu.

— Ligue o carro, Aaron!

Aaron alcançou os cabos próximos a Call, tentando acender uma faísca. Nada aconteceu. Nenhum ruído de motor ligando. Tentou de novo, e mais outra vez. O suor começou a escorrer pelas costas de Call. O que estava acontecendo?

Do banco de trás, Jasper gritou:

— Eu tentei usar magia do metal, e as faíscas machucaram minha mão em vez de funcionar.

— Deve estar bloqueada — sugeriu Tamara.

Alguma coisa veio para a frente do para-brisa. Call gritou, e Aaron caiu para trás, derrubando os fios.

Dois enormes elementais do ar tinham surgido na frente do carro. Um deles parecia um cavalo de seis patas, caso cavalos tivessem o dobro do tamanho normal. O outro parecia um brontossauro alado. Ambos tinham rédeas e selas. Mestre Rockmaple estava montado em um, e Mestra Milagros no outro.

— Estamos muito ferrados — constatou Jasper.

Mestra Milagros desceu de seu cavalo de seis patas e foi em direção ao carro. Levantou as mãos, abriu os dedos e conjurou longos fios brilhantes de metal. Eles envolveram a frente do carro, e em segundos as portas estavam amarradas.

Enquanto executava a magia metálica, Milagros olhou para as crianças através do vidro. Balançou a cabeça em reprovação, mas Callum teve a impressão de que ela talvez estivesse achando aquilo tudo... engraçado.

Ela moveu a boca sem emitir nenhum som e marchou de volta até seu elemental. Jogou uma corda de ferro para Rockmaple e montou novamente, segurando a corda sobre a sela.

— Ai, meu Deus! — exclamou Tamara. — Temos de sair daqui.

Ela se jogou contra a porta, mas o carro já estava subindo, como a cesta de um balão. Todos no carro gritaram quando mapas, latas vazias de refrigerante e embalagens de chocolate voavam para o painel, caíam dos suportes e sacudiam pelo carro.

— O que eles estão fazendo? — gritou Call sobre o ruído do vento.

— Nos levando para o Magisterium, o que você acha? — berrou Jasper em resposta.

— Vão nos levar voando para a Virgínia? Alguém normal não pode acabar, vocês sabem, vendo a gente?

— Provavelmente estão usando magia do ar para nos camuflar — respondeu Tamara. Em seguida gritou quando o carro balançou sobre a floresta. Tudo que Call conseguia ver abaixo deles eram quilômetros de árvores verdes.

— Nos filmes, as pessoas fingem passar mal para serem liberadas pelos carcereiros — disse Aaron. — Talvez um de nós possa tentar vomitar ou começar a espumar.

— Como se fôssemos animais raivosos? — sugeriu Call.

— Não temos tempo para discutir. — Tamara alcançou a própria bolsa, completamente em pânico, e retirou uma garrafinha de um líquido claro. — Eu tenho sabão. Rápido, Jasper, beba. Você definitivamente vai espumar.

— Eu *não* vou beber isso — retrucou Jasper. — Sou um deWinter. Nós não espumamos.

Aaron apertou os olhos na direção dos elementais do ar que puxavam o carro, como um trenó, como se estivesse reconsiderando o próprio plano.

— Não tenho certeza de que nos ouviriam se gritássemos, de qualquer jeito.

Holly Black & Cassandra Clare

— Espere. — Call se virou em seu assento. — Passei a vida vendo meu pai trabalhar em carros. Sabe o que estraga primeiro? O chão. Vejam. Está enferrujado, certo? Tudo que precisamos fazer é chutar.

Por um instante, todos o encararam. Em seguida Tamara começou a chutar o chão com raiva. Devastação pulou no assento, ganindo, enquanto Aaron subia no banco do passageiro para ajudar. Após três chutes o pé dele atravessou o metal.

— Vai dar certo! — gritou Jasper, tomado pela surpresa.

Mais alguns chutes e conseguiram arrancar parte do piso do carro. Tamara olhou para Call, depois para Aaron.

— Prontos? — perguntou ela.

— Estou com Devastação — respondeu Call.

— Espera, e quem está comigo? — Jasper quis saber, mas Call o ignorou e, segurando o lobo e a mochila, saltou para o nada abaixo do carro. Devastação latiu, as patas balançando e a cauda sacudindo.

Acima dele, Call viu Tamara saltando, os cabelos voando pelo céu azul. Um instante mais tarde, teve a impressão de flagrar Aaron empurrando Jasper pelo buraco. Em seguida, Aaron apareceu, sacudindo pelo vento.

Call reuniu o ar, tecendo uma rede invisível de magia ao redor e abaixo dele. Sua queda perdeu velocidade, e Devastação parou de latir enquanto desciam suavemente para a floresta lá embaixo.

Call caiu de costas no chão, mas o impacto foi leve. Ele soltou Devastação, que rolou, ficando de pé, os olhos selvagens e rodopiantes. Call não sabia muito bem onde estavam e se amaldiçoou por isso. Em seu pânico, esquecera o mapa. Porém, um instante depois, percebeu que não teria conseguido se localizar no mapa de qualquer jeito. Mesmo que o pegasse, teria sido inútil.

Ao lado de Call, Devastação ganiu, olhando para o alto, como se pudesse ser forçado a voar de novo a qualquer instante. Ele latiu enquanto Tamara descia graciosamente, a trança escura flutuando ao redor da cabeça. Ela desceu sobre um tronco caído, com um sorriso enorme no rosto.

— Isso foi incrível. Sempre achei que gostasse mais de magia do fogo, mas o ar...

BAM! Jasper caiu numa pilha de pinhas. Um instante depois, Aaron aterrissou ao lado dele, com os braços cruzados, parecendo furioso.

— Você me deixou cair! — resmungou Jasper.

— Não deixei! — Aaron se defendeu. — Ele falou que era capaz de fazer isso sozinho! Que ficaria bem!

— Ele me parece bem — zombou Call. Tamara lhe lançou um olhar de reprovação e correu para Jasper, que se sentou.

— Ai — murmurou Jasper, caindo de novo. — Ai, ai, ai.

Tamara se inclinava sobre Jasper, que tentava atrair a máxima atenção que conseguisse.

— Que dor. — Ele se queixou. — Que agonia.

— Aaron, você não tem um kit de primeiros socorros na mochila? — indagou Tamara.

— Tenho, mas deixei a mochila para trás. — Aaron olhou para o céu. — Quanto tempo será que vão levar para perceber que estão rebocando um carro vazio?

— Provavelmente não muito — disse Tamara. — Precisamos nos esconder.

— Certo. Para trás, Tamara, Jasper. — Aaron esticou a mão e pegou o pulso de Call. — Call. Fique aí.

Confuso, Call obedeceu enquanto Tamara, Jasper e Devastação se afastaram um pouco. Aaron parecia exausto. Call desconfiou que todos sentiam o mesmo. Os efeitos colaterais da magia do ar estavam começando a atingi-lo, drenando a adrenalina que sustentara até ali. Nenhum cochilo de vinte minutos ajudaria. Ele teve a sensação de que podia cair.

Aaron respirou fundo e levantou a mão que não estava segurando o pulso de Call. Seus dedos brilharam com uma luz escura. A escuridão se espalhou, como ácido tomando conta do chão, dissolvendo-o.

Call pôde sentir o puxão dentro dele que significava que Aaron o estava utilizando para trabalhar o caos. Os olhos de Aaron estavam fechados, os dedos se enterrando na pele de Call.

— Aaron? — chamou Call, mas Aaron não reagiu. O solo estava turbulento aos pés deles, como um redemoinho. Era difícil ver o que acontecia, mas a força daquilo sacudiu o chão. Tamara agarrou Jasper para se manter de pé.

— *Aaron*! — Pela primeira vez, Call conseguiu imaginar como o irmão do Inimigo da Morte, Jericho, havia morrido. Constantine pode ter ficado tão envolvido na magia que executava que se esqueceu do irmão até ser tarde demais.

Aaron soltou o braço de Call. Estava arfando. A poeira da terra agitada tinha começado a baixar. Call e os outros viram que Aaron tinha arrancado um pedaço do chão, abrindo uma espécie de buraco, escondido por uma pedra coberta de grama.

— Você abriu uma caverna suja para nós — disse Jasper. — Hum.

Os cabelos suados de Aaron estavam grudados na testa, e, quando ele olhou para Jasper, Call pensou que talvez estivesse considerando seriamente a hipótese de fazê-lo desaparecer no vazio.

— Vamos descansar — sugeriu Tamara. — Call, sei que está com pressa de chegar a Alastair, mas estamos todos cansados e a magia do ar nos esgotou. — Sua pele parecia ter assumido um tom levemente cinzento, assim como a de Jasper. — Vamos nos esconder até recuperarmos as forças.

Call queria protestar, mas não conseguia. Estava cansado demais. Ele se arrastou para o buraco e se jogou no chão. Queria um cobertor... e esse foi seu último pensamento antes de cair no sono, tão rápida e profundamente quanto se tivesse levado um golpe na cabeça.

Quando acordou, o sol se punha em um fulgor laranja. Tamara dormia ao seu lado, com uma das mãos em Devastação. Do outro lado, Aaron se mexia, inquieto, com os olhos fechados. Jasper também dormia, o casaco enrolado sob a cabeça, como um travesseiro.

Call ouviu um ruído do lado de fora. Ficou imaginando se seria alguma espécie de animal.

Revirando a mochila, encontrou uma barra de chocolate pela metade e a comeu depressa. Não sabia ao certo há quanto tempo estava descansando, mas se sentia mais desperto e alerta que nunca desde que embarcou nessa missão. Uma estranha calma se apoderou dele.

Eu deveria abandoná-los aqui, pensou.

Haviam ido longe bastante. Ele nunca tivera amigos assim, amigos dispostos a arriscar tudo para ajudá-lo. Não queria retribuir levando-os até um destino cruel.

Então Call ouviu outro barulho, dessa vez mais próximo. Não parecia um animal, e sim um rebanho, avançando de forma lenta e silenciosa pela vegetação.

Revisou o plano rapidamente.

— Tamara, acorde — sussurrou Call, cutucando-a com o pé. — Tem alguma coisa lá fora.

Ela rolou e abriu os olhos.

— Hein?

— Lá fora — repetiu ele em voz baixa. — Alguma coisa.

Ela cutucou Aaron, e ele chamou Jasper, ambos bocejando e resmungando por terem sido acordados.

— Não estou ouvindo nada — reclamou Jasper.

— Vamos ver — sussurrou Aaron. — Vamos.

— E se forem os magos? — perguntou Tamara baixinho. — Talvez seja melhor ficarmos aqui.

Call balançou a cabeça.

— Se eles nos encontrarem aqui, não teremos para onde correr. Estamos literalmente contra a parede.

Ninguém podia negar aquilo, então pegaram as coisas e, puxando Devastação, saíram da caverna. A noite começava a cair.

— Você está louco — reclamou Jasper. — Não tem nada lá.

Mas então todos ouviram um ruído que vinha de dois lugares ao mesmo tempo.

— Talvez os magos tenham nos encontrado — cogitou Aaron. — Talvez pudéssemos...

Mas não foi um mago que saiu da folhagem.

Foi um humano Dominado pelo Caos quem surgiu, com uma expressão indolente, encarando-os com olhos brilhantes, que giravam multicoloridos como um caleidoscópio. Ele era enorme e trajava roupas pretas rasgadas. Olhando de perto, Call percebeu que eram os restos de um uniforme. Um uniforme rasgado, sujo de lama e manchado de sangue. Havia um símbolo no peito, mas à sombra, Call não conseguia identificar do que se tratava.

Jasper estava completamente pálido. Jamais vira um Dominado pelo Caos antes, percebeu Call.

Call vira apenas o suficiente para ficar horrorizado quando outro apareceu à esquerda. Ele se virou, pegando Miri exatamente quando um terceiro Dominado saía de trás de uma moita à direita. E depois mais um, e outro, e outro, todos pálidos e com olhos fundos, uma enxurrada de Dominados pelo Caos avançando de todos os lados.

O exército do Inimigo era mais numeroso que eles.

— O... o que a gente faz? — gaguejou Jasper. Ele tinha pegado um graveto do chão e fazia marcações nele. Tamara estava formando uma bola de fogo entre as mãos. Ela não tremia, mas a expressão no rosto era de pânico.

— Atrás de mim — ordenou Aaron. — Todos vocês.

Jasper obedeceu alegremente. Tamara continuava trabalhando na bola de fogo, mas ela já estava atrás de Aaron. A maioria dos Dominados pelo Caos estava reunida do outro lado da clareira, encarando-os com os olhos de redemoinho. O silêncio era sombrio.

— Eu não. — Call não estava com medo. Não sabia por quê.

— Você não pode. Eu sou seu contrapeso e posso ver que você não descansou o suficiente. Acabou de usar magia do caos. Está muito cedo para usá-la de novo.

A mandíbula de Aaron estava rígida.

— Preciso tentar.

— São muitos — argumentou Call, enquanto o exército avançava. — O caos vai consumi-lo.

— Eu levo o exército comigo — insistiu Aaron, sombrio. — Melhor isso que o Alkahest, certo?

— Aaron...

— Sinto muito. — Aaron correu em direção a eles, saltando sobre os espinhos.

Tamara levantou o olhar que estava na bola de fogo e gritou:

— Aaron, abaixe-se!

Ele se abaixou. Ela lançou a bola de fogo, que passou como um arco sobre a cabeça de Aaron, aterrissou na massa de Dominados pelo Caos e explodiu. Alguns dos Dominados pegaram fogo, mas isso não os deteve. As expressões não mudaram, mesmo enquanto caíam, ainda em chamas.

Call passou então a sentir mais medo do que se lembrava de já ter sentido. Aaron se aproximava da primeira linha do exército inimigo. Ele levantou uma das mãos, o caos começava a girar e a crescer em sua palma, como um pequeno furacão, girando para cima...

Os Dominados pelo Caos alcançaram Aaron. Pareceram engoli-lo por um instante, e o estômago de Call revirou.

Call começou a tropeçar em direção a eles, mas logo parou. Pôde ver Aaron novamente, imóvel, parecendo espantado. Os Dominados caminhavam ao seu redor, sem qualquer indício de que iriam tocá-lo, como um fluxo de água que se separa ao passar por uma pedra em um riacho.

MAGISTERIUM – A LUVA DE COBRE

Eles ignoraram Aaron, e Call pôde ouvir Jasper e Tamara ofegando, pois os Dominados pelo Caos passaram a seguir na direção deles. Talvez quisessem eliminar primeiro os mais fracos antes de cuidarem de Aaron. Call era o único com uma faca, apesar de não saber exatamente o quanto Miri ajudaria. Ficou imaginando se morreria ali, protegendo Tamara e Jasper — e Aaron. Era uma maneira heroica de partir, pelo menos. Talvez provasse que ele não era o que seu pai pensava.

Os Dominados pelo Caos alcançaram Tamara e Jasper. Aaron tentava abrir caminho para chegar aos amigos. O primeiro dos Dominados, o homem gigantesco com pulseiras de espetos, parou na frente de Call.

Call cerrou o punho ao redor de Miri. Qualquer que fosse o fim, ele cairia lutando.

O Dominado pelo Caos falou. A voz soava rouca e enferrujada pela falta de uso.

— Mestre. — Ele fixou os olhos de tormenta em Call. — Esperamos tanto tempo por você.

O primeiro Dominado pelo Caos se ajoelhou diante de Call. E em seguida o próximo, e o seguinte, até que todos estivessem de joelhos, com Aaron entre eles, olhando incrédulo para Call do outro lado da clareira.

CAPÍTULO TREZE

— M estre — disse o líder dos Dominados pelo Caos (pelo menos foi o que Call presumiu que ele fosse). — Quer que matemos o Makar para você?

— Não — respondeu Call rapidamente, horrorizado. — Não, só... fiquem onde estão. Parados — acrescentou, como se estivesse falando com Devastação.

Nenhum dos Dominados se mexeu. Aaron começou a caminhar em direção a Call, as botas esmagando os espinhos das pinhas. Ele navegou com destreza entre o exército ajoelhado.

— O que está acontecendo? — perguntou Jasper.

Call sentiu um aperto no ombro. Ao se virar, viu que era Tamara. Ela olhava fixamente para os Dominados pelo Caos, porém logo em seguida desviou o olhar e o fixou em Call.

— Diga o que significa isso — exigiu ela. — Diga o que você representa para eles.

Estava na voz dela. Mesmo que não soubesse a resposta, já desconfiava. Call achou que Tamara fosse ficar furiosa ao descobrir. Mas não foi o caso. Ela parecia incrivelmente triste, o que era pior ainda.

— Call? — Aaron estava a poucos centímetros dele, mas parecia uma longa distância. Ficou ali parado, incerto, tentando não olhar para os Dominados, que permaneciam de joelhos, à espera de um comando. Call olhou para eles, alguns corpos jovens e outros velhos, mas nenhum com menos de 14 anos. Nenhum mais novo que ele.

Tamara balançou a cabeça.

— Você ficou com raiva de mim por mentir para você. Não minta para nós agora.

Fez-se uma pausa terrivelmente torturante. Jasper olhava para Call (e continuava agarrando o graveto, como se aquilo fosse protegê-lo). Mas Aaron encarava o amigo, esperançoso, como se julgasse que Call pudesse elucidar tudo, e aquilo era o pior de tudo.

— Eu sou o... Inimigo da Morte — revelou Call. Os Dominados pelo Caos emitiram um ruído, uma espécie de suspiro longo, todos de uma vez. Nenhum deles se mexeu, mas aquilo era uma péssima ilustração do que Call dizia. — Sou Constantine Madden, ou o que restou dele.

— Isso não é possível — falou Aaron lentamente, como se achasse que Call tinha batido a cabeça com muita força. — O Inimigo da Morte está vivo. Está em guerra conosco!

— Não, Mestre Joseph está — corrigiu Call. Ele continuou, passando à frente a explicação que tinha recebido, a que ele próprio não queria entender. — O Inimigo da Morte estava morrendo no Massacre Gelado. Ele fez com que sua própria alma entrasse no corpo de um bebê. — Call engoliu em seco. — O bebê era eu. Minha alma é a alma de Constantine Madden. Eu *sou* Constantine.

— Você quer dizer que *você* matou o verdadeiro Callum Hunt e pegou o lugar dele — acusou Jasper. Uma chama se acendeu em sua mão, espalhando-se pelo graveto que segurava, até a ponta pegar fogo. Provavelmente foi a melhor demonstração de magia que Jasper já conseguira, mas ele mal pareceu notar. — Rápido, temos de destruí-lo antes que nos mate, antes que mate o Makar. Aaron você precisa correr!

Aaron permaneceu onde estava, olhando para Call com uma mistura de tristeza e incredulidade.

— Mas você não pode ser — falou Aaron afinal. — Você é meu melhor amigo.

O líder dos Dominados pelo Caos se levantou. Os outros Dominados o acompanharam, como um exército de marionetes. Começaram a marchar em direção a Jasper, passando por Call, como se ele não estivesse ali.

— *Esperem* — gritou Call. — Não! Parem, todos.

Nada aconteceu. Os guerreiros de olhares mortos continuaram em marcha. Não se movimentavam depressa, mas avançavam firmemente em direção a Jasper, que não recuava. A chama na mão do menino ainda ardia, e ele estava com uma expressão terrível no rosto, como se estivesse pronto para morrer lutando. Nada parecido com o Jasper que passou a viagem reclamando, o Jasper que resmungava por causa de pequenos ferimentos. Esse Jasper parecia destemido.

MAGISTERIUM – A LUVA DE COBRE

Mas Call sabia que aquela atitude não faria bem algum a Jasper. Por mais destemido que fosse, não teria o que fazer contra centenas de Dominados pelo Caos. Call sentira pavor antes, quando o obedeceram; mas naquele momento estava assustado porque eles *não* o obedeciam.

— Parem! — repetiu ele, com voz ressonante. — Vocês, nascidos do caos e do vazio, parem! Eu ordeno!

Eles pararam. Jasper arfava. Tamara se encontrava ao lado dele, a luz brilhando na palma da mão. Aaron também se colocara perto deles. Seu coração batia acelerado. Seus amigos, enfileirados contra ele.

— Eu não sabia. — Call podia ouvir a súplica na própria voz. — Quando ingressei no Magisterium, eu não sabia.

Todos o encararam. Finalmente, Tamara falou:

— Acredito em você, Call.

Call engoliu em seco e prosseguiu:

— Na maior parte do tempo, nem parece possível. Eu não vou machucar ninguém, certo? Mas, Jasper, se você me atacar, os Dominados pelo Caos vão matá-lo. Não sei se consigo contê-los.

— Então, quando você descobriu? — perguntou Aaron. — Que você era... o que você é?

— No boliche, ano passado. Mestre Joseph me contou, mas eu não quis acreditar. Mas acho que meu pai sempre desconfiou.

— E foi por isso que ele fez tanto escândalo quando você não fracassou em entrar no Magisterium — relembrou Jasper. — Porque ele sabia que você era mau. Ele sabia que você era um monstro.

Call se encolheu.

Holly Black & Cassandra Clare

— Por isso ele queria que Mestre Rufus interditasse seus poderes — acrescentou Aaron.

Call não sabia o quanto queria que Aaron contrariasse Jasper até ele não fazê-lo.

— Ouçam, essa é a parte que eu não podia explicar, porque não teria feito sentido antes. Meu pai não quer machucar Aaron com o Alkahest. Ele quer usá-lo para me consertar.

— Consertar? — repetiu Jasper. — Ele deveria matá-lo.

— Talvez — disse Call. — Mas ele definitivamente não merece morrer por causa disso.

— Tudo bem, então o que você quer, Call? — indagou Aaron.

— As mesmas coisas que sempre quis! — gritou Call. — Quero recuperar o Alkahest para devolver à escola. Quero salvar meu pai. Não quero mais guardar segredos terríveis!

— Mas você não quer derrotar o Inimigo da Morte — retrucou Jasper.

— Eu *sou* o Inimigo da Morte! — berrou Call mais uma vez. — Nós já derrotamos o Inimigo! Eu estou *do lado de vocês*.

— Sério? — Jasper balançou a cabeça. — Então, se eu dissesse que quero ir embora, você mandaria os Dominados pelo Caos me impedirem?

Call hesitou por um longo momento, com Tamara e Aaron olhando para ele. Finalmente, Call falou:

— Sim, eu impediria.

— Foi o que pensei.

— Estamos muito perto do fim! — Call tentou explicar. — Muito perto de meu pai. Ele ainda está com o Alkahest. Ainda vai entregá-lo a Mestre Joseph. E o Mestre Joseph não vai utilizá-lo para me matar; ele me quer vivo. Vai matar meu pai, vai matar Aaron, e quem pode saber o que vai fazer depois. *Temos* de ir até o fim.

Ele os encarou, querendo que entendessem. Após um longo, longo momento, Tamara assentiu discretamente.

— Então, o que faremos agora?

Call se voltou para os Dominados pelo Caos.

— Levem-nos até Mestre Joseph — ordenou Call. — Levem--nos até lá, não nos machuquem e não contem que estamos indo.

Os Dominados começaram a caminhar, ladeando Call. Aaron, Tamara e Jasper estavam sendo conduzidos, agrupados, cercados. Seguiram por uma trilha estreita, ladeada por corpos que pareciam cadáveres; Call se lembrou de pinturas bíblicas do Mar Vermelho se abrindo. Não havia para onde ir que não o caminho direcionado pelos Dominados pelo Caos, e não havia ritmo de caminhada que não o deles.

Marcharam pela floresta escura em silêncio, com o estalo das pinhas sob os pés. Devastação foi andando contente, sentindo-se em casa com outros de sua espécie. A cada passo, Call sentia uma terrível solidão o dominar. Depois disso, não teria como voltar ao Magisterium. Não teria mais amigos; não teria mais aulas com Mestre Rufus; não teria mais refeições de líquen no Refeitório, ou brincadeiras com Celia na Galeria.

Ao menos Devastação iria com ele, apesar de Call não saber para onde.

Caminharam pelo que pareceu um longo tempo, longo o bastante para que a perna de Call doesse intensamente. Ele conseguia se sentir desacelerando, sentir a maioria dos Dominados pelo Caos diminuindo o ritmo para que ele não ficasse para trás.

Então, basicamente, *ele* estava ditando o ritmo.

Aaron apareceu ao lado dele.

— Você iria ser meu contrapeso — disse ele, e só quando usou o pretérito que Call percebeu, com um aperto no coração, o quanto queria isso.

— Eu não sabia quando me ofereci.

— Não quero lutar contra você — prosseguiu Aaron. Jasper e Tamara estavam na frente, Tamara conversava, exasperada, com Jasper. — Eu não quero, mas é o que vai acontecer, não é? É nosso destino: matar um ao outro.

— Você não acredita de verdade que eu quero te matar, acredita? — disse Call. — Se eu quisesse, já poderia ter feito isso. Poderia ter te matado enquanto você dormia. Poderia ter matado você um milhão de vezes. Poderia ter arrancado sua cabeça!

— Isso é bem convincente — murmurou Aaron. — Tamara!

Ela recuou para andar com eles. Jasper continuou na frente, com alguns Dominados pelo Caos ao seu lado.

— Por que você falou aquilo antes? — perguntou Aaron. — Que você acreditava em Call?

— Porque ele tentou escapar do Magisterium — explicou Tamara. — Ele realmente não queria entrar. Se ele soubesse que era Constantine Madden, teria tentado se dar bem com os Mestres para espioná-los. Em vez disso, irritou todo mundo. Para completar, Constantine Madden era famoso por seu charme, e obviamente este não é o caso de Call.

— Obrigado. — Call fez uma careta de dor por causa da perna. Não sabia por quanto tempo aguentaria continuar sem descansar. — Isso alegrou meu coração.

— E, ainda — continuou Tamara —, existem coisas que não se pode fingir.

Antes que pudesse perguntar o que ela queria dizer com aquilo, Call tropeçou em uma raiz e caiu de joelhos. Os Dominados pelo Caos pararam subitamente, os que estavam na frente de Jasper se viraram e o detiveram com as mãos em seu peito.

Call resmungou e rolou, tentando se levantar.

Um dos Dominados o ergueu, segurando-o com a mesma facilidade com que Call teria segurado um gato. Era embaraçoso e, ainda mais vergonhoso, um alívio.

— Nós o carregaremos pelo restante do caminho, Mestre — disse o Dominado.

— Essa provavelmente não é a melhor das ideias — retrucou Call. — Os outros...

Um dos Dominados agarrou Tamara, colocando-a sobre suas costas. Ela se debateu.

— Call! — gritou ela, em pânico.

Dois deles levantaram Aaron, enquanto um quinto ergueu Jasper, que chutava o ar.

— Vamos carregar todos — informou o Dominado que segurava Call, mas isso não pareceu o acalmar em nada. — Iremos mais rápido assim.

Call ficou tão surpreso que não deu nenhuma ordem, nem mesmo quando os Dominados aceleraram o ritmo. Eles começaram a apertar o passo e, em seguida, a correr, com Devastação em seu encalço. Correram sem parar, cobrindo uma faixa tão extensa de território que Call não conseguia se imaginar cruzando a pé.

Àquela distância, Call imaginava que os Dominados pelo Caos cheirassem à podridão. Afinal, eles deveriam ser mortos, reanimados por magia do vazio. Mas o cheiro era mais de cogumelo, não era desagradável, apenas estranho.

Aaron parecia desconfortável. Tamara aparentemente estava ao mesmo tempo animada e apavorada. Mas a expressão de Jasper era impossível de ser interpretada por Call, um vazio que poderia representar medo ou desespero ou nada.

— Call, o que eles estão fazendo? — gritou Tamara para ele.

Call deu de ombros, incomodado.

— Nos carregando? Acho que estão tentando ajudar.

— Não gosto disso — declarou Aaron, aparentando estar em um passeio particularmente vertiginoso.

Os Dominados iam cada vez mais rápido, a magia os impulsionava para a frente, pela floresta, sobre folhas caídas, pelos riachos e por cima das pedras, por arbustos, samambaias e espinheiros. Em seguida, tão depressa quanto começaram, os Dominados pararam.

Call logo se viu de pé, sendo derrubado na areia de uma praia, a fração de lua acima deles projetava uma trilha de prata sobre a água.

Os Dominados começaram a caminhar mais próximos uns dos outros, a trilha se estreitava na medida em que atravessavam a praia. Call pôde escutar o oceano, a batida das ondas.

Três barcos a remos estavam amarrados em uma doca na praia, balançando gentilmente com a maré. Se Call apertasse os olhos, poderia enxergar um pedaço de terra ao longe, visível apenas graças ao reflexo entrecortado do luar.

— Ilha do Mal? — perguntou Jasper.

Call riu, surpreso por Jasper ter dito alguma coisa. Ele provavelmente estava falando sério, concluiu Call, pois parecia improvável que ele desenvolvesse um senso de humor justo naquele momento.

— Dominados — disse Call —, como atravessamos?

Com essas palavras, três deles entraram no mar. Primeiro, a água batia nas coxas, depois nas cinturas, nos pescoços, depois cobriu as cabeças completamente.

— Esperem! — berrou Call, mas eles já tinham seguido. Será que tinha acabado de matá-los? Será que sequer morriam?

Um instante mais tarde, mãos pálidas se ergueram do mar, soltando as cordas que prendiam os barcos. Depois, puxados por mãos invisíveis, os barcos flutuaram para a costa. Os Dominados emergiram das profundezas, as faces impassíveis como sempre.

— Hum — murmurou Aaron.

— Acho que a gente deve embarcar. — Tamara foi até um dos barcos. — Aaron, entre no barco com Call.

— Qual é o sentido disso? — Jasper quis saber.

Tamara olhou para os Dominados.

— Para o Makar não se afogar antes que Call possa contê-los.

Jasper abriu a boca para protestar, e a fechou de novo.

Call subiu rapidamente no barco. Aaron o seguiu.

Jasper se ajeitou no segundo barco. Tamara pegou Devastação e foi para o terceiro.

Os Dominados pelo Caos os arrastaram pelo mar.

Apesar de já ter passeado muito de carro com Alastair, os únicos barcos em que Call já tinha andado foram balsas que transportavam carros antigos ou algum outro objeto de algum local remoto onde Alastair o adquirira. Isso e os barquinhos que navegavam os túneis do Magisterium.

Call jamais estivera tão perto da água, no mar aberto. As ondas eram pretas em todas as direções, os esguichos gelados em suas bochechas, salgados o suficiente para fazerem sua boca arder.

Estava assustado. Os Dominados pelo Caos eram assustadores, e o fato de que o obedeciam não fazia deles menos monstruosos. Seus amigos queriam ficar longe dele — talvez até machucá-lo. E em breve encontraria seu pai e Mestre Joseph, ambos imprevisíveis e perigosos.

Aaron estava sentado encolhido na proa do barco. Call queria falar alguma coisa para ele, mas supôs que nada do que dissesse seria bem recebido.

Os Dominados pelo Caos andavam ao lado deles, embaixo da água, empurrando os barcos. Call conseguia ver as cabeças sob as ondas.

Finalmente, o pedaço de terra à frente deles se transformou em uma paisagem. A ilha era pequena, não tinha mais que poucos quilômetros, e parecia coberta por árvores. Os Dominados pelo Caos puxaram uma pequena plataforma para a praia com suas mãos molhadas. Call saltou do barco, com Aaron logo atrás, e os dois se juntaram a Tamara e Jasper na costa. Tamara segurava nos pelos de Devastação para conter o lobo. Devastação latiu e correu para Call. Todos ficaram assistindo enquanto ondas e mais ondas de Dominados vinham como piratas afogados em uma história de fantasmas.

— Mestre — disse o líder, quando todos se reuniram. Ele tinha se posicionado ao lado de Call, como um guarda-costas. — Sua tumba.

Primeiro Call achou que havia ouvido errado. *Sua casa*, foi o que a criatura pareceu dizer por um instante esperançoso. Mas não foi nada disso.

Call tropeçou, quase caindo na areia.

— Tumba? —Aaron o olhou de um jeito estranho.

— Sigam — ordenou o líder dos Dominados, partindo pelo bosque. O resto do exército se agrupou ao redor, os corpos pingando, e levaram Call e os outros por uma trilha. Não havia muita luz, mas a passagem era larga, com pedras brancas que delimitavam as bordas do caminho.

Call ficou imaginando o que aconteceria se ordenasse que os Dominados andassem em fila. Será que obedeceriam? Seriam obrigados a obedecê-lo?

Então, com esse pensamento em mente, ele começou a imaginar outras coisas estranhas e engraçadas para ordenar aos Dominados; dançar em fila ou pular em um pé só. Imaginou todo o exército do Inimigo da Morte saltando em um pé só para a batalha.

Um risinho louco escapou de sua boca. Tamara olhou para ele, preocupada.

Nada como seu Suserano do Mal rindo, pensou ele e, em seguida, teve de conter outro impulso completamente inapropriado de uma gargalhada nervosa.

Foi quando a trilha fez uma curva súbita, e ele viu uma construção enorme de pedra cinza. Parecia velha e gasta pelos anos e pela maresia. Duas portas em forma de lua crescente formavam a entrada; no alto destas havia uma aldrava na forma de uma cabeça humana. O arco era marcado por palavras em latim: ULTIMA FORSAN. ULTIMA FORSAN. ULTIMA FORSAN.

— O que significa? — pensou alto Call.

— Significa "a hora está mais próxima do que imagina" — respondeu o líder —, Mestre.

— Acho que significa alguma coisa sobre a última hora — falou Tamara. — Meu latim não é muito bom.

Call olhou para ela, confuso.

— Significa "a hora está mais próxima do que imagina".

Jasper pareceu surpreso.

— É mesmo. Significa isso.

— Call, por que perguntou se já sabia? — disse Aaron.

— Porque eu não sabia até ele me contar! — respondeu Call, exasperado. Apontou para o líder dos Dominados pelo Caos. — Vocês não ouviram?

Fez-se um novo silêncio terrível.

— Call. — Tamara começou a falar lentamente. — Você está dizendo que essas *coisas* estão falando com você? Sabíamos que você estava falando com eles, mas não os ouvimos responder.

— Basicamente ele. — Call apontou para o líder, que parecia impassível. — Mas sim. Consigo ouvi-los e... vocês não o ouviram na clareira? Quando ele me chamou de "mestre"?

Tamara balançou a cabeça.

— Eles não estão falando palavras — sussurrou ela. — Só resmungando e rugindo.

— E emitindo ruídos estranhos como gritos abafados — acrescentou Aaron.

— A mim parece que falam nossa língua com perfeição — retrucou Call.

— É porque você é como eles — disparou Jasper. — As almas deles são todas vazias, e eles não têm nada por dentro, e nem você. Você não é nada além do Inimigo.

— O Inimigo fez essas criaturas. — Aaron enfiou as mãos nos bolsos. — Ele teria de entendê-los porque eles o serviam. E você entende porque...

— Porque eu *sou* ele — completou Call. Não era nada que não soubessem, apenas mais uma prova assustadora. — Sou tão horrível que estou chocando a mim mesmo — murmurou.

— Mestre — disse o líder. — Sua tumba o espera.

Ele notoriamente esperava que Call entrasse naquele enorme mausoléu. E Call teria de fazê-lo. Aquele era o destino deles. Era ali que Mestre Joseph encontraria Alastair.

Call ajeitou os ombros e caminhou para a porta. Devastação saltitava ao lado dele, nitidamente sentindo-se em casa. Atrás do lobo vieram Aaron, Tamara e Jasper.

— Ai, meu Deus. — Ele ouviu a voz horrorizada de Tamara. Demorou um segundo para perceber a que ela estava reagindo. O que ele julgara ser uma aldrava em forma de cabeça era, na verdade, uma cabeça humana decepada, pregada na porta, como se fosse a cabeça de um cervo.

Pertencia a uma menina, uma menina que não parecia muito mais velha que eles. Uma menina que teria morrido recentemente. Mal pareceria morta, não fosse pelo fato de a pele ao redor da base do pescoço ter sido cortada de forma irregular. Os cabelos cor de mogno, soprados pelo vento, batiam ao redor de sua face estranhamente familiar.

241

Lágrimas arderam nos olhos de Tamara, descendo pelas bochechas. Ela as limpou com as costas das mãos, mas fora isso mal parecia notar que estavam caindo.

— Não pode ser. — Ela se aproximou da porta.

Call teve a sensação de já ter visto aquele rosto antes, mas onde? Talvez na festa na casa dos Rajavi? Talvez fosse uma das amigas de Tamara? Mas por que a cabeça dela estaria exibida ali, como um troféu macabro?

— Verity Torres — informou Jasper em voz baixa, as palavras saindo quase como um sussurro. — Não encontraram o corpo em lugar algum.

Call ficou abalado pelo quão perdido Aaron parecia, tremendo em sua camisa fina; olhando para a última Makar que defendeu o Magisterium. Se ele tivesse sido da geração anterior, seria ele ali. Sua cabeça estaria pendurada sobre aquela porta, como um aviso terrível.

— Não! — Aaron piscou violentamente, como se não conseguisse se livrar da visão diante de si. — Não, não pode ser ela. Não pode.

Call teve a sensação de que ia vomitar.

Os olhos da cabeça se abriram para exibir bolas de gude leitosas, sem pupilas ou íris.

Tamara soltou um soluço. Jasper colocou a mão na boca.

Os lábios mortos se moveram, e as palavras saíram.

— Como meu nome significa verdade, eu garanto que sou os restos mortais de Verity Torres. Aqui dormem os mortos, e os mortos os guardam. Se desejam entrar, três charadas apresentarei. Respondam corretamente e poderão seguir.

Call olhou desamparado para os outros. Estivera contando com o fato de ser Constantine Madden para entrar ali, mas a cabeça de Verity Torres nitidamente não o reconheceu.

— Charadas — repetiu Tamara com a voz trêmula. — Tudo bem. Podemos matar charadas.

— Como você chama aquilo que nunca pode estar abaixo dos outros membros? — perguntou a menina com uma voz estranha, que não se encaixava com o movimento da boca.

— Ah, não, isso não tem graça — retrucou Call. — Não é uma boa piada.

— Do que você está falando? — perguntou Aaron. — Qual é a resposta? O céu?

Tamara pareceu ainda mais perturbada.

— A *cabeça* — disse ela. — Cabeça. Entenderam?

Verity Torres soltou uma risadinha rouca. Sua expressão, entretanto, não era risonha. Seus olhos permaneceram brancos e vazios.

— Quem fez isso com você? — perguntou Aaron subitamente. — *Quem?*

— Só pode ter sido Mestre Joseph — respondeu Tamara. — Constantine já havia deixado o campo de batalha. Ele estava nas cavernas durante o Massacre Gelado...

— Ocupado roubando corpos de outras pessoas para habitar — interrompeu Jasper. Apesar de as palavras terem doído, Call foi atingido pelo alívio de saber que Constantine Madden não podia ter sido o responsável por aquele horror, pois estava ocupado renascendo como Callum. Lógico, o Inimigo tinha feito outras coisas terríveis. Mas não aquilo.

243

Holly Black & Cassandra Clare

— Esta não foi uma charada verdadeira. — A cabeça ignorou a pergunta de Aaron. — Foi só um treino.

— Temos de sair daqui — balbuciou Jasper, apavorado. — Temos de ir.

— Para onde? Há centenas de Dominados pelo Caos atrás de nós. — Aaron ajeitou os ombros. — Pode fazer a charada.

— Então vamos em frente — continuou Verity. — O que começa e não tem fim, mas é o fim de tudo que começa?

— A morte — respondeu Call. Aquela foi fácil. Ele ficou satisfeito. *Bom em charadas* não se encaixava em lugar algum da lista de Suserano do Mal.

Ouviu-se um clique, um ruído de moagem, uma tranca que se soltava do outro lado da porta.

— Agora a segunda charada. Eu o deixo exausto, no entanto você sofre quando voo. Você vai me matar, mas eu nunca vou morrer.

O próprio Inimigo, Call pensou. Mas essa não era uma boa resposta de charada, era?

Eles trocaram olhares. Foi Tamara quem respondeu.

— O tempo.

Mais um som de arranhando a madeira.

— E agora a última — informou Verity. — Aceite e vai perder ou ganhar mais que todos os outros. O que é?

Silêncio. A mente de Call estava acelerada. *Perder ou ganhar, perder ou ganhar.* Charadas eram sempre sobre algo maior do que pareciam ser. Amor, morte, riqueza, fama, vida. Não se ouvia qualquer barulho, a não ser os grunhidos distantes dos Dominados e a própria respiração de Call. Até uma voz aguda e trêmula cortar o silêncio.

— O risco — disse Jasper.

A cabeça de Verity Torres soltou um suspiro de decepção, aqueles terríveis olhos se fecharam, e um último clique soou. A porta se abriu. Call não conseguia enxergar nada além de sombras. De repente, estava tremendo, com mais frio do que jamais havia sentido.

Perigo.

Ele olhou para Aaron e Tamara, respirou fundo e atravessou a porta.

A tumba era parcamente iluminada por pedras que lembravam as pedras brilhantes no interior do Magisterium, posicionadas ao longo da parede. Ele conseguiu identificar um corredor que levava ao que pareciam cinco câmaras.

Ao se virar, ele vislumbrou o imenso grupo de figuras horríveis que o encaravam com olhos brilhantes. O líder fixou o olhar em Call.

O menino tentou manter a voz firme.

— Fiquem aqui, filhos do caos. Eu volto.

Todos eles inclinaram as cabeças ao mesmo tempo. De forma perturbadora, Call viu que Devastação estava entre eles. Seu lobo também havia abaixado a cabeça. Uma onda de tristeza atravessou o corpo de Call. E se Devastação só tivesse ficado com ele porque era obrigado? Porque foi para isso que havia sido criado? Aquilo era mais que Call julgava ser capaz de aguentar.

— Call? — chamou Tamara. Ela estava na metade do corredor, com Aaron e Jasper ao lado. — Acho melhor você ver isso aqui.

Ele olhou novamente para o exército. Será que estava sendo ridículo, não levando pelo menos um deles consigo para protegê-lo? Ele apontou para o líder.

245

— Menos você. Você vem comigo.

Tentando tirar Devastação da cabeça, ele mancou para dentro do mausoléu. O líder dos Dominados pelo Caos o seguiu, e Call ficou observando enquanto ele fechava as portas com cuidado atrás de si, bloqueando o mundo exterior.

O líder se virou e olhou com expectativa para Call, aguardando instruções.

— Você vai me seguir, me proteger se alguém tentar me machucar.

A criatura assentiu.

— Você tem nome?

O Dominado fez que não com a cabeça.

— Muito bem. Vou chamá-lo de Stanley. É estranho você não ter um nome.

Stanley não esboçou qualquer reação, de forma que Call se virou e foi andando pelo corredor. Estava na metade do caminho quando ouviu Tamara chamar seu nome outra vez.

— Call! Você *precisa* ver isso.

Call se apressou para alcançá-la. Encontrou-a com Aaron e Jasper, agrupados diante de uma alcova. Enquanto ele e Stanley se aproximavam, os três abriram caminho, dando acesso a Call.

Dentro da alcova havia um pedestal de mármore... e, sobre o pedestal, o corpo de um menino morto com cabelos castanho-escuros. Estava com os olhos fechados, os braços alinhados nas laterais. O corpo perfeitamente preservado, mas perceptivelmente morto. A pele branca como cera, e o peito imóvel. Apesar de alguém tê-lo vestido com roupas brancas de funeral, ainda usava a pulseira que o marcava como aluno do Ano de Cobre.

MAGISTERIUM – A LUVA DE COBRE

Talhado na parede atrás dele, seu nome: *Jericho Madden*. Empilhados em volta do corpo, diversos objetos. Um cobertor velho ao lado de uma porção de cadernos e livros empoeirados, uma pequena bola brilhante que parecia quase desprovida de energia, uma faca dourada e um anel brilhante com um símbolo que Call não reconhecia.

— Claro — sussurrou Tamara. — O Inimigo da Morte não teria construído um mausoléu para si mesmo. Ele não achava que um dia fosse morrer. Construiu esse lugar para o irmão. E reuniu suas posses no túmulo.

Aaron encarou o corpo, fascinado.

Call não conseguiu falar. Sentiu alguma coisa se contorcer dentro de si, uma dor ansiosa de algo que ele esperava sentir quando viu a impressão da palma de sua mãe do Hall dos Graduados. Uma conexão de amor, família e passado. Não conseguia parar de olhar para o menino no pedestal, ou de se lembrar das histórias que tinha escutado: aquele era o irmão que Constantine queria ressuscitar, o irmão cuja morte o fez realizar experimentos com o vazio e criar os Dominados pelo Caos, o irmão cuja morte o fez transformar a própria morte em seu inimigo.

Call ficou imaginando se algum dia amaria alguém com aquela intensidade, a ponto de abdicar de tudo pela pessoa, de querer incendiar o mundo para recuperá-la.

— Eles eram tão jovens — comentou Aaron. — Jericho devia ter nossa idade. E Verity era só um pouco mais velha. Constantine nunca passou dos 20.

A Guerra dos Magos consumiu a todos como uma fogueira. Era horrível pensar naquilo. Porém, ao mesmo tempo, Call jamais ouvira alguém pronunciar o nome de Constantine com tanta compaixão antes.

Lógico que foi Aaron. Ele tinha compaixão por todos.

— Aqui. — Jasper tinha se afastado um pouco no corredor e olhava para outra alcova. As estranhas pedras brilhantes nas paredes projetavam uma luz sombria sobre seu rosto. — Alguém que conhecemos.

Call sabia quem encontrariam antes mesmo de chegar ali. Um menino magro, com lisos cabelos castanhos, sardento, os olhos azuis fechados para sempre.

Drew.

Lembrou-se do corpo de Drew, da última vez em que o viu e da forma como Mestre Joseph lançou um feitiço para fechar os ferimentos, apesar de Drew já estar morto. O corpo parecia curado, mesmo que o espírito não estivesse mais ali.

Também tinha bens funerários; roupas dobradas e brinquedos preferidos, a estatueta de cavalo e uma foto em que aparecia com um dos braços em volta de um sorridente Mestre Joseph, o outro em uma pessoa diferente — alguém que fora cortado da foto.

Call estava prestes a pegar a fotografia e examiná-la mais de perto quando ouviu vozes distantes e abafadas vindo de debaixo deles.

— Ouviram isso? — sussurrou ele, afastando-se do corpo de Drew pelo corredor.

Escadas estavam ocultadas pelas sombras. Pareciam esculpidas em pedra sólida. Call levou um instante para perceber que deviam ter sido criadas por magia.

A hora está mais próxima do que você imagina.

MAGISTERIUM – A LUVA DE COBRE

Call desceu pelos degraus. Os outros seguiram com cautela. Ele alcançou a base da escada e olhou em volta do recinto sombrio e cavernoso. A escuridão ali embaixo era mais profunda, as pedras brilhantes nas paredes, mais espaçadas.

E então ele viu. O último corpo — o próprio Constantine. Estava deitado sobre um pedestal de mármore, os braços cruzados sobre o peito. Tinha cabelos castanho-escuros e feições angulosas. Podia ter sido bonito, não fossem as marcas lívidas de queimaduras que cobriam o lado direito do rosto e desapareciam para dentro do colarinho. Não eram tão ruins quanto Call havia imaginado, no entanto, após ouvir tantas histórias sobre o rosto queimado do Inimigo e a máscara que ele usava. Constantine parecia essencialmente normal. Terrivelmente normal. Poderia ser qualquer um que passava na rua. Qualquer pessoa.

Call se aproximou. Stanley o seguiu.

— O que está vendo? — sussurrou Aaron mais de longe, nas escadas.

— Shhh — chiou Call de volta, indo até o corpo de Constantine. — Fique aí. — Ainda conseguia ouvir as vozes vindas das paredes. Seriam fantasmas sussurrantes? Sua imaginação? Ele não tinha mais certeza de nada. Não conseguia parar de olhar para o corpo. *Sou eu*, pensou. *Esse foi meu primeiro rosto, antes de eu me tornar Callum Hunt.*

Ele foi tomado por uma tontura. Cambaleou novamente para trás, contra a parede, para um canto oculto pelas sombras, justamente quando uma porta invisível se abriu e Mestre Joseph entrou, seguido pelo pai de Call.

O coração de Call disparou violentamente no peito. Era tarde demais para conter Alastair.

249

CAPÍTULO CATORZE

Mestre Joseph estava exatamente como da última vez em que Call o vira: o mesmo bastão, o mesmo uniforme, o mesmo brilho insano no olhar.

— Você está com o Alkahest, que bom — disse ele a Alastair. — Eu sabia que trabalharíamos melhor juntos. De verdade, queremos a mesma coisa.

Alastair, por outro lado, parecia exausto. As roupas pareciam sujas; ele usava jeans velhos e uma jaqueta surrada. A barba estava por fazer.

— Não queremos a mesma coisa. Só quero meu filho de volta.

Meu filho. Por um segundo, quando Call viu o pai, sentiu uma onda de alívio. Uma sensação de familiaridade. Agora parecia que tinha levado um soco no peito. Ele sabia quem o pai queria de volta, e não era ele.

O olhar de Mestre Joseph se desviou para as sombras, onde Call e Stanley se encontravam. Call congelou, tentando ficar o mais imóvel possível. Não queria nem respirar por medo de ser notado. Aaron e os outros deviam ter sentido que alguma coisa estava errada, porque permaneceram na segurança da escada. Como sempre, Stanley acompanhou Call e também permaneceu parado.

Alastair seguiu o olhar do Mestre Joseph para onde Call e Stanley estavam escondidos.

— Os Dominados pelo Caos. Não deveria simplesmente deixá-los soltos assim.

— Todo túmulo precisa de sentinelas — retrucou Mestre Joseph. Talvez fosse normal encontrar Dominados pelo Caos aleatórios vagando pelo mausoléu de Constantine Madden. Talvez ele só estivesse distraído por Alastair. — Seu menino está morto. Mas ele pode ser reerguido. Você reergueu Constantine, o maior mago de nosso tempo, talvez de todos os tempos, e que voltará a sê-lo. Assim que retornar ao próprio corpo, ele poderá devolver a alma de seu filho ao dele. Se você realmente resgatou o Alkahest, então só precisamos de Callum.

— Preciso de uma demonstração de que o Alkahest não irá matá-lo logo de cara — avisou Alastair. — Eu disse que não o traria até você se não soubesse que ele ficaria seguro.

— Ah, não se preocupe — garantiu o Mestre Joseph. — Eu me certifiquei de que Callum se juntasse a nós.

Alastair deu um passo em direção a Mestre Joseph, e Call viu que Alastair estava com o Alkahest na mão esquerda. O metal brilhava quando ele mexia os dedos, exatamente como vira no desenho.

Holly Black & Cassandra Clare

— Como assim?

— Ele fugiu do Magisterium para procurá-lo, é lógico. Está tentando salvá-lo da ira dos magos. Eu sabia para onde ele ia, então deixei um rastro que o traria diretamente até nós. Cheguei a enviar acompanhantes que o trouxessem em segurança até aqui. Prometo, Alastair, trabalhei muito pela segurança de Callum. Ele significa muito mais para mim do que para você.

O coração de Call bateu forte no peito. Pensou nas cartas; latitude e longitude marcadas cuidadosamente em cada uma, a menção de uma data específica para o encontro, um encontro que acontecia bem a tempo de eles chegarem. Call achou que tivesse tido sorte, que estava um passo à frente dos adultos. Mas tinha caído direitinho na armadilha de Mestre Joseph.

Por um instante, Call perdeu a calma. Era apenas um menino. Seus amigos eram crianças, mesmo que um deles fosse o Makar. E se estivessem tentando abraçar o mundo com as pernas? E se não pudessem ajudar?

Alastair começou a falar, e, por um instante, Call nem conseguiu se concentrar.

— Posso garantir que está errado. Callum significa muito mais para mim do que jamais significará para você. Fique longe dele. Não sei se ele é o maior mago da geração dele ou nada disso, mas ele é um bom menino. Ninguém o corrompeu como você fez com os irmãos Madden. Eu me lembro deles, Joseph, e me lembro do que fez com eles.

Call sentiu uma dor no peito. Alastair não *parecia* detestar Call, apesar de ter vindo aqui trocá-lo por um novo filho.

— Pare de balançar o Alkahest de um lado para o outro. Você sabe que essa coisa não pode me machucar. — Mestre Joseph ergueu o bastão. — Por mais que eu quisesse ter a habilidade de utilizar a magia do caos, não a tenho, então não adianta me ameaçar com isso. A única razão pela qual os Dominados pelo Caos me ouvem é porque Constantine assim comandou.

— Não estou aqui para ameaçá-lo, Joseph. — Alastair deu um passo em direção ao corpo de Constantine Madden.

Mestre Joseph fez uma careta.

— Tudo bem. Basta. Dê-me o Alkahest. Gostaria de recompensá-lo, mas não pense nem por um instante que eu não hesitaria em matá-lo se você se rebelar. Muito conveniente, morrer em um mausoléu. Não terá de ser levado longe para ser enterrado.

Alastair deu mais um passo cuidadoso em direção ao corpo.

Mestre Joseph ergueu uma das mãos, e uma dúzia de cordas finas, que pareciam prata, surgiram da escuridão. Elas envolveram Alastair, amarrando-o, como uma aranha faz com uma mosca antes de devorá-la. Alastair gritou de dor, lutando para libertar a mão enluvada.

Call precisava fazer alguma coisa.

— Pare! — gritou ele. — Deixe meu pai em paz! Stanley, faça alguma coisa! Pegue-o!

Tanto Mestre Joseph quanto Alastair ficaram olhando enquanto se tornava evidente que tinham confundido Call com um Dominado pelo Caos parado ao pé da escada. Stanley começou a avançar em direção a Mestre Joseph, mas o comando de Call foi impreciso, pois ele não sabia ao certo o que o Dominado pelo Caos poderia fazer de fato. Mestre Joseph certamente não parecia preocupado; ignorava Stanley, como se ele não estivesse lá.

Em vez disso, começou a sorrir.

— Estamos descendo — sussurrou Aaron. Call virou a cabeça sem querer e viu Tamara, Jasper e Aaron descendo pelas escadas. Acenou para que ficassem para trás.

— Ahhh, Callum, que bom que veio — disse Mestre Joseph. — Vejo que trouxe amigos, apesar de eu não estar vendo quais. Aquele leal Makar está com você? Que surpresa agradável.

Stanley já tinha quase chegado onde Mestre Joseph estava. *Poderíamos ganhar a guerra*, pensou Call. *Se eu ordenar que Stanley o mate, a guerra será vencida.*

Mas será? Será que a guerra poderia ser vencida pelo bem se o Inimigo continuava vivo?

— Call? — chamou Alastair, ainda apavorado. — Saia daqui!

Tamara e Jasper desceram o último degrau aos tropeços. Ambos estavam nitidamente espantados com a visão do corpo do Inimigo e de quem estava ao lado dele. Aaron tentou passar por eles, mas Tamara e Jasper o bloquearam.

— Deixem-me passar. — Aaron esticou o pescoço para ver o que estavam olhando.

— Sem chance — sussurrou Tamara, severa. — O pai de Call está com o Alkahest. Aquela coisa pode matá-lo.

— Papai tem razão. Vocês precisam sair daqui — disse Call. — Levem Aaron para algum lugar seguro.

Call viu a indecisão nos rostos deles, e ele também estava dividido. Não queria colocá-los em perigo, mas também não sabia se seria tão corajoso sem eles.

— Olhem! — Jasper apontou. Stanley alcançara Mestre Joseph. O Dominado o pegou pelos pulsos e os segurou nas costas do Mestre, mantendo-o imobilizado.

Mestre Joseph não se mexeu. Agia como se nada estivesse acontecendo. Como se não estivesse sendo preso contra a vontade. Como se Call não tivesse acabado de imobilizá-lo. Em vez disso, ficou encarando o menino de onde estava, os olhos intensos fulminando Call.

— Não há necessidade disso, Callum — retrucou Mestre Joseph. — Constantine, sou seu servo mais devoto.

— Ouvi o que falou para meu pai — avisou Call. — E eu não sou Constantine.

— E ouviu o que seu pai me falou. O que ele estava pronto para fazer. Sua única verdadeira casa é aqui, comigo.

Call foi para onde o pai estava. Alastair, com a luva de cobre firme na mão, continuava combatendo as cordas que o prendiam. Ele se encolheu quando viu Call se aproximando.

— Call! — grunhiu ele. — Fique longe de mim!

Call hesitou. Seu pai estava com medo? Será que odiava Call?

— Nós vamos soltar você — murmurou Tamara, enquanto ela e Jasper iam até Alastair.

— Vocês deveriam fazer o que Call está dizendo. Saiam daqui! — gritou Alastair, enquanto Tamara se abaixava para inspecionar a corda de prata que o amarrava. Era mágica e não tinha nós. Call torceu para que Tamara soubesse soltá-la, porque ele não fazia a menor ideia. — Levem-no com vocês! Ninguém está seguro aqui, muito menos Call.

— Você quer dizer muito menos Aaron. Entregue o Alkahest — disse Jasper, incorrigivelmente prático. — Entregue, e podemos todos sair juntos. — Ele colocou a mão no braço de Tamara. — Não o solte até que ele entregue.

Holly Black & Cassandra Clare

A atenção de Mestre Joseph permaneceu em Call.

— Achou engraçado? — perguntou ele. — A cabeça de Verity Torres? As charadas? Foi você quem elaborou a planta deste lugar, da entrada. Lógico, não teria sido a cabeça *dela* naquela época, mas foi um improviso engraçado, você não acha?

Call não estava com nenhuma vontade de rir. Teve tanta certeza de que tinha sido uma coisa boa conseguir desvendar algumas das charadas, mas aparentemente ele era bom nesse tipo de coisa porque era um sujeito que achava cabeças decepadas hilárias.

— Dê o Alkahest a Jasper, pai — gritou Callum, perdendo a paciência com tudo aquilo.

Contudo, Alastair virou a cara como se não quisesse olhar para Call. Estava segurando o Alkahest contra o próprio corpo, desviando quando Tamara tentava tocá-lo.

— Deixe o Alkahest comigo! — berrou ele. — Saiam daqui! Levem Call e o Makar!

Aaron tinha ido para o lado do corpo de Constantine Madden e olhava para ele, espantado. Call mancou em direção ao amigo. Conseguia imaginar o que Aaron estava pensando: que aquelas eram as mãos que tinham matado Verity Torres, que tinham destruído mil magos. As mãos de um Makar, como as dele.

— O Inimigo morreu há treze anos — falou Aaron secamente. — Como pode parecer que não está morto? Como eles podem estar assim?

— Você acha que este é um simples mausoléu — disse Joseph.

— Certamente é o que parece — concordou Call. — Com todos esses corpos e tudo mais.

— Esta foi sua última fortaleza contra a morte — explicou Mestre Joseph. — Foi aqui que aprendeu a utilizar o vazio para preservar corpos, suspensos, sem vida, mas intactos. Aqui preservou o corpo de seu irmão para o dia em que pudesse reerguê-lo. Aqui, utilizei a mesma magia para conservar seu corpo...

— Não é meu corpo! — gritou Call. — O que precisa acontecer para você desistir? Eu não me lembro de nada! Nunca vi este lugar antes! Não sou quem você quer que eu seja, e não vou me transformar nele!

Mestre Joseph sorriu, um sorriso largo.

— Levei anos para ajudá-lo a aperfeiçoar sua magia no Magisterium. Quando trabalhamos com o caos, juntos. Pelas costas de seu Mestre. Você se irritava e gritava comigo assim mesmo. *Não sou o que você quer que eu seja.* Era exatamente o que me dizia antes. Depois que devolvermos sua alma a seu corpo, acredito que se lembrará de mais. Talvez esta vida se torne a que parece um sonho. — Ele tentou avançar, mas Stanley o conteve. — Porém mesmo que nunca se lembre, não pode mudar sua própria natureza, Constantine.

— Não o chame assim. — A voz de Aaron era fria como gelo. — As pessoas mudam o tempo todo. E isso é doentio. Essa coisa toda é doentia. Constantine Madden colocou a própria alma no corpo de Cal. Tudo bem, ninguém pode mudar isso. Deixe Call em paz. Deixe que os mortos continuem mortos.

O rosto de Mestre Joseph se contorceu.

— Você fala como se já tivesse sentido a dor de uma perda de verdade.

Aaron se virou. Poucas vezes Call o vira com aquela expressão. Não era mais Aaron. Era o Makar, o manejador do caos. Suas palmas começaram a escurecer.

— Sei muito sobre perdas — garantiu ele. — Você não sabe nada a meu respeito.

— Sei sobre Constan... sobre Call — disse Joseph. — Não quer sua mãe de volta, Call? Não quer que ela volte a viver?

— Não se atreva a falar de Sarah! — berrou Alastair. Ou ele tinha arrancado as cordas de metal, ou Tamara e Jasper tinham conseguido soltá-lo. De qualquer forma, Alastair continuava com o Alkahest.

Ele correu até Call.

Naquele instante de parar o coração, Call soube que iria morrer. Lembrou-se das correntes que o pai havia preparado no porão da própria casa, lembrou-se do que Mestre Joseph havia lhe contado, das palavras talhadas no gelo pelas mãos de sua própria mãe, com a mesma lâmina que Alastair havia jogado nele. *mate a criança.*

Finalmente, treze anos depois, Alastair ia fazê-lo.

Call não se mexeu. Se seu próprio pai realmente o odiava com todas as forças, se Alastair estava preparado para tirar a sua vida, então talvez ele fosse mesmo monstruoso demais para viver. Talvez *devesse* morrer.

Tudo desacelerou ao redor de Call: Aaron, Tamara e Jasper correndo em sua direção, mas longe demais para alcançá-lo a tempo, Mestre Joseph se debatendo e gritando nas garras do Dominado pelo Caos.

— Solte-me, eu ordeno. — Call ouviu o Mestre Joseph dizer, e, para o choque de Call, Stanley o soltou. O velho mago correu

MAGISTERIUM – A LUVA DE COBRE

para cima do menino, jogando-se sobre ele para protegê-lo do próprio pai. Os joelhos de Call falharam, e ele caiu, o corpo de Mestre Joseph o prendia no chão.

Mas Alastair não se deteve. Ele passou correndo por Call e por Mestre Joseph e foi direto para o corpo preservado do Inimigo da Morte. Lá, ele parou.

— Joseph, você realmente achou que pudesse me tentar a trair *meu próprio filho*? Assim que recebi seus recados sobre colocar a alma dele no corpo deste homem maligno, eu soube o que precisava fazer. — Com isso, ele ergueu o Alkahest, brilhante e lindo sob a luz fraca, e o abaixou com força, enfiando a mão coberta de metal sobre o coração de Constantine Madden.

Mestre Joseph gritou, empurrando Call, que tossiu e rolou sobre os joelhos.

Uma luz brilhou debaixo da pele do Inimigo da Morte — e, onde ela brilhava, o corpo começou a escurecer, como se fosse fogo. Alastair uivou de dor enquanto o Alkahest se avermelhava com o calor. Estava gritando quando soltou a manopla, a mão inteiramente coberta por queimaduras vermelhas.

— Pai! — Call se levantou, cambaleando. O recinto estava preenchido por um fedor de queimadura que irritou seus olhos.

— Não! NÃO! — Mestre Joseph pegou seu bastão e foi até o corpo de Constantine. Tirou o Alkahest, gritando de dor quando sua mão fechou sobre o metal quente. Nem assim o soltou. Em vez disso, balançou o bastão, e dele explodiu magia, cercando o Inimigo, tentando conter a força que devorava o corpo de Constantine. A energia estalou no recinto enquanto ele repetia sem parar o feitiço de preservação.

Call mancou para a frente e então parou, dominado por uma onda de tontura. As bordas da visão começavam a escurecer. *O que está acontecendo comigo?*, pensou, ao cair de joelhos. Não sentia dor, mas seu corpo tremia, como se estivesse sendo destruído com Constantine.

— Corra, Call! — gritou Alastair, segurando o braço queimado. — Afaste-se do túmulo!

— Eu... não consigo — engasgou Call, e então havia figuras ao seu redor, Aaron, Tamara, Jasper e mais alguém estavam tentando ajudá-lo a se levantar, mas as pernas não funcionavam. — Vão — sussurrou. — Vão sem mim.

— Nunca. — Um punho o agarrou pelo braço, e ele percebeu que era Aaron.

— O que está acontecendo com ele? — O sussurro assustado de Jasper foi afogado pelos gritos de Mestre Joseph. O peito de Constantine Madden sofria um colapso, como um balão cujo ar era extraído.

— Pegue o Makar e os amigos! — ordenou Mestre Joseph para Stanley. — Mate todos, exceto Callum!

O Dominado pelo Caos partiu em direção a eles. Call ouviu o grito assustado de Tamara e sentiu os braços dela ao seu redor. Todos tentavam puxá-lo para a escada, mas ele era um peso morto. Call escorregou das mãos deles e atingiu o chão em frente aos degraus.

Então tudo pareceu sumir, as vozes dos amigos desbotando até se transformarem em silêncio. Tudo que ele podia fazer era tentar continuar respirando enquanto um redemoinho de escuridão se erguia diante de seus olhos, um negror tão puro que ele só tinha visto antes quando saía das mãos de Aaron, a escuridão completa do vazio. O caos o preencheu, seus pensamentos foram rasgados por ele, as respostas dominadas pelo poder que se expandia em seu interior.

Lentamente, o ar voltou ao corpo de Call. Ele levantou a cabeça, seu rosto estava molhado.

O recinto se tornara um verdadeiro caos. Stanley havia obedecido ao comando de Mestre Joseph e atacado os amigos de Call. Ele se ergueu sobre Tamara, que estava recuando, invocando o fogo. Ela lançou as chamas, mas pareceu apenas chamuscar de leve o Dominado pelo Caos, deixando uma marca no peito de Stanley, embora ele mal notasse.

Aaron pulou nas costas de Stanley, o braço se fechando no pescoço do Dominado, apertando-o, como se tentasse arrancar a cabeça de Stanley. Jasper estava utilizando magia do ar e da terra ao mesmo tempo, a fim de jogar poeira nos olhos da criatura. Stanley se sacudiu, mas parecia mais irritado que prejudicado.

Alastair e Mestre Joseph lutavam pelo Alkahest. Mestre Joseph atingiu o pai de Call com o bastão. Ele cambaleou para trás, o rosto ensanguentado.

— Deixe-o em paz — gritou Call, engatinhando em direção ao pai.

Mestre Joseph pronunciou uma palavra, e as pernas de Alastair falharam. Ele caiu no chão.

O corpo de Constantine estava parcialmente queimado, o peito côncavo e escurecido. Call pôde ver os ossos queimados das costelas através da pele incinerada. De repente, uma nova onda de magia o inundou, voltando a imobilizá-lo. Parecia que ele estava assistindo a uma coisa irreal, acontecendo ao longe.

Holly Black & Cassandra Clare

— Call. — A voz de Tamara cortou a fumaça na mente do menino. — Call, você precisa fazer alguma coisa. Ordene que o Dominado pare.

— Tem alguma coisa errada comigo — sussurrou Call, com pontos dançando em sua visão. A pressão dentro dele continuava se expandindo, ultrapassando os limites do controle. Ele não sabia o que era, mas parecia que alguma coisa ia quebrá-lo.

Tamara apertou o punho ao redor do braço dele.

— Não tem nada de errado com você — garantiu ela. — Nunca teve. Você é Callum Hunt. Agora diga para aquela *coisa* parar de nos atacar. Sua ordem está acima da de Mestre Joseph. Você pode contê-la.

Então Call levantou uma das mãos, pretendendo lançá-la à frente para conter Stanley, querendo mandar o Dominado pelo Caos parar. Mas, ao levantar a mão, a pressão dentro dele rompeu a casca fina de controle, como uma explosão em câmera lenta. Ele ficou olhando, em choque, enquanto seus dedos encolhiam e esticavam, e, pela primeira vez na vida, Callum Hunt invocou o caos para o mundo.

Escuridão explodiu da palma de sua mão. As sombras se elevaram, cercando Stanley, cercando-o com laços de escuridão. O Dominado voltou seus olhos torturados para Call, que pôde sentir a sensação de traição que emanava deles. Stanley começou a gritar, e Call entendeu os grunhidos como palavras. Cada uma delas perfurava seus ouvidos: *Mestre, você me criou, então por que me destrói?*

As sombras colidiram, acabando com Stanley.

A escuridão espalhou seus tentáculos em busca de novas presas. Esticou-se, espalhando-se em direção aos outros, a Tamara,

Jasper, Mestre Joseph, que se virou e correu, agarrando o Alkahest, desaparecendo pela porta na parede da qual ele e Alastair surgiram. O pai de Call tentou contê-lo, mas era tarde demais. A porta se fechou atrás de Joseph, trancando-se automaticamente.

Call não parecia conseguir conter a magia do caos que fluía de dentro dele, como um rio, e ele sentiu que fluía com ele. Lembrou-se de como era voar sem um contrapeso, flutuar sem qualquer preocupação humana.

Sentiu a mão de Aaron em suas costas, puxando-o para a realidade, forçando-o a se concentrar.

E, de algum jeito, isso permitiu que Call desligasse a torrente. Não conseguia revertê-la, mas, pelo menos, não estava mais saindo dele, como se fosse seu próprio sangue. Tremendo, ele olhou ao redor. O caos que tinha liberado havia se transformado em sombras vivas, sombras que ultrapassavam as bordas do recinto. A escuridão se espalhava inexoravelmente, devorando as paredes da tumba e os pilares que sustentavam o teto, mastigando a massa que unia os tijolos subterrâneos, até eles começarem a soltar e cair.

— Temos de sair daqui! — Alastair virou-se de costas para a porta pela qual Mestre Joseph escapara, e correu para a escada, acenando para que os outros o seguissem. — Todos vocês, vamos!

Tamara se levantou, puxando Call com ela. A garota, Jasper, Aaron e Call começaram a correr em direção a Alastair e à escada. Ali perto, um pedaço do teto cedeu, e pedras caíram, quase colidindo com um pedaço de sombra preta que se espalhava. Jasper gritou e deu um salto para trás.

Holly Black & Cassandra Clare

A escuridão avançou para cima deles. Aaron esticou uma das mãos, e um raio de luz preta brilhou de sua palma, atingindo a sombra e a envolvendo. Call olhou para Aaron, impressionado.

— Caos contém caos — explicou Aaron.

— E não sei fazer magia do caos — sussurrou Call.

— Parece que *sabe* — observou Aaron, e havia alguma coisa em sua voz, um divertimento sombrio e talvez algo menos confortável.

O rosto de Tamara estava manchado.

— A magia do caos está devorando todo esse mausoléu. Aaron, você consegue contê-la até sairmos?

— Acho que sim. — Aaron olhou para as sombras e para a magia que engatinhava e as aprofundava, arrastando tudo que tocava com o vazio. — Mas Call liberou muita energia caótica... não sei.

— Apenas tente. — Call estava se sentindo melhor sem o caos em sua mente, bloqueando seus pensamentos, mas ainda conseguia sentir alguma coisa chiando dentro de si, algo que não estava ali antes.

— Callum — começou Alastair, mas Call o interrompeu.

— Pai, preciso que os tire daqui. Agora.

— E você? — perguntou Tamara. — Nem pense em ficar para trás.

Call olhou nos olhos de Tamara, querendo que ela acreditasse nele, confiasse nele só dessa vez.

— Não vai acontecer. Vão. Seguirei logo atrás.

Como você chama aquilo que nunca pode estar abaixo dos outros membros?, pensou Call sombriamente. *Uma cabeça. Cabeça. Entenderam?*

Tamara deve ter visto alguma coisa no rosto de Call, porque assentiu uma única vez. Jasper já estava passando por Alastair. Aaron parecia menos certo, mas, com a magia do caos queimando as paredes ao redor, estava muito ocupado. Ele expelia cada vez mais magia, empurrando o vazio enquanto subiam as escadas.

Call só tinha alguns instantes até Alastair perceber que ele não os seguia.

Ele sacou Miri da bainha e foi até os restos de Constantine Madden sobre o pedestal de mármore.

CAPÍTULO QUINZE

Call correu pelas escadas o mais rápido que conseguia, xingando a própria perna por atrapalhá-lo enquanto as paredes eram devoradas pelo nada. Ao redor, a escuridão quase o alcançava, como se quisesse puxá-lo para um abraço eterno. A magia do caos que ele tinha liberado, mas não fazia ideia de como conter.

— Call — gritava Alastair do corredor, as mãos erguidas para segurar o teto acima deles com magia. — Call, onde você está? Call!

Ele correu para o pai, as pedras girando sobre eles, pedras que teriam caído se o pai não tivesse voltado para buscá-lo.

— Aqui — respondeu ele, sem fôlego. — Estou bem aqui.

— Agora vamos juntos. — Alastair esticou um dos braços, e Call viu que a mão queimada do pai havia se curado; não completamente, mas as marcas pretas borbulhantes se transformaram em pele vermelha e apenas machucada. — Magia de cura — explicou Alastair ao ver a expressão surpresa de Call. — Vamos, apoie-se em mim.

— Tudo bem. — Call permitiu que o pai deslizasse um dos braços sobre seus ombros e o ajudasse a passar pelos corpos de Drew e Jericho, pela cabeça risonha de Verity, até o gramado onde Jasper, Tamara e Aaron aguardavam; Aaron com as duas mãos erguidas, obviamente fazendo tudo que estava ao seu alcance para conter a magia do caos que tentava destruir a tumba. Assim que viu Call e Alastair, caiu de joelhos.

A escuridão rugiu como as cinzas de um vulcão. Call e Alastair pararam. Call desabou sobre o pai enquanto assistiam ao jazigo perpétuo do Inimigo da Morte ser devorado pela magia do caos. Uma escuridão espessa e oleosa cobriu a construção. Tentáculos deslizavam do lado de fora, como plantas. Enquanto assistia, Call percebeu que aquela massa não era de fato preta — era algo mais escuro, algo que seus olhos tentavam traduzir em algum termo que fizesse sentido, porque o que ele estava vendo era simplesmente o *nada*. E tudo o que o nada tocava deixava de existir, até estarem olhando para a terra lisa, onde um dia existiu um mausoléu, a risada estranha e terrível de Verity ainda pairando no ar.

— Acabou? — perguntou Jasper.

Aaron o olhou, exaurido.

— O mausoléu foi para o mesmo lugar ao qual mandei o Automotones.

— *Automotones*? — Alastair pareceu chocado pela declaração. — Mas ele está preso nas profundezas do Magisterium.

— *Estava* — corrigiu Call. — O Magisterium o mandou atrás da gente.

Alastair respirou fundo, de um jeito que só fazia quando estava irritado, surpreso ou os dois. Deu alguns passos para longe do resto do grupo, obviamente tentando clarear as ideias. Call ajeitou a mochila no ombro. Estava exausto.

Mestre Joseph havia escapado — e, pior, tinha escapado com o Alkahest, o dispositivo que Call tentara manter longe dele. O exército enorme de Dominados pelo Caos tinha desaparecido. Mestre Joseph provavelmente ordenou que o levassem de volta à costa. Provavelmente também tinha levado todos os barcos, só por ser um babaca.

De repente, Call se lembrou de que Devastação estava com os Dominados pelo Caos, e, se Mestre Joseph conseguia comandar todos eles, provavelmente também conseguiria controlar o lobo.

— Devastação! — gritou ele. O pânico lhe subia pelo peito. — Devastação!

Como pôde deixar seu lobo de fora do mausoléu? Tinha deixado Devastação para trás, como se ele fosse um cachorro, quando ele era muito mais que isso.

Call correu pela trilha de volta à praia, a perna doendo, praticamente se debulhando em lágrimas, chamando pelo lobo. Era mais uma coisa para a qual não estava preparado, mais uma coisa que não podia suportar.

— Call! — gritou o pai. Call se virou e viu Alastair parecendo exausto, caminhando pela trilha com Devastação logo atrás. Call o encarou. A mão que não havia sido queimada estava enterrada no pelo de Devastação, e havia cinzas na pelagem do lobo, mas fora isso ele não parecia ferido. — Ele está bem. Você correu antes de podermos avisar, mas ele tentou voltar ao mausoléu. Tivemos de contê-lo, mas não foi fácil.

— Seu pai o conteve — falou Aaron.

Devastação deu alguns passos em direção a Call, que estendeu os braços. O lobo correu para ele, lambendo o rosto do dono.

— Isso é muito mais comovente que o que você passou comigo — disse Tamara. Ela cuidava dos cortes e arranhões de Aaron, utilizando a magia da terra para curar os piores. Já tinha consertado o lábio sangrento de Jasper.

Call afagou a cabeça de Devastação.

— Eu deveria saber que Mestre Joseph não iria sequestrá-lo. Ele só gosta de coisas mortas e estranhas.

— Somos todos estranhos — observou Tamara. Ela examinou Aaron. Ele tinha usado o que só podia ser uma quantidade imensa de magia caótica sem um contrapeso e, apesar de ainda estar de pé, parecia à beira de um colapso. — Bem, não está mais sangrando, mas não sei o suficiente sobre magia de cura para checar se você está com alguma torção ou alguma coisa quebrada ou...

— Alguém vai falar sobre o fato de que Call é um Makar? — perguntou Jasper, interrompendo o assunto.

Todos pareceram horrorizados.

— Jasper! — disse Tamara.

— Ah, desculpe. Não sabia que estávamos fingindo que não aconteceu. — Ele se voltou para Call. — Você já sabia que era um Makar? Ah, espere, esqueça, lembrei que não posso acreditar em nada do que diz.

— Ele não sabia — garantiu Alastair. — A magia do caos estava no corpo de Constantine, e, quando o corpo foi destruído, a magia foi liberada. Deve ter sido atraída pela alma de Call. Quando Constantine se tornou um Makar, foi porque seu irmão estava em perigo. Jericho foi atacado por um elemental rebelde nas cavernas, e Constantine o fez desaparecer.

Tamara apertou os olhos na direção do pai de Call.

— Como sabe disso?

— Porque eu fazia parte do grupo de aprendizes dele — respondeu Alastair. — Éramos cinco. Sarah, Declan, Jericho, Constantine e eu. Rufus era nosso Mestre.

Aaron, Tamara e Jasper o encararam.

— Dizem que Constantine obteve resultados perfeitos no Desafio de Ferro. Resultados perfeitos — enfatizou Jasper.

— Éramos os melhores de nosso ano. — Alastair soou cansado e distante, como se estivesse falando sobre alguma coisa que tinha acontecido há um milhão de anos.

— Você era amigo de Constantine? Amigo próximo? — Aaron quis saber. Apesar de estar bagunçado, sangrento e sujo, ele parecia pronto para se defender, para defender a todos eles.

— Ele, Jericho e Sarah eram meus melhores amigos. Vocês sabem como são os grupos de aprendizes.

— Por falar nisso... — Tamara lançou um olhar preocupado para Aaron. — Precisamos descobrir como tirar este grupo de aprendizes daqui.

— Boa lógica — murmurou Call. Tamara olhou feio para ele.

— Magia da água. — Alastair foi andando até a beira da praia. — Peguem um pouco de madeira. Vamos montar uma jangada.

Magisterium – A Luva de Cobre

De repente, a praia toda se acendeu como se um farol a tivesse iluminado. Call cambaleou para trás, agarrando a mochila, os dedos enterrados na alça. Ele ouviu Jasper gritar alguma coisa, e, em seguida, os magos estavam voando sobre eles.

Mestre North, Mestre Rockmaple, Mestra Milagros e Mestre Rufus pairavam no ar.

— Pai — gritou Call, correndo para Alastair. — Eles vão matá-lo, você precisa fugir. Posso tentar segurá-los!

— Não! — insistiu Alastair contra o vento. — Mereço a punição por ter roubado o Alkahest, mas não sou eu quem está correndo perigo de verdade...

— CALLUM — chamou Mestre Rufus. — TAMARA. AARON. ALASTAIR. JASPER. NÃO RESISTAM.

E, com isso, o ar girou em volta de Call, engrossando e os levantando para o céu. Apesar do que Mestre Rufus disse, ainda assim Call resistiu.

— O mausoléu devia estar nos escondendo deles — cogitou Tamara. — Devia ter um feitiço antirrastreamento sob o lugar, da mesma forma que no Magisterium. Mas agora que o mausoléu foi destruído, eles nos encontraram.

— Não nos machuquem! — implorou Jasper. — Nós nos rendemos!

Mestre North ergueu as mãos, e, das nuvens, surgiram três elementais longilíneos, que pareciam enguias. Eram grandes e plácidos, até abrirem as enormes bocas. Ele viu um deles engolir Aaron. Um instante mais tarde, o segundo elemental acelerava em sua direção, com uma barriga enorme o esperando.

— Aaaargh! — grunhiu Call ao ir para dentro dele. Esperava aterrissar no estômago da criatura, mas o lugar onde caiu parecia suave, amorfo e seco, como imaginou que seria deitar em nuvens, apesar de ele saber que nuvens na verdade eram feitas de água.

Devastação veio rolando atrás dele, parecendo muito assustado. O lobo Dominado pelo Caos uivou, e Call correu para tentar acalmá-lo. Call não sabia ao certo se Devastação se acostumaria a voar. Então veio Alastair, as mãos ainda levantadas, como se estivesse no meio de um feitiço.

O elemental começou a se movimentar, nadando pelo céu, seguindo os magos de volta ao Magisterium. Call sabia para onde estava indo porque conseguia enxergar através da criatura em certos pontos. Sua pele era opaca e nebulosa em alguns lugares, e translúcida em outros. Mas, onde quer que ele tocasse, o elemental parecia uma coisa sólida. — Pai? — chamou Call. — O que está acontecendo?

— Acho que os magos querem se certificar de que não iremos escapar, então criaram uma prisão *dentro* de um elemental. Impressionante! — Alastair se sentou na barriga de nuvem da criatura. — Vocês quatro devem ser bem escorregadios.

— Acho que sim. — Call sabia o que precisava contar ao pai, o que queria dizer desde que encontrou as cartas para Mestre Joseph. — Sinto muito pelo que aconteceu. Você sabe, neste verão.

Alastair olhou para Devastação, que tentava ficar de pé, mas as patas escorregavam. Call seguiu o olhar e se lembrou de que não se arrependia de tudo.

— Sinto muito também, Callum — respondeu Alastair. — Você deve ter se assustado muito com o que viu na garagem.

— Temi que você fosse machucar Devastação — disse Call.

— Só isso?

Call deu de ombros.

— Achei que você fosse usar o Alkahest para testar sua teoria sobre mim. Tipo, se eu morresse, então eu realmente era...

Alastair o interrompeu.

— Eu entendi. Não precisa falar mais nada. Não quero que ninguém nos ouça.

— Quando começou a desconfiar?

Call percebeu o cansaço no rosto de Alastair.

— Há muito tempo. Talvez desde que eu deixei a caverna.

— Por que não disse nada, pelo menos para mim?

Alastair olhou em volta, como se estivesse tentando determinar se o elemental estaria ouvindo a conversa.

— De que adiantaria? — respondeu, afinal. — Achei que era melhor que você não soubesse. Talvez fosse melhor que jamais soubesse. Mas não podemos falar mais sobre isso agora.

— Você está bravo comigo? — A voz de Call saiu fraca.

— Pelo que aconteceu no depósito? Não, estou bravo comigo mesmo. Desconfiei que Mestre Joseph estivesse tentando entrar em contato; me preocupei com a possibilidade de ele já ter posto as garras em você. Achei que, se você soubesse mais, poderia se sentir tentado pela ideia do poder. E, depois que ele começou a escrever para mim, tive medo do que ele poderia querer fazer com você. Mas me esqueci do medo que você devia estar sentindo.

— Achei que tivesse machucado você de verdade. — Call deixou a própria cabeça cair sobre a maciez da parede do elemental. A adrenalina abandonava rapidamente seu corpo, deixando apenas a exaustão no lugar. — Achei que eu fosse tão terrível quanto...

Holly Black & Cassandra Clare

— Estou bem — disse Alastair. — Está tudo bem, Callum. As pessoas não iniciam guerras porque se irritam ou perdem o controle sobre a própria magia.

Callum não tinha certeza se isso era verdade, mas estava cansado demais para discutir.

— Você nunca deveria ter ido ao mausoléu, Callum, você sabe disso, não sabe? Devia ter me deixado cuidar das coisas. Se Joseph tivesse conseguido fazer o que planejou, quem sabe o que teria feito com você. — Alastair estremeceu.

— Eu sei — respondeu Call. Se sua alma tivesse sido transportada para o corpo de Constantine, talvez todas as suas lembranças como Callum tivessem desaparecido, o que, quando se permitiu pensar a respeito, parecia um destino muito pior que a morte.

Mas, quanto mais longe vagavam seus pensamentos, mais a exaustão tomava conta de seu corpo. Lembrou-se de como Aaron se sentiu esgotado após usar a magia do caos em Automotones.

Vou só fechar os olhos por um instante, disse ele a si mesmo.

Quando Call acordou, foi porque havia braços em torno dele, e ele se movia. Percebeu que estava sendo carregado sobre as pedras do lado de fora do Magisterium. Abriu um dos olhos e observou ao redor.

A luz da manhã queimou os olhos de Call. Imaginou que devia ser mais ou menos a hora do café da manhã. Os Mestres North e Rockmaple estavam atrás dele, observando junto a enormes elementais. Pareciam severos e firmes. Devastação, Tamara, Aaron e Jasper seguiam Mestre Rufus por uma trilha até um portão na parede do Magisterium. Alastair ia atrás, e ele estava carregando Call de um jeito que não fazia desde que o filho era pequeno, deixando que a cabeça encostasse em seu ombro.

A mochila. Call tentou pegá-la, e percebeu que o pai também a carregava em um dos ombros. Suspirou aliviado.

— Quer descer? — perguntou Alastair em voz baixa.

Call não disse nada. Parte dele queria descer sobre seus pés imperfeitos. Outra parte pensou que aquela provavelmente seria a última vez em que seu pai o carregaria.

As pedras tinham dado lugar a um gramado ao lado do Magisterium. Estavam diante de duas portas de cobre, talhadas em forma de curvas que pareciam chamas.

Sobre a porta as palavras: AQUELE QUE NÃO AMA NADA NÃO ENTENDE NADA.

Call respirou fundo.

— Sim.

O pai o colocou no chão, e a dor habitual subiu por sua perna. Alastair lhe entregou a mochila, e Call a ajeitou sobre um dos ombros.

— Jamais vi essa porta antes — comentou Tamara.

— Esta é a entrada para o Magisterium utilizada pela Assembleia — informou Mestre Rufus. — Nunca imaginei que algum de vocês fosse ter motivo para usá-la.

Durante o tempo em que esteve no Magisterium, Call havia sentido muita coisa em relação àquele lugar. Começou com medo, depois passou a se sentir em casa, depois aquilo se tornou um refúgio onde podia se proteger do pai, e agora, mais uma vez, era um lugar em que ele não sabia se podia confiar.

Talvez Alastair estivesse certo o tempo todo, afinal. Certo em relação a tudo.

Mestre Rufus tocou o bracelete nas portas, e elas se abriram. O corredor ali dentro não se parecia em nada com os outros corredores do Magisterium, com as paredes de pedra habituais e o chão de terra. Aquele corredor era revestido com cobre polido, e a cada passo Call via símbolos de um elemento — ar e metal, fogo e água, terra e caos —, com palavras em latim abaixo.

Rufus chegou a um ponto na parede que parecia exatamente igual a todos os outros. Encostou o bracelete outra vez, e então um pedaço de metal do tamanho de uma porta deslizou para expor uma sala. Era uma sala de paredes nuas, com pedra aparente, ladeada por um longo banco de pedra.

— Vocês, esperem aí — ordenou ele. — Mestre North e Mestre Rockmaple logo estarão de volta para acompanhá-los à sala de reunião. A Assembleia está reunida agora para decidir o que fazer com vocês.

Tamara engoliu em seco. Seus pais eram da Assembleia. Jasper parecia apavorado, e até Aaron estava desconfortável.

— Eu levo Devastação. — declarou Rufus, e levantou a mão antes que Call pudesse protestar. — Ele estará perfeitamente seguro nos aposentos de vocês, o que é mais do que eu poderia oferecer se o levássemos conosco. A Assembleia não morre de amores por animais Dominados pelo Caos.

Ele estalou os dedos, e Devastação trotou para perto dele. Call lançou um olhar sombrio de traição para o lobo.

— Alastair — chamou Rufus. — Venha até aqui um instante.

Alastair pareceu surpreso, em seguida se aproximou de Rufus. Os dois se entreolharam. A mudança na expressão de Rufus foi sutil, mas Call teve a impressão de perceber, no rosto do Mes-

MAGISTERIUM – A LUVA DE COBRE

tre, que o Alastair que ele via era muito diferente do homem que Call enxergava quando olhava para o pai. Parecia que ele via um menino, talvez da idade de Call, com cabelos escuros e olhos travessos.

— Seja bem-vindo de volta ao Magisterium, Alastair Hunt — saudou Rufus. — Este lugar sentiu sua falta.

Quando Alastair olhou de volta para Mestre Rufus, não exibia raiva na expressão. Parecia apenas esgotado, o que fez o estômago de Call revirar.

— Não senti a menor falta daqui — retrucou. — Olhe, toda essa situação é culpa minha. Deixe as crianças voltarem para seus quartos e me ponha diante da Assembleia. Não me importo com o que farão.

— É um bom plano — declarou Jasper, levantando-se.

— Sente-se, deWinter — ordenou Mestre Rufus. — Tem sorte por Mestra Milagros não estar aqui. Ela queria pendurá-los no Poço sem Fundo.

— No quê? — Call perguntou. Jasper se sentou mais que depressa enquanto Mestre Rufus se inclinava para a frente a fim de dizer alguma coisa a Alastair, algo que Call não conseguiu ouvir. Mestre Rufus recuou com Devastação e, mais uma vez, tocou o bracelete na parede. A porta se fechou, trancando-os na sala.

Call respirou fundo. Estava satisfeito por poder falar diante da Assembleia. Precisava ficar. Precisava explicar antes que outra pessoa o fizesse. Precisava mostrar o que não acreditariam de outra forma.

Olhando para Jasper, Call tentou adivinhar o que ele poderia contar à Assembleia. Definitivamente falaria sobre o sequestro

Holly Black & Cassandra Clare

— então Call tinha de falar primeiro, para transmitir o que precisava antes de os guardas o arrastarem. Jasper olhou para ele com olhos pensativos.

— O que vamos falar? — perguntou ele. — Quero dizer, qual é o plano, sobre contar para a Assembleia?

— Contaremos a verdade — respondeu Call. — Contaremos tudo.

— Tudo? — Aaron pareceu espantado. Call sentiu o estômago apertar ainda mais. Será que Aaron estava pronto para mentir por ele?

— Call tem razão — concordou Alastair. — Pensem em termos práticos. A pior coisa a se fazer é cair em contradição lá dentro. Só se contarmos exatamente a verdade contaremos a mesma história.

— Não sei por que estamos ouvindo os conselhos de um criminoso procurado — murmurou Jasper.

— Todos nós somos criminosos procurados, Jasper — rebateu Tamara, e, em seguida, afagou o ombro de Call. — Vai ficar tudo bem.

— É melhor confortar o vilão aí — declarou Jasper. — Ele é frágil. O papai dele o carregou como uma princesa até aqui.

— Ah, não enche — reclamou Aaron. — Você fica babaca sempre que está nervoso.

Call olhou para Jasper, surpreso. Será que aquilo era verdade? Pela experiência de Call, Jasper era desagradável em boa parte do tempo, mas Call certamente sabia o que era ter uma boca com vontade própria. Call disse muitas coisas antes de pensar melhor no assunto.

Ele não queria admitir que tinha algo em comum com Jasper, principalmente com algo de que não gostava em Jasper.

Constantine Madden era charmoso, Tamara dissera.

A porta se abriu, e Mestre North entrou.

— A Assembleia vai ouvi-los agora — informou ele.

Seja charmoso, pensou Call. *Se você é Constantine, então extraia alguma vantagem disso. Seja charmoso.*

Todos se levantaram e seguiram Mestre North pelo corredor de cobre, atravessando um arco até uma grande sala circular. Call já havia estado ali antes, mas disfarçou o fato de que reconhecia aquele lugar. Ele estava vagando pelo Magisterium quando descobriu que uma reunião de magos acontecia ali. Entretanto, aquela provavelmente não era a melhor hora para falar que andara bisbilhotando.

Joias decoravam as paredes da caverna, formando constelações. O centro do salão era dominado por uma grande mesa redonda, com um buraco bem no meio. Parecia feita de um pedaço de tronco, mas a árvore devia ser enorme — maior que a maior das sequoias. Call não pôde deixar de sentir vontade de passar os dedos no tampo.

Em um dos lados estavam sentados os membros da Assembleia, com suas vestes cor de azeitona, alternados com magos do Magisterium, que trajavam preto. Pareciam peças de xadrez.

Mestre North fez um gesto, e uma parte da mesa se levantou como uma fatia de bolo sendo cortada. Gesticulou para Call e os outros caminharem pelo buraco no círculo. Após um instante de hesitação, Alastair deu o primeiro passo, e as crianças o seguiram. Assim que o último deles — Jasper — entrou no círculo formado pela mesa, a seção que se levantou voltou para o lugar. Call e os amigos estavam presos no círculo da mesa, completamente cercados pela Assembleia.

Call olhou em volta, para as faces presunçosas dos adultos. Bem, talvez nem todos parecessem presunçosos. Mestre Rufus, Mestre North, Mestre Rockmaple e Mestra Milagros pareciam tensos, e os pais de Tamara, preocupados. Além dos professores e dos Rajavi, a única integrante da Assembleia que Call reconheceu foi a madrasta de Alex, a senhora Tarquin. Ela estava sentada imponente como uma rainha, os cabelos prateados ajeitados no alto da cabeça. Ninguém se apresentou.

— Por onde começar — disse um senhor com roupas da Assembleia. — Desde Constantine Madden não temos um problema tão grande, um golpe tão forte contra o Magisterium, e tudo que ele representa, como aconteceu nesta semana.

— Nunca tivemos a intenção de macular o Magisterium — declarou Tamara.

— Sério? — O senhor pulou ao ouvir aquelas palavras, como um gato saltaria sobre um rato. — Sabe como é desmoralizante para os outros aprendizes ouvirem que nosso Makar fugiu da escola? Pensou nisso, Aaron Stewart?

— Eu não fugi, Deputado Graves. — Aaron se ajeitou em seu lugar. Ainda estava com a roupa do brechó, apesar de coberta de sujeira e sangue. Ele era um menino de 13 anos de idade, e seu corte de cabelo idiota tinha crescido um pouco, mas, quando falava, todos olhavam para ele. Call viu as expressões dos integrantes da Assembleia se tornando mais suaves. Queriam ouvir Aaron. Era isso que Constantine possuía. Foi a isso que Tamara se referiu quando falou que o Inimigo era *charmoso*. — Durante o verão, conversei com muitos membros desta Assembleia e muitos magos da comunidade. Todos destacaram que eu era a única arma capaz de deter o Inimigo. Bem, me parece correto garantir a todos que não me escondo no Magisterium quando precisam de mim.

Fez-se um breve silêncio, e Graves limpou a garganta.

— Seu entusiasmo é admirável, mas, se realmente achou que era necessário para conter Alastair Hunt, por que você não lidou com ele quando o alcançou? Por que ele continua com você?

Uma chama de raiva inflou no peito de Call.

— Não é assim — retrucou Tamara. — Vocês precisam ouvir a história toda.

— Tamara Rajavi, achávamos que, depois do que aconteceu com sua irmã, você teria mais juízo — censurou Mestre North. O rosto de Tamara desmoronou. A chama no peito de Call ardeu ainda mais quente.

— E você, Callum Hunt — apontou Mestre North. — Permitimos seu ingresso no Magisterium apesar dos resultados lamentáveis no Desafio de Ferro, e é assim que retribui? Considere descartada sua inscrição para atuar como contrapeso do Makar, e considere-se um rapaz de sorte se isso for tudo que lhe acontecer.

As mãos do Mestre Rufus estavam cerradas. Call teve a sensação de estar se engasgando com água fervente.

— Vocês não têm o direito de punir a nenhum de nós. — Os olhos de Jasper ardiam. — Mandaram um elemental para nos matar!

— Jasper! — Mestra Milagros parecia horrorizada. — Você entende onde está, o que isso significa? Mentir não vai ajudar.

— Ele não está mentindo — disse Call. — E sabemos que o Magisterium não se importa com a verdade. O que aconteceu com Mestre Lemuel? Ele não machucou Drew de verdade, então por que não o deixaram voltar? Por que ele tem de ficar com uns malucos que fazem experiências com animais no meio da floresta?

Mestre Rufus suspirou.

— Ele escolheu não voltar, Call.

Call mordeu a língua.

— Mentir certamente não vai ajudar a petição de seus pais para reingresso na Assembleia — disse a senhora Rajavi a Jasper, com a voz baixa, em seguida se voltou para Alastair. — E onde está o Alkahest? Por que não o vejo sobre a mesa?

— Está com Mestre Joseph — respondeu Alastair secamente. Call se encolheu. Se ele não era particularmente charmoso, sabia a quem culpar por não o ensinar.

— Mestre Joseph? — repetiu a senhora Tarquin calmamente. — O braço direito do Inimigo da Morte? Aquele que o conduziu para o caminho do mal?

Graves se levantou.

— Vocês permitiram que este traidor entregasse o Alkahest ao Inimigo? Devíamos trancar Alastair e todos vocês com ele...

— O Inimigo da Morte não está com o Alkahest — interrompeu Call. — Ele não tem nada. E não é graças a nenhum de vocês.

Graves cerrou os olhos.

— Como sabe tanto sobre o que o Inimigo tem ou não?

— *Callum* — alertou Alastair.

Mas Call não ia parar. Havia se preparado para esse momento. Alcançou a mochila e pegou um punhado de cabelo. Engolindo a raiva e a náusea, ele puxou a cabeça de Constantine Madden da mochila.

Colocou a cabeça sobre a mesa, diante de Mestre Graves. Não havia sangue; o ferimento no pescoço de Constantine parecia cauterizado onde Call o cortou com Miri. O rosto do Inimigo estava sujo de cinzas, mas continuava perfeitamente reconhecível como Constantine Madden.

— Porque meu pai o matou — revelou Call. — Ele usou o Alkahest.

Toda a Assembleia se calou. A senhora Tarquin emitiu um ruído engasgado e virou o rosto. Mestre Rufus estava estranhamente chocado. O Deputado Graves parecia prestes a ter um enfarte, enquanto os Rajavi olhavam para Tamara como se jamais a tivessem visto antes.

Aaron cortou o silêncio com a voz mais alta, ainda que falhando levemente.

— Você *cortou* a *cabeça* dele?

Call supôs que aquilo não fosse exatamente um ato charmoso. A cabeça encarava os membros da Assembleia, que a olhavam com horror e receio, como se esperassem que ela fosse começar a falar. Call percebeu que havia um pedaço de bala laranja e um pelinho presos na bochecha do Inimigo, mas não queria chamar mais atenção dando um peteleco na cabeça para limpar aquilo.

— Achei que pudéssemos precisar de provas — explicou Call.

— Eu *toquei* nessa mochila! — lembrou Tamara. — É a coisa mais nojenta que eu já...

Alastair soltou uma gargalhada e, uma vez que ele começou a rir, não parecia capaz de parar. Lágrimas escorreram por suas bochechas. Limpou os olhos e se apoiou na mesa para não cair. Tentou falar, mas nem conseguiu pronunciar as palavras.

Call torceu para que a visão da cabeça de Constantine Madden não tivesse enlouquecido ninguém permanentemente, muito menos o pai. Muitas pessoas no recinto pareciam um pouco perturbadas.

— Callum. — Mestre Rufus aparentemente havia sido o primeiro a se recuperar. — Como Alastair matou o Inimigo da Morte?

— Ele manipulou Mestre Joseph a levá-lo até o local onde Constantine estava. — Call tomava cuidado para não mentir. — Em seguida, usou o Alkahest no Inimigo. Depois disso, Constantine morreu. — Call não mencionou o fato de que ele já estava morto *antes* disso. — Estava cheio de Dominados pelo Caos ao nosso redor. Nós ajudamos a combatê-los, mas, quando o fizemos, o mausoléu foi destruído.

— E o Alkahest se perdeu? — perguntou Mestra Milagros.

Call fez que sim com a cabeça. Tinha quase certeza de que a Assembleia deveria estar fazendo mais perguntas, mas todos os membros pareciam chocados demais para interromper.

— Achamos que Mestre Joseph escapou com ele quando o local estava em ruínas.

Finalmente as risadas de Alastair cessaram.

— O que aconteceu com o corpo do Inimigo? — Quis saber Mestre North.

— Desapareceu com o resto do mausoléu. O caos, hum... devorou tudo.

Mestre Rufus assentiu.

— Não foi isso que aconteceu. — Jasper balançou a cabeça. — Você está excluindo coisas importantes.

Call sentiu o pai ficar tenso. Os dedos de Alastair se enterraram em seu ombro. Deu para ver que Tamara tinha prendido a respiração e Aaron lançava olhares afiados na direção de Jasper.

— E o que é? — perguntou o Deputado Graves, parecendo se recuperar de choques inumeráveis.

— O motivo pelo qual o mausoléu foi destruído é Call — continuou Jasper. *Porque Call é o Inimigo da Morte. Porque Call é Constantine Madden renascido e, assim como Constantine, destruiu o Magisterium, Call destruiu o mausoléu. Interditem a magia dele; matem-no.* Call ficou encarando em um pavor congelado enquanto Jasper prosseguia. — Call utilizou magia do caos para manter os Dominados afastados. Saiu um pouco do controle, porque foi a primeira vez que ele a usou. — Jasper lançou a todos eles um olhar presunçoso, como se soubesse do pânico que estavam sentindo. — É isso mesmo. Call é um Makar, como Aaron. Agora temos dois.

Call soltou um suspiro de alívio. Os integrantes da Assembleia olhavam para Jasper como se ele tivesse desenvolvido uma segunda cabeça.

Finalmente, de verdade, Jasper o surpreendeu.

Naquele instante, Anastasia Tarquin se levantou. Estava com a coluna ereta, os cabelos prateados brilhavam. Olhou diretamente para Call enquanto falava.

— O Inimigo está morto, afinal. Graças a vocês cinco. — Ela fez um gesto na direção de Call, Alastair, Tamara, Jasper e Aaron. — Verity Torres e os muitos que pereceram no Massacre Gelado finalmente foram vingados.

Call pensou na cabeça de Verity, pregada na porta do mausoléu, e engoliu em seco.

As palavras da senhora Tarquin pareceram despertar o Deputado Graves do choque.

— Anastasia está certa — declarou ele. — O Tratado está, então, anulado. O Alkahest deve ser recuperado, mas, por enquanto, este é um momento de celebração. A guerra acabou.

Os demais membros da Assembleia começaram a murmurar, os sorrisos se espalhando em suas faces. Mestra Milagros começou a aplaudir, e o movimento logo se espalhou. Membros da Assembleia e Mestres se levantavam para aplaudi-los. Tamara pareceu surpresa; Jasper, convencido, e Alastair, aliviado. Então Call olhou para Aaron. Aaron não estava sorrindo. Exibia uma expressão estranha e conflituosa no rosto, como se estivesse imaginando, sabendo o que sabia sobre Call, se estava fazendo uma coisa horrível em esconder o que descobrira.

Mas talvez Aaron não estivesse pensando nisso. Talvez estivesse exausto e não pensasse em nada.

CAPÍTULO DEZESSEIS

Depois daquele dia, as coisas aconteceram rapidamente. Alastair foi levado pelo Mestre Rufus para dormir em um quarto de Mestres extra; as crianças, mandadas para seus aposentos para tomarem banho e descansar, o que significava que Call estava a) separado de Jasper e b) novamente com Devastação, ambas coisas boas.

Assim que Call, Tamara e Aaron voltaram à sala compartilhada para despencar no sofá e poltronas, Alex Strike chegou, trazendo comida do Refeitório — pratos de madeira e vasilhas empilhadas com diferentes espécies de cogumelos, líquens e sobremesas, coisas com sabores que variavam entre nachos e uma gosma roxa, que Tamara achava parecida com caramelo salgado, a um cogumelo com gosto de frango empanado.

Após comer bastante, Call cambaleou para a cama e caiu, exausto. Não sonhou — ou, se o fez, não se lembrava no dia seguinte.

Quando acordou, percebeu que os lençóis estavam sujos de fumaça e terra. Não conseguia se lembrar da última vez em que tinha tomado um banho de verdade, e decidiu que seria melhor tomar um, antes que Mestre Rufus desse uma boa olhada nele e o jogasse em uma das piscinas sujas do Magisterium.

Olhando para Devastação, percebeu que o lobo estava em condições ainda piores; os pelos, pretos de tanta sujeira.

O banheiro, uma gruta no corredor principal, era compartilhado por dois quartos diferentes de aprendizes. Tinha três câmaras — uma com vasos sanitários, outra com pias e espelhos, e mais uma com piscinas mornas, que borbulhavam suavemente, e riachos cujo fluxo caía sobre eles, como chuva morna. Paredes de pedra separavam engenhosamente todas as áreas individuais de banho, para que mais pessoas pudessem se banhar ao mesmo tempo, sem precisarem se ver nuas.

Call foi até uma das piscinas, pendurou a toalha em um gancho, tirou as roupas sujas de civil com as quais havia dormido, e entrou. A água estava tão quente que inicialmente foi quase desconfortável, até seus músculos relaxarem. Aí foi incrível. Até a perna estava bem.

— Entre — disse ele a Devastação.

O lobo hesitou, farejando o ar. Depois, lambeu a água, desconfiado. Em outros tempos, aquilo teria irritado Call, mas, naquele momento, ficava aliviado por Devastação não o obedecer logo de imediato.

— Call? — Ele ouviu alguém o chamar. A voz vinha do outro lado da parede de pedra do seu cubículo de banho. Uma voz feminina muito familiar.

— Tamara? — A voz dele ficou um pouco esganiçada. — Estou tomando banho.

— Eu sei — disse ela. — Mas não tem mais ninguém aqui e precisamos conversar.

— Não sei se você sabe disso — retrucou ele —, mas a maioria das pessoas toma banho *sem* roupa.

— Estou do outro lado da parede! — Ela soou exasperada. — Está muito úmido aqui, e meu cabelo não está bem com isso, então podemos só conversar?

Call tirou o próprio cabelo preto do rosto.

— Tudo bem, então. Pode falar.

— Você me chamou de mentirosa. — A dor na voz dela era indisfarçável.

Call se contorceu. Devastação o olhou com severidade.

— Eu sei.

— E depois descobri que você é mais mentiroso ainda — falou ela. — Você mentiu sobre tudo.

— Menti para proteger meu pai!

— Mentiu para se proteger. — Ela se irritou. — Poderia ter nos contado que era o Inimigo...

— Tamara, *cale a boca*.

— Call, detesto ter de dizer isso, mas o banheiro não é um lugar cheio de pessoas bisbilhotando. Somos só nós dois.

— Não sou o Inimigo da Morte. — Call fez uma careta para o próprio reflexo na água. Cabelos pretos, olhos cinzentos. Continuava sendo Callum Hunt. Não, não era.

— Você podia ter nos dito a verdade sobre o que Mestre Joseph falou, mas não o fez.

— Não queria que você me odiasse. Você é minha melhor amiga — confessou Call.

Tamara emitiu um ruído duvidoso.

— Aaron é seu melhor amigo, *mentiroso*.

— Você é minha melhor amiga menina — insistiu Call. — Eu não queria que nenhum de vocês dois me odiasse. Preciso de ambos.

Quando Tamara voltou a falar, pareceu menos irritada.

— Então acho que o que eu queria dizer é que não quero nunca mais que a gente minta um para o outro.

— Mas podemos continuar mentindo para outras pessoas? — Call olhou para Devastação, que balançou as orelhas.

— Se for importante... Mas não um para o outro, nem para Aaron. Só falamos a verdade. Tudo bem?

— Tudo bem — concordou Call, e Devastação latiu.

— Call, tem alguém na banheira com você?

Call suspirou. Não achou que aquela história de falar a verdade fosse atingi-lo tão depressa.

— Devastação — admitiu.

— Call! Que *nojo*.

E então ela começou a rir. Após um segundo, Call também estava rindo.

↑≈△○◉

Depois que Tamara saiu e Call terminou o banho, ele voltou para o quarto de roupão e vestiu um uniforme. Quando ressurgiu, Aaron já estava lá, limpo, vestido e comendo o que parecia ser uma pera muito clara.

— O que *é* isso? — perguntou Call.

Aaron deu de ombros.

— Fruta mágica da caverna. Um dos grupos de aprendizes do Ano de Prata plantou. Tem gosto de queijo, mas também de maçã. Quer uma?

Call fez uma careta. Atrás de Aaron, viu que a mesa tinha uma pilha de frutas estranhas, algumas bebidas, balas da Galeria e o que pareciam ser alguns cartões artesanais. Um único peixe cego flutuava em uma vasilha de vidro.

Aaron seguiu seu olhar.

— Sim, algumas pessoas ficaram preocupadas com a gente. São presentes de "melhoras", eu suponho.

— Presentes de "voltem para cá" — corrigiu Call.

Aaron sorriu. Alguns minutos depois, Tamara saiu do quarto. Os cabelos não haviam sido nem um pouco afetados: estavam presos em tranças perfeitas e enrolados na cabeça, como uma coroa. Brincos de ouro pendiam de suas orelhas, balançando enquanto ela se movia. Tamara sorriu para Call, e, quando o fez, ele sentiu o estômago revirar. O garoto desviou rapidamente o olhar, sem saber exatamente por quê.

— Prontos para o Refeitório? — perguntou ela.

Aaron deu uma última mordida na fruta mágica da caverna, dobrando o miolo em duas metades e abocanhando-o de uma só vez. Ele olhou para Devastação, que estava bem fofo depois do banho. Cheirava um pouco a sabonete de chá verde e não parecia feliz com isso.

— Ei, fofucho — chamou ele.

O lobo Dominado pelo Caos, que aterrorizava os alunos do Ano de Ferro, olhou com suas pupilas rodopiantes e envergonhadas. Call esticou um dos braços para afagá-lo na cabeça.

Holly Black & Cassandra Clare

— Vamos pegar algumas linguiças para você no Refeitório — prometeu. — Você também merece celebrar.

Foram para o corredor e descobriram que Jasper estava ali, esperando por eles.

— Hum, oi — começou Jasper. — Já ia bater na porta de vocês. Todo mundo no meu grupo de aprendizes está estranho e me encarando. Quero dizer, eu sou um herói, mas acho que eles não se sentem muito bem com esse fato.

— Você definitivamente é alguma coisa — disse Aaron.

Jasper deu de ombros.

— Enfim, eu não queria ir sozinho para o Refeitório.

Jasper os acompanhou enquanto desciam pelo corredor, conversando com Tamara. Na verdade, tinha começado a parecer que o lugar de Jasper era com eles, o que parecia um mau sinal para Call. Por outro lado, não podia destratar Jasper quando este estava, contra todas as possibilidades, guardando seu segredo.

Mas, às vezes, Jasper olhava enviesado para Call, que ficava imaginando se o segredo se tornaria tentador demais. Se Call o irritasse — e Call tinha total certeza de que eventualmente irritaria Jasper, assim como tinha certeza de que Jasper provavelmente o irritaria — será que ele conseguiria manter a boca fechada? Se estivesse tentando impressionar outro aluno, realmente seria capaz de resistir à tentação?

Call engoliu em seco.

— Você não vai contar para ninguém, vai?

— Contar o quê? — perguntou Jasper com um meio sorriso.

Call não ia falar em voz alta de jeito nenhum.

— A coisa!

Jasper ergueu uma das sobrancelhas.

— Contanto que eu continue me beneficiando.

— Temos de entrar em um acordo — afirmou Tamara. — Ninguém diz nada sobre Call. Não sabemos em quem podemos confiar aqui.

Jasper não respondeu, e não havia como fazê-lo, não havia como extorquir uma promessa, mesmo que conseguissem fazê-lo prometer, não tinham motivo para acreditar em sua palavra.

Call estava praticamente em pânico quando chegaram ao Refeitório. Haviam se atrasado, então o local já parecia cheio. Aromas de cebola grelhada e molho barbecue preenchiam o ar, apesar de os alunos carregarem pratos de pudins cinzentos, líquen e cogumelos. A boca de Call começou a ficar com água na boca, mesmo tendo acabado de comer.

Depois que os primeiros aprendizes os viram, palavras foram murmuradas e todo mundo levantou a cabeça. Todo o Refeitório caiu em silêncio. Call, Tamara, Aaron e Jasper estavam desconfortáveis na entrada, sentindo o peso de centenas de olhares sobre eles. Pessoas que conheciam, pessoas que não conheciam. *Todo mundo* estava os encarando.

Em seguida, a sala explodiu em aplausos. Alunos que Call não reconhecia assobiavam e aplaudiam de pé, gritando e entoando que a guerra havia chegado ao fim.

Mestre Rufus subiu na mesa dos mestres, erguendo-se sobre todos. Bateu palmas, e, imediatamente, toda a sala ficou em silêncio. Os alunos continuavam mexendo as bocas, continuavam a aplaudir, mas nada além da voz de Mestre Rufus era audível.

— Hoje recepcionamos de volta ao Magisterium quatro alunos que conquistaram uma vitória sem precedentes na história da Assembleia — começou ele. — Jasper deWinter; Tamara Rajavi; nosso Makar, Aaron Stewart; e nosso *mais novo* mago do caos, Callum Hunt. Por favor, os recebam.

O silêncio se dissipou apenas o bastante para um rugido ensurdecedor varrer o recinto.

— O Inimigo da Morte, que buscava tornar a si e a seus seguidores imortais, aquele que derrotou a própria morte, agora a encontrou. Temos não um, mas dois Makars nesta geração de magos. Todos os alunos daqui de alguma forma contribuíram para isso. Temos muita sorte.

Pessoas assobiaram e aplaudiram. Do outro lado, Alex Strike deu uma piscadela para Call sob os bagunçados cabelos castanhos.

— Agora, devemos nos lembrar de que, mesmo com o fim da guerra, ainda não conquistamos a paz. O Inimigo pode ter sido destruído, mas seus seguidores permanecem. Ainda há batalhas a serem lutadas, e, como magos do Magisterium, é a obrigação de vocês lutá-las.

Dessa vez houve um murmúrio ainda mais dominado pelos aplausos. Ótimo.

Mestre Rufus tem razão, pensou Call, sombrio. *Mais do que imagina.*

— Agora, Call, Tamara, Aaron, e Jasper. — Rufus virou-se para os quatro. — Ergam seus braceletes, neles encontrarão uma nova pedra, uma tanzanita que representa as maiores vitórias conquistadas em nome do Magisterium.

Call levantou o pulso e ficou encarando o bracelete. Era verdade. Havia ali uma pedra de um tom de azul muito escuro, quase roxo, que brilhava com intensidade. Ao lado dela, havia também uma nova pedra. Uma pedra preta, representando seu novo status de Makar, um mago capaz de conjurar a magia do caos.

Jasper cerrou o punho e vibrou. De repente, o recinto estava cheio de pessoas gritando:

— *O Inimigo está morto! O Inimigo está morto!*

Só Tamara e Aaron não cantaram junto. Olharam para Call — Tamara preocupada e Aaron inquieto. Eles, Jasper e Alastair eram os únicos que sabiam, pensou Call. O Inimigo da Morte não estava nem um pouco mais morto que antes. Não dá para matar o monstro quando esse monstro está dentro de você.

Rufus abaixou as mãos, um gesto que pareceu libertar os alunos dos lugares. Todos começaram a correr para Call e seus amigos, com tapinhas nas costas e perguntas sobre o Inimigo e a batalha. Call girou em um mar de corpos, tentando manter o equilíbrio. Kimiya estava abraçando Tamara e chorando. Alex apertava a mão de Aaron. E, em seguida, Celia apareceu na frente de Call, os olhos emoldurados em vermelho, alcançando o braço dele. Aliviado, ele se virou para a menina, pensando que pelo menos ela seria normal.

Então Celia deu um beijo na boca de Call.

Ele arregalou os olhos. Os dela estavam fechados enquanto ela se inclinava para ele. Call tinha consciência de que as pessoas o encaravam — Tamara em choque, e Aaron, ao lado dela, aos risos. Call tinha certeza de que Aaron ria do fato de que Call, não fazendo ideia de onde colocar as mãos, balançava os braços como uma lula embaixo da água.

Finalmente, Celia recuou.

— Você é um herói. — Os olhos de Celia brilhavam. — Sempre soube.

— Hum — gemeu Call. Então havia sido seu primeiro beijo. Foi... suave?

Ela começou a ficar vermelha.

— É melhor eu ir — disse ela, e se perdeu na multidão.

— *Olhe só* Jasper. — Aaron se aproximou de Call e o segurou por um dos ombros. — Que metido.

Naquele instante, Jasper passou por eles sobre os ombros de Rafe enquanto as pessoas vibravam e cantavam "ele é um bom companheiro". Estampava um imenso sorriso no rosto.

Call também sorriu, sentindo-se imediatamente melhor. Jasper não falaria nada nem tão cedo, não se dedurar Call significasse abrir mão de tudo aquilo. Seu segredo estava seguro.

— Com licença. — Mestre Rufus apontou para Call. — Preciso de você um instante. Quero dizer, se não estiver muito ocupado.

Call engoliu um rosnado de humilhação. Será que Mestre Rufus tinha visto o beijo de Celia? Será que faria algum comentário embaraçoso sobre o assunto? Call torceu desesperadamente que não.

Mestre Rufus o levou até uma mesa no canto, bloqueada por uma pedra. À mesa, um homem alto, de cabelos escuros e bem barbeado, comia um prato de cogumelos, como se sua vida dependesse daquilo. Alastair.

Call não conseguia se lembrar de nenhum outro pai que recebera autorização para entrar no Magisterium, ainda mais duas vezes. Entretanto, pensando bem, as circunstâncias da presença do pai ali eram muito diferentes.

— Fazia muito tempo que eu não sentava nesse Refeitório. — Alastair tomou um grande gole de um suco esverdeado que

Call jamais tinha ousado experimentar. — Este é o líquen de minha juventude.

— Hum... É mesmo? — Call imaginou se aquela coisa tinha propriedades viciantes, considerando que seu pai estava atacando o copo. — Não é tão ruim depois de um tempo.

— Hum! — ecoou Alastair. Em seguida, engolindo uma última garfada, ele se levantou. — Call, eu não posso ficar, mas Mestre Rufus concordou que vocês dois podem me acompanhar até lá fora.

— Tudo bem — aquiesceu Call. — Mas tem de ir assim tão depressa? Agora?

— Temo que sim. Ainda existem questões com a Assembleia. Mais perguntas a serem respondidas. E deixei meus assuntos em desordem. Mas nos vemos nas férias de inverno, e teremos muito o que conversar.

Call suspirou, mas, depois das coisas horríveis que seu pai havia dito sobre o Magisterium, não se surpreendeu que ele estivesse ansioso em partir. Call ficou imaginando se ele tinha visitado o Hall dos Graduados e visto a mão da esposa — Call não sabia mais se podia pensar nela como sua mãe —, mas não conseguiu perguntar.

Caminharam juntos em silêncio para fora do Refeitório e seguiram pelos longos corredores, que levavam aos portões principais do Magisterium. Alastair estava com uma das mãos no ombro de Call. Mestre Rufus seguia um pouco atrás.

Na saída, Alastair se virou e envolveu Call nos braços, apertando-o com força. Call congelou um pouco enquanto a mão do pai o acariciava na cabeça. Alastair não era um sujeito muito afetuoso, mas Call ouviu o pai engolir em seco ao afastá-lo e olhar para a pulseira em seu pulso. Levantou gentilmente a mão de Call.

— Constantine Madden tinha a mesma pedra preta na pulseira — disse ele, e Call se contorceu por dentro. — Mas nunca teve esta. — Alastair passou o dedo pela pedra roxo-azulada. — A tanzanita. Esta pedra indica extrema coragem. A única outra pessoa que conheci que a tinha foi Verity Torres.

— Não sou um herói — retrucou Call. — Mas não vou ser como Constantine. Prometo.

Alastair soltou o pulso de Call e sorriu um de seus sorrisos raros e tortos.

— Você se arriscou muito, ficando para trás no mausoléu. Mas eu jamais me esquecerei do olhar no rosto do Deputado Graves, não enquanto eu viver.

Call não pôde conter o sorriso. Alastair o tocou mais uma vez no ombro e começou a caminhar até o carro preto que o aguardava do lado de fora do portão.

— Cuide-se — aconselhou Mestre Rufus.

Alastair parou por um momento e olhou para Rufus, depois para Call.

— Cuide de meu filho.

Mestre Rufus fez que sim com a cabeça. Em seguida, com uma espécie de aceno para os dois, Alastair entrou no carro, que partiu com os pneus chiando no cascalho.

Call deu meia-volta para voltar ao Refeitório, mas Mestre Rufus o deteve com a mão.

— Call, precisamos conversar.

O garoto se voltou, morto de medo. Ficou imaginando o que Alastair teria contado a ele.

— Hum, tudo bem. Sobre o quê?

— Tem uma coisa que eu não queria falar na frente dos outros alunos.

Call ficou tenso. Não podia ser coisa boa.

— Call, há um espião no Magisterium. Pode ser alguém do lado do Inimigo. Alguém que agora está trabalhando para Mestre Joseph, provavelmente. Ou pode ser alguém que não confie em magos do caos.

— Como assim?

— Você talvez se lembre, das aulas de seu Ano de Ferro sobre as origens da magia, que nem todos os lugares do mundo recebem bem os Makars. Alguns magos acreditam que ninguém deve trabalhar com a magia do caos e que os que o fazem devem ser interditados ou mortos.

Call tinha uma vaga lembrança sobre isso, alguma coisa sobre a Europa não gostar de Makars.

— Mas por que o senhor acharia que existe um espião aqui?

— *Automotones*. — Rufus cuspiu o nome. — Os magos daqui jamais enviariam elementais tão perigosos para buscar vocês. Ele era muito poderoso e muito violento. E se tivéssemos o enviado, jamais o faríamos com ordens de machucá-los. Nem mesmo a Alastair. Alguém aqui enviou-o com ordens de matar o Makar. Achávamos que fosse Aaron, mas agora que você é um Makar, sem dúvida a mesma pessoa o quer morto também.

Um tremor gelado atravessou o corpo de Call. Quem quer que tivesse enviado o elemental atrás deles, não teve a menor preocupação com a segurança de Call. O que significava que *não podia* ser um dos capangas de Mestre Joseph, considerando que o próprio Mestre se jogou na frente Call para mantê-lo vivo. O que queria dizer que Mestre Rufus tinha razão.

— Volte para o Refeitório — ordenou o professor. — Seus amigos o esperam. Teremos tempo para discutir o futuro quando as aulas começarem amanhã. Você voltou bem a tempo de sair com os outros alunos do Ano de Cobre em sua segunda missão.

— Segunda missão? — perguntou Call, espantado.

Mestre Rufus assentiu.

— Sim, encontrar sapos com bolinhas na floresta ao redor da escola.

— O senhor só pode estar brincando! Nós matamos o Inimigo da Morte. Isso não conta nada?

— É evidente que conta. — Mestre Rufus abriu um raro sorrisinho. — Conta como sua *primeira* missão. Vocês já foram dispensados da primeira. Agora vá.

— Amanhã — repetiu Call. Ele voltou pelos corredores do Magisterium, passando por cristais brilhantes e formações rochosas, a mente girando com pensamentos desconfortáveis.

— Callum Hunt — chamou uma voz.

Aquela era uma voz que ele conhecia bem. Call parou onde estava, levantando o olhar até encontrar um lagarto brilhante na parede, observando-o com as pálpebras semiabertas. A língua comprida de Warren atacou o ar.

— O fim está mais próximo do que imagina, *Makar* — disse o elemental.

Em seguida Warren correu, deixando Call encarando a pedra.

Este livro foi composto na tipologia Chaparral Pro,
em corpo 12,5/18,9, e impresso na Gráfica Leograf.